火凤凰

巴金

火凤凰新批评文丛

陈思和 ◎ 主编

历史是精神的蒙难

何同彬／著

山西出版传媒集团
北岳文艺出版社

图书在版编目（CIP）数据

历史是精神的蒙难 / 何同彬著 . — 太原：北岳文艺出版社，2017.10（2023.6 重印）
（火凤凰新批评文丛 / 陈思和主编）
ISBN 978-7-5378-5270-8

Ⅰ . ①历… Ⅱ . ①何… Ⅲ . ①中国文学 – 当代文学 – 文学研究 Ⅳ . ① I206.7

中国版本图书馆 CIP 数据核字（2017）第 159196 号

书名：历史是精神的蒙难	著　者：何同彬	书籍设计：张永文
	责任编辑：刘文飞	印装监制：巩　璠

出版发行：山西出版传媒集团·北岳文艺出版社
地址：山西省太原市并州南路 57 号　邮编：030012
电话：0351-5628696（发行部）　0351-5628688（总编室）
传真：0351-5628680
网址：http://www.bywy.com
经销商：新华书店
印刷装订：山西万佳印业有限公司

开本：700mm×1000mm　1/16
字数：238 千字　印张：15.5
版次：2017 年 10 月第 1 版
印次：2023 年 6 月山西第 2 次印刷
书号：ISBN 978-7-5378-5270-8
定价：55.00 元

本书版权为本社独家所有，未经本社同意不得转载、摘编或复制

总序

为第二套《火凤凰新批评文丛》而作

去年,北岳文艺出版社社长、总编辑续小强先生来上海找我,希望我为出版社策划两套书,一套是贾植芳先生全集,另一套就是青年批评家文丛。对于前一套书我颇感兴奋,贾先生去世已经五年,再过两年就是他老人家的百年诞辰,北岳文艺出版社作为先生的家乡出版社,能够做此善举,是我极为高兴的事情。后一套书却让我多少有些感慨。小强先生希望我用"火凤凰新批评文丛"的名义来编这套书。"火凤凰"是我当年策划一系列人文批评丛书的品牌,但时过境迁,当初推出第一套"新批评文丛"已经是二十年以前的事情了。小强先生是"80后"的青年,他居然还能想到二十年前曾经在出版界发生过影响的一套丛书,希望能够接着这个出版道路走下去,激励今天的青年文学批评家。我觉得我没有理由谢绝他的这番好意。于是就有了这一套青年批评家的丛书。

我为此又特意翻阅了1994年出版的第一套"火凤凰新批评文丛"。前面除了有巴金先生的题词和任意先生设计的徽标以外,还有一篇徐俊西先生写的序言。序言里有这么一段话:据云,他们编辑《火凤凰新批评文丛》宗旨有二:一曰"在滔滔的商海之上",建立一片文学批评的"绿洲";一曰"文坛空气普遍沉闷的状况下",弘扬当代知识分子的"人文精神"。徐俊西先生是我的老师,他这里所指的"他们",就是我和王晓明两个策划者,这里所说的"宗旨",肯定也是我们当时讨论的话题。但我现在一点儿也想不起来在哪篇文章里写过这样的话。我原先记忆里似乎为这套文丛写过一个卷头语，但现在翻阅一遍也没有找到，也许是我曾经写了，后来没有用上，只是给徐老师写序时做了参考。所以，徐老师文章里打了引号的那些意思，可以定论为我们当时筹办火凤凰学术著作出版基金、策划多种出版物的基本宗旨。

现在已经二十年过去了，我们整个文化工作在经济上是阔气多了，高校系统拨了大量的经费资助学术著作出版，各种文化基金、出版基金也都接受学术著作的出版补贴。所以现在高校里的青年教师要出一本书并不困难，但真正的困难还是存在的，我觉得最大的问题是，当前一本文艺批评的著作能否产生它应有的社会影响和学术影响。这个问题直接影响到青年批评家的专业思想以及价值观。

1980年代，文艺批评是显学，尤其是1985年以后，文艺批评承担了很重要的社会功能。当时整个文学艺术正处于一个逐渐摆脱政治体制制约，开始自觉、自主、自在的审美阶段。所谓自觉是指文学艺术审美价值的内在自觉，自主是指创作主体独立的精神追求，自在是指文学艺术作品在文化市场上接受检验、寻求合理生存的社会效应。这是中国当代文学艺术创作的重要转变，对后来的文学艺术发展产生了深远的影响。那时人们在主观上还没有充分意识到这一点，而转变中的文艺创作需要理论支撑才能显现出它的合法性。1985年的方法论热潮正是适应这样的文化形势的需要而蓬勃开展起来，一批年轻人懂外语，面向世界，如饥似渴地学习、引进西方各种理论思潮，消解原来一元化的"文艺为政治服务"的戒律，与文艺创作互相呼应，对实验性、探索性、先锋性的文艺创作给以及时的解读。记得我当时在《上海文学》杂志上发表过一篇《谈现代主义思潮在中国演变》的文章，从"五四"前后谈到当下西方现代主义与中国文化传统相融汇的可能性。那时我读书并不多，论述也有点勉强，学术性是谈不上的，但是在一批作家中间引起过强烈反响。有一个朋友说，那不是你的文章写得好，而是他们（指作家们）需要你这样的说法。我以为这个朋友说得对，文学批评理论就是要在时代、文化发生转变的时候，及时发现问题和提出问题，通过解读某些创作现象来阐释事物发展的规律。这样的批评才会引起社会的关注，1980年代刘再复先生的一本《性格组合论》可以成为畅销书，在今天真是不可想象的。

这样一种文艺创作发展的需要，使文学批评的主体力量从作家协会系统逐渐转移到高校学院，一批研究现当代文学、文艺理论的大学教师逐渐取代了原来作协的文艺官员、核心报刊的主编。本来文艺批评应该有更大气象产生，但新的问题也随之而来，随着1990年代初的政治空气和经济大潮的冲击，学院里从事批评的青年教师们遭遇到双重压力。当时真正的压力还不在主观上，因为学院批评与政治权力保持相对距离，在主观探索方面仍然有一定的空间，但是客观上却遭遇了市场的挑战。出版业的萧条和倒退，迫使原先构建的批评家工作平台纷纷倒闭或者转向，出版人仿佛在惊涛骇浪里行舟，随时都有翻船的恐惧。不赚钱的学术著作，尤其是文艺批评论文集，自然无法找到出版的地方。学术研究成果既然不能转换为社会财富，必然会影响主体热情的高扬和自觉，导致对专业价值的怀疑。那时候高校考评体制还是传统学术型体制，青年教师如果不能顺利出版著述，其职称评定、福利待遇以及社会评价都受到影响。我在1993年策划《火凤凰新批评文丛》就是建立在这样的客观形势之上，所谓逆风行驶。我当时就想试试，到底是读者真的不欢迎文艺批评，还是出版社被市场经济大潮吓慌了手脚而不肯作为？我与一些受到人文精神鼓舞的出版社同道们一起分担了这个实验，实践下来的结果是好的，书虽然有了一些经费补贴，出版社不至于亏损，但是销售和宣传的结果，反而有所盈利，《文丛》最后几本的出版已经不需要资助了。我比较看重的是这套丛书里几位青年批评家的著作，如郜元宝、张新颖、王彬彬、罗岗、薛毅等几位青年才俊的论文集，如果说，这套丛书多少为作为全国批评重镇的上海批评队伍建设做过一点儿贡献，也就是不失时机地稳定了这批青年评论家的专业自信。后来几年里我又策划了《逼近世纪末批评文丛》（山东友谊出版社），继续做了这样的工作。

现在回过头来看，这套丛书的意义还是超出了我当时的期望，不仅仅是对几位青年朋友产生影响，也不仅仅是对上海地区的文学批评产生影响。续小强先生在二十年之后还想借重这个出版品牌来推动青年批评家著作的出版，就是证明之一。不过如我前面所说，现在青年批评家面临的问题，与当年的问题并不相同，批评的处境也不同。现在，关于要加强文艺批评的主流声音一直不断，大媒体报刊也相应地设立批评专页的版面，稿费据说不菲，在高校、出版系统申请出版批评文集的经费也不特别困难。那么，今天的困难在哪里？我个人以为，恰恰是前面提到的编辑"火凤凰"的两个宗旨中的一个：批评家作为知识分子独立主体的缺失，看不到文艺创作与生活真实之间的深刻关系，一方面是局限于学院派知识结构的偏狭，一方面是学院熏陶的知识者的傲慢，学院批评无法突破知识与立场的局限而深入到真实生活深处，去把握生活变化的内在规律，而是把时间精力都耗费在轰轰烈烈的开大会、发文章、搞活动、做项目等等，尽是表面的锦团花簇而缺乏深入透彻地思考生活和理解生活。其实，批评家最重要的是需要有宽容温厚的心胸、敏感细腻的感觉，以及坚定不妥协的人文立场，才能发现尚处于萌芽状态的新生艺术力量，与他们患难与共地去推动发展文学艺术。在我看来，今天我们面临文化生活、审美观念、文学趋势之急剧变化，一点也不亚于1980年代中期的那场革命性的转型。但是，现在文艺探索与理论批评却是分裂的，探索不知为何探索，批评也不知为何批评，以其昏昏使人昭昭，文艺批评怎么能够产生真正的力量呢？所以我今天赞同续小强先生继续编辑出版《火凤凰新批评文丛》，但所希望的，不在多出几本批评文集，更不在乎多评几个职称，而是要培养一批敏感于生活、激荡于文字、充满活力而少混迹名利场的新锐批评家。

这是我的愿望。写出来与青年批评家们共勉。

陈思和

2014年3月3日于鱼焦了斋

代　序

　　同彬让我给他的书写序，想想他这些年来对文学批评所下的功夫，真的不容易，因为身处南北交汇的金陵旧都，自民国以来一直就是"京派"文化与"海派"文化的交汇处，既容易吸纳多元文化的营养，又容易被中心文化所边缘化。因此，在南京做文学评论也就不易了，好在南京的文学评论群体的力量和氛围给他提供了许多机会，让他能够迅速地成长。

　　正因为有了一个群体的人文氛围，同彬的人文意识中才有了合拍的人文精神，追求文学中的真善美才成为他评判作家作品的标准，因为一切文学审美活动中，除了技术与形式层面的外壳，最重要的就是作家在内容中所表现出的价值观念的高下优劣了。所以，在这本批评集里，围绕着"青年""公共性"和"历史"等三个关键词，同彬"以粗犷的线条和锐利的笔锋勾勒出一个青年批评者'无知无畏'的精神图景和野蛮生长的批评个性"。

　　的确，对于当下"80后""90后"的一批批新锐作家、作品的评判，给老一代批评家带来了无边的困惑，如何在一个公共性的平台上去评价他们的作品，同彬的批评观念无疑是中肯的、尖锐的，同时也是有效的。

　　针对"青年"这一代际问题，他的看法是锋芒毕露的："秩序在收割一切，收割一切可能对秩序造成威胁的各种力量，青年、新人就是这样一种具备某种潜在威胁的虚构性力量，一种正在被秩序改造并重新命名的新的速朽。收割的前提是培育，是拔苗助长，是喷洒农药、清除'毒草'，是告诉你：快到'碗'里来。"青年作家被规训、被同质化、被秩序化的问题应该是一个大问题，而这个大问题却是评论的盲区。如果我们看不到这一点，仅仅将它作为一个受着商品化制约的代沟问题来看，那我们在扫描一切青年作家作品时就少了一层深刻性。

当然，我最激赏的是同彬对青年作家需要警惕的几种行为弊端的揭示：

一是，他认为"对青年写作者和文学新人的滔滔不绝的赞美、期许，广泛持久的扶持、奖赏是制度的代际焦虑的产物"，"它们的共同目的是去锻造青年的皮囊如何与苍老、丑陋的灵魂完美融合"。毋庸置疑，名和利是当前青年们人生观当中首要的核心追求，写作成为谋生手段也是无可非议的，但将它作为舍弃一切人文伦理的阶梯却是可鄙的。我们不要单纯强调这是商品时代使然，而应始终努力高扬人文精神的底线。

二是，同彬敏锐地指出，"文学权力与政治权力强烈的同构性，文学权力显著的区域性、机构性集中，导致青年写作、文学新人在被制度命名和生产的过程中，不可避免地遭遇到源源不断的、难以抗拒的吸纳性、诱惑性、抑制性和同质性的挑战"。几十年来的文学国情已经让我们习惯于在权力的阴影之下生存，许多事情已经习焉不察了，这不仅仅是青年的问题，而且是整个作家队伍的"集体无意识"；能够意识到这个问题，并且为将来的文学所考虑，也是一个不容忽视的问题。

三是，"新的文学写作者与前辈写作者（尤其那些掌握更多权力的）及相关机构之间有着一种微妙而暧昧的依存关系，其中涉及权力的承传，涉及互相调情的必要性，涉及一场有关宫廷、庙堂的舞台剧中恰当的角色分配"。同样，这个问题的提出是文坛整体性问题，不过，这在青年作家那里更为突出。如果说那些历经了历史沧桑的作家尚在这一点上还保持着一点矜持的话，那么，某些青年作家的无骨媚态就令人作呕了，其角色处处表现出被阉割后的谄媚和无性。

无疑这些都抓住了青年作家问题的本质，从制度的缺失中来看待青年作家人格的缺失，可谓鞭辟入里、一针见血。同彬所列举的新世纪以来文坛上所出现的那些林林总总的青年文学和文化人物的怪现象，足以让青年警醒，也更令那些文学史家和年老的批评家去深入思考。

这些年来，一个接着一个的"文学事件"和"文化事件"让人目不暇接，这种炒作无疑给文学创作带来的是致命的重击，作家们都指望这个成为自己作品的卖点，也更是青年作家一夜成名的幻想，所以，新闻性的、世俗性的、生产性的"事件"，是简单的、消极的文学致幻剂，是作家创作的"摇头丸"："他们是无聊而热闹的文学'事件化'的受益者和受害者，他们在'事件'的漩涡中丢失自己、重塑自己、成为自己。"所谓丢失，是不准确的，因为他们从来就没有"自己"过，所以也谈不上"重塑"，"成为自己"应为"制造自己"更为准确一些。

同彬注意到的另一个青年作家的弊端也是十分敏锐的，其批判的力度也是十分犀利的，那就是青年作家渴望成为一个"职业作家"，那是进入体制的"红派司"，"职业性成功已经成为青年写作者们重要的、甚至唯一的梦想"。我们无法在这样的语境下评判这种作家体制的优劣，但我所要表达的观点是：无论你处于一个什么样的体制当中，作家自身的小环境，也就是你的创作心态，你的内心对文学创作的本能冲动不能变！唯有此，你的作品才有生命力。否则，你成天想着的是如何进入正统的作家体制当中去，去充分享受体制给你的好处，那么，你的创作生命也就到此为止了。当然，现在各省市的作家协会都在以"赎买"的形式把一些出了名的或正在出名的萌动中的作家纳入自己的旗下，至今我尚未见到过一个拒绝者，包括那些身价已经几千万的所谓"网络作家"，也一个个渴求"招安"，以获得"正名"。

也正是如此，现在的一些走红的青年作家在媒体时代的追捧下，在数以几十万众的"粉丝"簇拥下，变成了一种文化的代名词，于是乎，一种文坛领袖和霸主的江湖气油然而生，正如同彬所言："'成功'赋予青年人荣耀、权力，也赋予他们某种老气横秋的、世故性的自大。这一自大在写作中体现为某种不加反省的惯性的、重复性的平庸（反正有人赞赏并随时准备予以褒奖）和以信口开河、话语膨胀（如各种断言、命名或自我标榜的热情）为表征的狂妄、自负乃至自恋；在文学交往中则呈现出某种仪式性、仪态化的模仿，模仿那些成功的前辈和大人物（文学大人物则模仿政治大人物、商业大人物）的腔调、姿态、神情，甚至某些不可告人的癖好。"这就是消费文化带来的恶果，是青年毁了文学呢，还是文学坑害了青年？这是一个两难的文化命题，我以为这是一个互动的哲学关系，相辅相成才是他们成长的培养基。

因此我十分同意同彬的结论："他们的多数书写几乎不涉及政治、道德、美学、形式和文学本质方面的任何特殊性、独特性。当前，最让人沮丧的是，文学新人之间缺少分野，缺少对立，缺少各种形态的冲突，缺少因审美偏执和立场差异导致的'大打出手'，这和前辈们曾经有过的某种革命氛围、野蛮风格大相径庭。就已经发生的矛盾和有限的冲突而言，涉及的基本是和话语权、利益有关的诸种晦暗不明的欲望；除此之外，他们在多数情况下是和睦的、友好的、礼尚往来的、秋毫不犯的、在微信朋友圈随时准备点赞的……"在这里，同彬尖锐地指出了许多青年作家写作的致命伤——不涉及政治、道德、美学、形式的内涵，漠视文学的特殊性和独特性，所以，其写作容易陷入工厂式的模具化生产，从流水线上出来的是产品，而不是作品。同时，他还注意到了，青年作家与老一代作家的差异性——"革命性"和"野蛮性"。无论如何，作为两个中性词，它们的确可以概括近百年来文学的某些本质特征。但是，我在这里要强调的是，正是在新世纪这个世纪的交汇点上，同彬看到了在这个文学坟场里的许许多多青年作家，并非是鲁迅当年寄予厚望的青年作家，进化论对于今天的时代而言，已经完全不适用了，因为追名逐利的消费时代，鲁迅们是无法预料的。

是为序。

丁帆

目录

辑一

关于青年写作、文学新人的断想 / 003
当代文学"关不关键"词 / 008
重建"青年性"
——我的批评观 / 021
批评的敌意 / 024
文学的深梦与反抗者的悖谬
——韩东"文学形象"浅析 / 026
反抗,何以成为失败的一部分?
——朵渔《这世界怎么啦》(组诗)有感 / 043
中国式"成长"的残酷
——《十八岁出门远行》简析 / 053
赞美成为文坛的一种灾难
——看《朱雀》 / 058
关于《独唱团》的"二重奏" / 061
"历史"与"反抗"的意志
——1990年代以来"先锋"意识的瓦解 / 055

辑二

晦涩：如何成为"障眼法"？
——从"朦胧诗论争"谈起 / 093

当代汉语诗歌"公共性"想象的政治边界
——从唐晓渡《内在于现代诗的公共性》谈起 / 107

关于"介入的诗歌"的谈话 / 113

浮游的守夜人
——从北岛《午夜之门》谈起 / 119

革命：招魂与驱鬼的仪式
——谈周理农《被诅咒的诗人》 / 122

知识者的倦怠之书
——我看《春尽江南》 / 126

关于政治和诺贝尔文学奖
——文学成就本身并不能使一个作家摘取桂冠 / 130

辑三

回到尼采的质问
——1990年代以来中国历史意识的症候 / 135
大时代的死亡与再生
——1990年代以来的精神困境 / 159
"历史是精神的蒙难"
——对当下文学史思维的思考 / 175
智慧的劫掠与死者的狂欢
——从鲁迅说起 / 186
死亡的边界 / 196
作为病症的经典化焦虑
——关于网络文学能否出现经典的看法 / 202

辑四

写在前面的废话
——《夏天盛极一时——南京青年诗人群展》序 / 207

《浮游的守夜人》后记 /209
我不是新人
　　——紫金山文学奖"新人奖"获奖感言 /211

附录 / 213

"谁有权利做文学的医生？"
　　——对话"80后"批评家何同彬 /215

后记 / 228

关于青年写作、文学新人的断想

1.

秩序在收割一切，收割一切可能对秩序造成威胁的各种力量，青年、新人就是这样一种具备某种潜在威胁的虚构性力量，一种正在被秩序改造并重新命名的新的速朽。收割的前提是培育，是拔苗助长，是喷洒农药、清除"毒草"，是告诉你：快到"碗"里来。

2.

对青年写作者和文学新人的滔滔不绝的赞美、期许，广泛持久的扶持、奖赏是制度的代际焦虑的产物，是繁衍权力的某种古老形式，也是现代中国"青年崇拜"、青年想象的文化心理的现实投射，如今更是蔓延为成年人、老年人重要的恶俗文化行为之一。赞美青年，是无限正确的政治"鸡汤"；讴歌青春，是经久不衰的代际"春晚"，它们的共同目的是去锻造青年的皮囊如何与苍老、丑陋的灵魂完美融合。

3.

文学权力与政治权力强烈的同构性，文学权力显著的区域性、机构性集中，导致青年写作、文学新人在被制度命名和生产的过程中，不可避免地遭遇到源源不断的、难以抗拒的吸纳性、诱惑性、抑制性和同质性的挑战。当然，由于青年、新人在这一挑战中几无胜算的可能，因此与其说是挑战，不如说是合作，是共谋，是争先恐后，是不择手段。

4.

新的文学写作者与前辈写作者（尤其那些掌握更多权力的）及相关机构之间有着一种微妙而暧昧的依存关系，其中涉及权力的承传，涉及互相调情的必要性，涉及一场有关宫廷、庙堂的舞台剧中恰当的角色分配。年轻人"因接近权力而欣喜"，因掌握权力而迷狂，在此过程中，如何迎合、顺应，如何低眉顺眼以避免被视为异端，已经逐渐成为青年写作者基本的成人礼。如今，在权力和固有的秩序面前，他们已经迅速变成一群文学"乞食者"，或者是安静排队领救济的精神的"穷人"，或者是那些趾高气扬的文学大人物的"仆从"。

5.

文学"存在"越来越无法在精神那里得到充分而诚恳的认证，只能依赖于"事件"。此处的"事件"不是巴迪欧、伊格尔顿、齐泽克等理论家论证的哲学的、文学本质意义上的理想"事件"（如齐泽克认为的，生命的意义应当依赖于具有不可预知性的"事件"，它可以是革命，也可以是一触即发、灵魂出窍的爱情），而是新闻性的、世俗性的、生产性的"事件"，是简单的、消极的——尽管我们据此证明文学的繁荣。比如写作、发表、出版、讨论、奖励，还有会议、论坛、活动、节日等等。青年写作者、文学新人（诸如所谓"80后""90后""70后"、韩寒、郭敬明、周小平、冯唐等）就是在"事件"中催生出来的，他们是无聊而热闹的文学"事件化"的受益者和受害者，他们在"事件"的漩涡中丢失自己、重塑自己、成为自己。

6.

职业性成功已经成为青年写作者们重要的甚至唯一的梦想，这导致文学写作与其他职业之间的区别被"残忍"地取消——尽管文学仍旧依赖某种虚构的"区隔"来标记自身贫乏的独特性。同时职业思维也让文学新人们在"出名要趁早"的金科玉律的蛊惑下，迅速堕入日复一日的生产性庸碌之中。各种同质性的、重复性的、交际性的人情稿、急就章、"投名状"被连夜加班加点地生产出来，与此相继伴生的传播、荣誉、奖励等，已经让很多文学新人迅速成名、迅速体会到职业成功的快乐，同时也迅速在这种快乐中衰老、衰朽。所谓创作、写作构筑的不是新的代际充满生命活力和叛逆、革新精神的"界碑"，而成了领受或承继前一代际的话语权力和世俗利益的快捷通道。

7.

"成功"赋予青年人荣耀、权力，也赋予他们某种老气横秋的、世故性的自大。这一自大在写作中体现为某种不加反省的惯性的、重复性的平庸（反正有人赞赏并随时准备予以褒奖）和以信口开河、话语膨胀（如各种断言、命名或自我标榜的热情）为表征的狂妄、自负乃至自恋；在文学交往中则呈现出某种仪式性、仪态化的模仿，模仿那些成功的前辈和大人物（文学大人物则模仿政治大人物、商业大人物）的腔调、姿态、神情，甚至某些不可告人的癖好。因此，在中国"成功"就基本上等于变大变老，变得足够"大"足够"老"，你才有可能"成功"。

8.

文学不可避免的"大学化"（或学院化）是当前青年写作面临的一种特别的困局。无论美学的、创作的、批评的、研究的诸种话语，还是作家或成功作家的身份认证、作品评鉴，乃至文学场赖以存在的所有重要的意识形态，均是依赖大学的知识生产维系的。从某种意义上讲，大学及其相关专业、相关话语，是构筑文学这一观念体系的根基，它掌握的庞大的文学权力及其与相关机构、制度的共谋，是当前文学创作出现大面积的同质化、板结化的重要的原因。因此，青年写作者、文学新人等新的代际主体，也不过是大学的、学院的产物，不管是青年作家还是青年批评家、研究者，无不如此；他们是大学的孩子，大学在生产他们、成就他们，也在扭曲和摧毁他们。认命吧，事实证明，这一现状无法更改，想当年竟然有人扬言：为了文学，取消大学中文系；或者写《中文系》这样的诗：中文系是一条撒满钓饵的大河……或者讥讽大学是一头得意洋洋的蠢猪（于坚语）。当然，他们现在沉默了、明白了：没有大学，何来文学？没有大学，谈论文学都无法启齿；没有大学，作家都找不到"自我"。

9.

中国当代文学在"八十年代"（1980年代）充分敞开，并趋于基本"完成"。此后，文学观念无论如何创新，文学实践无论如何左冲右突，从根本上跳脱不出八十年代的主要的文学精神（亦或文学迷障）；此后，文学主体从主体时代进入遗产人时代，也即1980年代之后的文学代际的各种主体的唯一身份是：八十年代文学遗产继承人。引申钟鸣的说法（"1989年，对中国来说，是个深梦"）：八十年代，对中国文学来说，是个美丽又残酷的"深梦"。如今，经历过那场"深梦"且充分享用着相关的象征资本、文化资本的作家们，依旧在文学的旧梦中不愿醒来（有的在假寐，有的压根就没睡着，深度睡眠的蠢货很少），"坚强而执拗"（精致的利己主义者的美好品质）地追求着文学梦：哦，文学，哦，艺术，我爱你，我不能没有你！而作为遗产继承人的文学新人、青年写作者，深知这一旧梦的"梦境"之重要性，小心翼翼地、"别有用心"地与那些旧时代的作家们一起梦呓（遗）、一起游戏、一起推杯换盏。因此，新的代际主体倘要从精神的根底标记出真正的"新"，就必须挣脱"八十年代"，从那个温暖又晦暗的深梦中醒来，并充分自省：一个真正严肃的时代必然不是文学时代，一切严肃的思考从文学出发都是南辕北辙的，甚至是错误的；或者更为直接、更为清醒的认识是：文学，并不重要，真的，不重要，太不重要。

10.

在此，不得不承认，我们所使用的青年、新人只不过是一个纯粹的生理性概念，他们的多数书写几乎不涉及政治、道德、美学、形式和文学本质方面的任何特殊性、独特性。当前，最让人沮丧的是，文学新人之间缺少分野，缺少对立，缺少各种形态的冲突，缺少因审美偏执和立场差异导致的"大打出手"，这和前辈们曾经有过的某种革命氛围、野蛮风格大相径庭。就已经发生的矛盾和有限的冲突而言，涉及的基本是和话语权、利益有关的诸种晦暗不明的欲望，除此之外，他们在多数情况下是和睦的、友好的、礼尚往来的、秋毫不犯的、在微信朋友圈随时准备点赞的……

11.

"世界是你们的，也是我们的，但归根结底是你们的。"（毛主席语）

"中国青年当正视自己的祖国。"（周小平语）

"我们承受青年犹如承受一场重病。这恰恰造成了我们所抛入的时代——一次巨大的堕落和破碎的时代；这个时代通过一切弱者，也通过一切最强者来抗拒青年的精神。不确定性为这个时代所独有；没有什么立足于坚固的基础，也没有什么立足于自身坚定的信仰。人们为明天活着，因为后天已经是非常可疑的。"（尼采语）

然并卵（网络用语"然而并没有什么卵用"的简称。）……

原载《青年作家》2016年第8期，《青春》2016年第8期

当代文学"关不关键"词

统计学

统计是一种实现欲望的形式,就像众多梦想一样。

——波德里亚:《冷记忆1》

辛波斯卡在其一首糟糕的诗里嘲弄了"统计学",在她看来,人们无论以何种名目操弄或严肃或戏谑的数字游戏,最终都是"终需一死者"——"百分之一百的人。/此一数目迄今未曾改变"。但在一个工具理性主导的技术时代,每个人都不可避免地卷入一个数字型旋涡,在这一旋涡里,统计学经常以数字主人的面目出现,不断引诱和塑造着各种类型的主体。因此,罗兰·巴特所标记的主体差异——"我的身体和你的身体不同"——就不是非常确切了,似乎可以改为"我的数字与你的数字不同"。最终,一切对数字和统计学的嘲弄、抵抗都是徒劳的,辛波斯卡也很清楚,所以这首诗的题目叫作《对统计学的贡献》。

对于一个现代人而言,拒绝活在统计学的梦魇里几乎是不可能的,这比拒绝工作还要匪夷所思,甚至于你可以拒绝活着,但你拒绝不了统计学。比如作为大学老师的我,每到年末领取绩效工资,或者需要评职称、申请项目、评奖的时候,都需要填写大量的表格,这些表格最终都可以简化为统计数据。比如发表了多少文章,其中多少是核心；申请到多少项目，是国家级的，还是教育部、省级的；获得什么奖项、什么级别的……与此相应的是我银行卡上的另一组数字，为了显现科学性和公正性，它们经常随着统计标准的变化而发生极其细微的波动。

我的一位同样在大学教授文学的朋友被无休无止的表格和统计数据折磨疯了，他认为统计和量化是对人和艺术的羞辱，然后辞职与他人合开了一家教育培训机构，结果当然是预料中的——他将面对更多的表格和统计数据。这一切不过是一座监狱与另一座监狱的区别，世界上总是不间断地出现可爱又"愚蠢"的理想主义者，等着被统计学戏弄。

文学深陷统计学的灾难很难被定义为"丑闻"，既然一切都要在生产和消费的层面上考量，那在科学管理和提高效率的资本逻辑之中，把文学和文学主体数字化，并把后者的"工作态身体"调整到一个"理想"的境界将是再自然不过的。很久很久以前，雅斯贝斯就宣告，技术和机器已经成为群众生活的决定因素，其核心价值是生产和分配的合理化，这一合理化的实现不是依据于"本能与欲望"，而是依据于"知识与计算"。况且，就像波德里亚所说的，统计是一种实现欲望的形式，绝大多数个体都渴望得到统计数据形成的合理化的优越位置，因此它就与我们这个时代各式各样的"成功"哲学同谋共谵，诱惑主体走向它设置的囚笼。

比如，绝大多数的作家都无法摆脱统计学的引诱，看看他们的简介或者"传记"就会明白，完全被一种或含混或精确的数字化、表格化的统计思维控制着，身份的确立和认同完全依赖于等级不一的统计标准；同样，统计学的引诱也即统计学的囚禁，作家们的焦虑和痛苦也往往与各种形式的统计数据密切关联，因为没有理想的统计数据，就没有作家们希冀的虚荣和功利。当然，学院学者就更是如此，在大学变成彻头彻尾的"公司"之后，他们就蜕化为学术生产者，在量化模式下，一切不能数字化的、超越于职业范畴之上的价值都是无效的，所谓学问因此不过是知识的一些极其封闭和丑陋的"简单再生产"，在它们身上寄托任何高贵和智慧的假想都将是愚蠢的。

在统计学形成的存在论里，人将消失，而数字立于不败之地，因为人早已经被规训为数字。而此时的数字，已经不是毕达哥拉斯（万物皆数）、柏拉图（造物主是数学家）、伽利略（宇宙是一部以数学语言写成的巨作）眼里那个形而上的、本体论色彩的数字，它服膺于资本主义的统计思维，变成了"葛朗台"、马克思、"吴荪甫"、比尔·盖茨、巴特勒眼里的数字。这一切似乎难以抗拒，就像弗洛姆所说的："人创造了种种新的、更好的方法征服自然，但却陷入这些方法的罗网之中，并最终失去了赋予这些方法以意义的人自己。人征服了自然，却成为自己所创造的机器的奴隶。"比如，如果在统计学的范畴内谈论文学是奢谈、妄谈，意味着腐朽和堕落，那不在统计学的范畴内谈论文学呢？文学将消失，这和人的消失保持着高度的一致性。

马克·吐温说："世界上存在三种谎言：一是谎言，二是该死的谎言，三是统计数据。"对于中国而言，就更是如此，因为很久很久以前费正清就忧心忡忡地说："中国是统计学家的地狱。"你相信中国的统计数据吗？其实这个问题并不好回答，没有统计学就没有马克思的《资本论》，但他在论述"机器和大工业"的时候明确指出："不论在什么地方，想要不掺假的统计材料都是很困难的。"所以，本质上讲，统计学没有真假之分，信与不信，也并非那么泾渭分明；反正你只要活着就无法离开统计学，当然死后也无例外，如果你"有幸"死得稍微与众不同一点（譬如自杀、癌症、过劳死、强拆死、秤砣死等），那作为统计学的对象，你将占据一个稍微显眼的位置。

威尔斯（H.G.WELLS）多年前宣称："统计思维总有一天会像读与写一样成为一个有效率公民的必备能力。"在一个全民拜金的大时代，这一预言已经空前地实现了，我们的作家、艺术家们也早已和商人、政客一样，学会在睡觉前摘下面具，统计一下银行卡上的余额，然后做个好梦。

据统计……

请客吃饭/饭局

革命不是请客吃饭，不是做文章，不是绘画绣花，不能那样雅致，那样从容不迫，文质彬彬，那样温良恭俭让。革命是暴动，是一个阶级推翻一个阶级的暴烈的行动。

——毛泽东《湖南农民运动考察报告》

朋友张某，诗人、散文家，多年来的习惯就是隔三岔五打电话问我：今天晚上有没有饭局？若说有，他就不无揶揄地说：你们大学老师、批评家太腐败了；若说没有，他则不无嘲弄地奚落道：看，混得不好吧？都没人请你吃饭。无独有偶，另一位小说家朋友余某，因为工作的原因，常年应酬不断，不胜其烦，遂决定，除非自己请客，其余的饭局能推就推，因此多半情况下都是回家吃饭。结果给他家做饭的阿姨为此惴惴不安，私下里说：余老师越混越惨，顿顿都赖在家里。

在"舌尖上的中国"，或饭局上的中国，成年人大都拥有很多很多饭局，其中成功人士、知名人士尤其多，因此大腹便便、脑满肠肥者众，因此餐饮业总是很繁荣。看看人声鼎沸、车水马龙的饭馆、酒店，有时候难免发出莫名的慨叹：这是那个微博上矛盾丛生、危机重重的中国吗？然而这就是我们的饮食文化，或者这就是我们根深蒂固的政治文化：一面忧心忡忡、愤世嫉俗，一面觥筹交错、大快朵颐。

革命不是请客吃饭？《水浒传》里有多少饭局？一部中国革命史隐藏了多少饭局？因此革命并非不是请客吃饭，相反，没有请客吃饭、没有那些各式各样的饭局，中国革命乃至全球林林总总的革命都无从成功。虽然毛泽东在《念奴娇·鸟儿问答》里讥讽了"苏修"赫鲁晓夫的庸俗食物论（他把"福利共产主义"比喻为"一盘土豆烧牛肉的好菜"）——不须放屁！但"试看天翻地覆"，革命真的不过就是"几盘菜"。吉拉斯在《新阶级》中描述斯大林时代的苏联政府时就曾指出:"国家大事都是在亲密交谈的晚餐中、狩猎中,以及两三个人的交谈中决定的。"当前的中国是不是这样呢?答案是:你懂的。

以此类推,在中国,文学也即请客吃饭。文学在绝大多数情况下属于这样一个关于"饭局"的社会学范畴,可人们总是"高傲"而"倔强"地谈论着审美、爱、自由、反抗、崇高、灵魂……这种伪善已经成为一种顽固的习性。事实上,在饭局上的文人和政客、商人、民工没有什么本质区别,他们谈论女人比谈论文学要多得多,除此之外还谈烟、酒、星座、房价、股票、同事的老婆、东莞、乌克兰、消失的马航飞机……

如果一个作家从来不屑于请客吃饭,也不屑于"被"请客吃饭,而他却功成名就了,那只有三种可能:1.他的运气真是太好了,有伯乐和招财猫的双重庇护,建议去买彩票;2.他是个天才,一千年出一个;3.真是活见鬼了。如果有谁认真地统计一下,每年中国文坛由多少饭局构成,那这一数字肯定是惊人的。不过做这样的统计是很无聊的,和统计一年有多少屌丝靠撸解决自己的性欲一样无聊。

有一本有趣的书叫《狗子的饭局》,但这种酒和菜的结构只适合于狗子这样的非主流作家,如果同样克隆一本《莫言的饭局》,或者《贾平凹的饭局》,就未必那么有趣了。饭局里面有太多的真相,而在中国的文坛,很多至关重要的真相是不能示人的。即便是《狗子的饭局》这样稍显率性的文本,也不过是中国文学饭局的"洁本"。

当然,革命本不该是请客吃饭,把文学变成一场场饭局,也非我们所愿。但这种灾变却是一个顽固的现状,显现着文坛那让人无法容忍却又"其乐融融"的世故。人们在吃饭的时候,因为诸种复杂的动机,愈发难以抑制自身那丑陋又平庸的欲望。让那些假惺惺的敬酒见鬼去吧!

在饭局里,一切尖锐的声音皆变成亢奋的行酒令,一切神圣的理想都变成了地沟油,一切严肃的事物也都不过是各种各样的招牌菜。但我们却离不开饭局,它是通往成功的中介。很多的"和事佬"都是饭局的主角，而多少的矛盾斗争都是在请客吃饭的过程中化干戈为玉帛，和为贵、和天下，所以饭局之恶也就在这样一个"和"字，但和则生财。由此，多少革命的火焰湮灭于请客吃饭，多少文学的良心被饭局吞没。

诺基亚被微软收购之后，引发了诺粉们喧嚣一时的怀旧，其中涉及诺基亚的一款经典游戏：贪食蛇。小蛇吃得越多，身子就越长，它离死亡也就越近，当它撞上墙壁或者咬到自己尾巴的时候，游戏就因它的猝死而结束了。可游戏毕竟是游戏，寓言的企图也不过如同"饕餮"——只是个古老的图腾而已。

但贪婪始终是个不错的预言家和告密者……

开会

> 他每天都这么忙着，要到刘主任那里去联络，要到各学校去演讲，要到各团体去开会。而且每天——不是别人请他吃饭，就是他请别人吃饭。
>
> ——张天翼《华威先生》

和饭局类似的道理，一个人"会"越多，就证明他越成功，证明他已经越来越重要了，比如领导们、著名作家们、学术明星们"会"最多。如果按照这个荒诞的逻辑，那我离成功也越来越近了，不知从什么时候起，我开会的机会与日俱增。但不幸的是，我却因此患上了严重的"恐会症"，只是这种恐惧除了鼓励我在开会的时候说几句不痛不痒的"风凉话"，并没有成功"唆使"我效仿兰波，在开会的桌子上当众撒尿。也许我和那些同样在开会的时候"心猿意马"的人一样，属于广义上的斯德哥尔摩症候群（Stockholm syndrome）。

当然，我个人"成功"与否并不重要，重要的是这似乎间接证明着文学的成功。中国文学每年要开多少大大小小、名目繁多的会？仅仅概括性地想一想，我都会一瞬间患上密集物体恐惧症

（Trypophobia），生理性的恶心和情感上的"欢欣雀跃"混合在一起，油然而生。文学边缘化了？文学不受重视？这种观点真是滑稽。

开会的时候，我经常臆想，如果一位领导讲话或者一位教授发言的时候，会议室上的吊灯掉了下来，或者有一只发春的野猫蹿上了会议桌，或者一位仁兄没忍住，放了一个声音极大的屁……但这样有趣的事情终究没有在我参加的会议上发生，它们永远是那么严肃、刻板，漫溢着不同程度的虚荣和恶俗、疲惫与亢奋。所以，在开会的时候睡觉不应该受到非议和指责，因为在那些让人昏昏欲睡的会上，睡觉是正常的、健康的生理反应；那些装模作样地倾听、记笔记，靠浓茶、咖啡或者咬手指维持清醒的人才真的有病。我的一位诗人朋友曾经神秘地告诉我，他开会只做两件事：一、写诗；二、"打飞机"（此处不是指手机游戏）。后者的确让人钦佩不已，非等闲之辈能为之。但悲哀的是，你可以在参加会议的时候做很多匪夷所思的事，却有一件事难以做到：拒绝参加任何无聊的会议。

开会，不过是中国政治文化的宏伟病相之一，而文坛也不过是这一病毒不起眼的携带者。文学陷入开会的泥淖，不过是一场场四处献媚的自取其辱的闹剧，有着显而易见的让人厌憎的仪式化外观和虚头巴脑、假模三道的表演痕迹。比如，会议上的座次和发言顺序，显示的不就是会议文化在权力等级面前渗入骨髓的奴性吗？那些冗长的、不着边际的、大而无当的会议空话，不也是官僚主义体系运转的"摇头丸"吗？

据李洁非先生的考证："《说文解字》段玉裁于'会'字注曰：'器之盖曰会，为其上下相合也。'原来，'会'的本义竟是盖子，'开会'也即把盖子打开。'命佐食启会'，'开吃'之谓也。如此，以中国而言，开会的起源在吃那里。"所以，如前所述，开会也即请客吃饭，会议的题目、内容并不重要，人们多数情况下也不在乎你在会上说了些什么，而吃什么、见到什么人、在哪里开、去哪里玩儿要重要得多。开会，于是变成了标题党与老饕、交际花、旅游达人们的狂欢。

当然，那么多的文学"精英"像华威先生一样忙于开会、参加活动，还有另外一个重要原因，鉴于笔者也是这一"钱规则"的受益者，在这里也就不好过多地大放厥词了。

最近一些年，学界流行研究文学会议，一时蔚为大观，几成显学。会议对文学而言，重要性自不待言，一如李洁非先生的论断："现代以来，文学大抵无有哪件事情未经一定会议的协商沟通，也没有一个人的文学生涯可与会议无缘。"但研究这样的会议和研究党的很多重要不重要的会议一样，常常只是流于表面的皮相之见，因为会议的本真内容往往是那些文件、决议、言谈和回忆录无法呈现的。就像前文提到的吉拉斯的话，和权力有关的大事都是在会议前后、间隙的餐桌上、密室里甚至床帏中解决的，"召开会议的目的只是用来确认在亲密的厨房中早已烹调好的食物"。或者如丁玲老人在1985年关于"作协四大"选举的"愤怒"："主要的活动根本不在会上，都在会下面，天天都有请客的。"

不由得想起《芙蓉镇》的结尾，疯了的王秋赦一边敲锣一边凄厉地叫号：运动喽，运动喽！星移物转，时下之景不过是成年人一次次病狂的权力游戏、一场场浮动而奢华的盛宴的重新开场，只是开场白不一样了：

开会啦！开会啦！

演员

在我看来，所有的爱都是如此真诚的浅薄。我总是成为一个演员，而且是一个好演员。我在任何时候的爱都是装出来的爱，甚至对于我自己也是一样。

——佩索阿《伪爱》

电视剧《潜伏》当中有一句台词：乱世就是舞台；中国还有一句俗话：人生如戏。所以，对于一个坚持活下去的成年人来说，不用像

《喜剧之王》中的尹天仇那样，随身带着斯坦尼斯拉夫斯基的《演员的自我修养》，因为我们的演技与"生"俱来，大时代是我们无法回避的舞台，而演员则是我们人生的必修课。

当然，这种不得不做演员的境遇是一个彻头彻尾的悲剧，在一个流行瞒和骗的文化酱缸里，你别无选择。（鲁迅语）所以我们就活在这样一个既是观众又是演员的尴尬的喧闹中，看每个人以不同的职业身份"作秀"，同时自己也处心积虑地学习"作秀"。

真实舞台上的演员表演怕"穿帮"，但生活中的演员往往并不那么在乎"穿帮"与否，比如政客、官员、新闻主播、各类专家、商品促销员、传销者等等，天天谎话连篇，在事实面前"穿帮"不断，但丝毫不影响他们的表演，而我们作为观众也已熟视无睹、麻木不仁。

假象最终变得真实，往往和事实、真相无关，关键是演员能否演好，而演好有的时候和纯粹的演技无关，关键是你能否在"穿帮"的情况下坚持演出，关键是你能否让很多很多人和你一起演，关键是你能否"诱惑"那些观众在明知你弄虚作假的情况下鼓掌，或者默不作声。

"假象如何变成真实。——演员即使在最深的痛苦中，也不会最终停止考虑他的角色给人的印象和总体戏剧效果，甚至在他孩子的葬礼上，他将作为他自己的观众，为他自己的痛苦及其表达哭泣。总是扮演同一角色的伪君子，最终不再是伪君子；例如神甫，他们年轻时通常有意无意地是伪君子，但是他们最终变得很自然，那时候便真正是神甫了，没有任何矫揉造作；或者父辈没有走得那么远，那么利用了优势的子辈也许就继承了父辈的习惯。如果一个人长期地、顽固地想要显得是某种人，那他就很难是另一种人。几乎每一个人的职业，甚至艺术家的职业，都是以伪善、以一种外部的模仿、以对有效之物的复制开始的。总是戴着一副友好表情面具的人，最终会获得一种支配权来支配友好情绪，没有这种情绪，友谊的表达就不能实现——而最终这种情绪又支配了他，他就是友好的了。"可怜的尼采总是这么清醒、洞明，以至于被过多的真相逼疯，而这也从相反的方向证明他的确不是一位好演员，尤其是和他曾经的"恩师"相比。

当欧洲人为瓦格纳的音乐神魂颠倒的时候，尼采早已从他昔日的"教父"苦心经营的骗局中挣扎出来了，在他眼里，瓦格纳始终是一个传达颓废和懦弱的演员，"一个无可比拟的演员，最伟大的小丑"。但一个多世纪过去了，拜罗伊特音乐节依旧红红火火，《尼伯龙根的指环》还是让那些崇拜艺术的人们迷狂，而尼采的疯话还有多少人记得呢？正如卢多维奇的敏锐判断："他（瓦格纳）在他那个时代和我们这个时代取得的成功都归因于现代社会在呼唤演员、魔法师、蛊惑者和空想家，即那些能够掩盖普遍的虚弱和不健康，能够以提升和麻醉的方式给人以满足的人。"2013年5月，瓦格纳诞辰日后不久，英国《卫报》发表过一篇名为《一种叫作理查德的疾病？——瓦格纳威胁心理健康》的文章。文中指出，"在瓦格纳还生存的时代里，这位作曲家就被认为是忧郁、歇斯底里、催眠，甚至引发性高潮危险刺激音乐的缔造者。而在今天，瓦格纳的余威依然没有放过那些敏感的神经。"事实上没有那么多艺术上"敏感的神经"，更多的是想享受瓦格纳式的"功名利禄"的"演员"，所以有一个庞大的症候群患有如下类似的病症："一种叫作艺术的疾病。"如今，这一"溃烂之处、艳若桃李"的伟大病症培育出了太多"艺术家"光环下的小丑、骗子、混蛋、流氓……

在这个文坛上，我看到太多的人在勤勤恳恳、日以继夜地演诗人、演作家、演学者、演各种各样热爱艺术的人，他们可以一方面情真意切、信誓旦旦地谈论艺术，另一方面可以堂而皇之地做鲁迅所说的"中国的坏人（如水平线下的文人和学棍学匪之类）"。没有人觉得这有什么不妥，你也无法去揭穿他，当一个人在满含热泪、声情并茂地朗诵一首诗的时候，你有什么理由说他是一个骗子？当一个人在引经据典、穿凿附会地证明艺术对于时代、对于他个人多么多么重要的时候，你有什么权力指出这不过是一种浅薄的伪善。

可是，说白了，演员又何苦难为演员呢？试想自己不也在"真诚"地表演吗？此时想起我喜爱的钢琴家里赫特（Sviatoslav Richter）的"遗言"：

我讨厌我自己，就是这些。

世故

人世间真是难处的地方，说一个人"不通世故"，固然不是好话，但说他"深于世故"也不是好话。"世故"似乎也像"革命之不可不革，而亦不可太革"一样，不可不通，而亦不可太通的。

——鲁迅《世故三昧》

"她可以变成好人的，""格格不入"说，"要是每分钟都有人对她开枪的话。"

在"邪恶"的奥康纳的短篇小说《好人难寻》的结尾，"格格不入"杀死了那个喋喋不休的老太太，然后说出了这样一句意味深长的话。

那位可怜的老太太显然不是一个恶人，而且在普通人眼里她很可能算得上一个"好人"，但她并不可爱，她那些关于宗教和日常生活的客套话让我厌憎和愤怒。当她说出"哎呀！你是我的儿呢，你是我的亲儿"时，我固然不会像"格格不入"那样"像是被蛇咬了似的向后一跃"，然后开枪打死她，但也至少会被"恶心"得落荒而逃。

有人乐观地把老太太临死前的这句话描述为顿悟和觉醒的"天惠时刻"（Moment of Grace），我实在不能苟同，这个"可恶的"老太太最后想以一种宽恕和友善的假象求生，但"格格不入"是一个清醒的"恶人"，他本能性地拒绝了。

在"格格不入"或者在奥康纳的内心，到底有没有一个关于"好人"的标准，小说中没有交代，但他认为老太太要想成为好人，必须"每分钟都有人对她开枪"。也许，开枪的时刻如同末日审判的时刻，在那一瞬间，人被迫"思考"，人性也得以暂时从平庸、麻木的世故之恶中脱身，由此才有可能成为一个"好人"。

但"好人难寻"，因为人们有意识地避免遭遇"开枪的时刻"，宁愿活在无处不在的世故之中。所以，奥康纳才被称之为"邪恶"，就像那个谁都不宽恕的鲁迅被认为偏执、狭隘一样。他们都是"较真"的人，宁愿以不友善的恶相冷眼面对由世故豢养的伪善。

阿伦特在《艾希曼在耶路撒冷》中提出过"恶的平庸性"，后来在《思考与道德关切——致W.H.奥登》一文中做了进一步的思考和阐发。阿伦特发现艾希曼作为一个"罪犯"有一种"异乎寻常的浅薄"，深陷"一种不能思考的奇特状况，由此她得出结论："陈词滥调、日常话语和循规蹈矩有一种众所周知的把我们隔离于现实的作用，即隔离于所有事件和事实由于其存在而使我们思考它们的要求。倘若我们时时对这些要求保持回应，那我们马上就会疲惫不堪，而艾希曼的不同只在于他对此要求分明是毫不知悉。"

老太太是另一个"艾希曼"，我们每个人都是待审的"艾希曼"，但我们比老太太幸运，因为暂时还没有人朝我们开枪，我们也就还可以快乐地活在"陈词滥调、日常话语和循规蹈矩"的世故习性中。因为世故可以让我们"成功"，让我们安全，让我们每个人都看起来像一个"好人"，谁会愿意自找麻烦地"疲惫不堪"呢？

这种世故也许就是一百多年前梅列日科夫斯基所描述的"未来的小人"，那时候米勒、赫尔岑这样的欧洲思想者认为，西方的堕落就是有朝一日变成拥有"混合平庸"（Conglomerated mediocrity）或"庸俗习气"的中国人，目前，这种带有明显文化偏见的"黄色危险"论不幸被充分地言中了。

世故是中庸之道的一种畸变，显现着人们在当前的大时代的政治怯懦和世俗虚荣，或者说，物质的力量在空前地压制着昂扬向上的精神向度，诱惑我们做一群浅薄且拒绝思考和反省的猪；文化水平和文化素养的提高，形成的不是一个对共同体的前途负有责任感和实践勇气的群体，而是一群精致的知识主义者和享乐主义者。一团和气、饱含功利的世故让文化变得浑浊，让一切是非失去泾渭分明的界限，让一切抗拒变得可疑，甚至可笑。如果文学或者艺术有什么必须要克服的障碍的话，在我看来，这个首要的障碍就是世故。

　　但混迹在文坛的各色人等，有谁能避免这种世故呢？看看，那些越成功、名气越大的人就越世故，越不可能是"格格不入"，而更可能是不会有人当胸开枪的"老太太"、浅薄且拒绝思考的"艾希曼"。这就是鲁迅所说的"中国处世法的精义中的精义"："世故"深到不自觉其"深于世故"，这才真是"深于世故"的了。结果，举目四望，你竟然很难发现一个真正意义上的恶人，到处都是和善的、宽厚的"好人"面孔，而他们却在制造着最让人无法忍受的平庸之恶、世故之恶。

　　一日，昏昏入睡，依稀看到前方有一蔼然长者微笑着向我走来，他温厚的手掌抚摸着我的肩头，动情地对我说："哎呀！你是我的儿呢，你是我的亲儿！"我像是被蛇咬了似的向后一跃，当胸冲他开了三枪。然后我的胸口多出一个骇人的血洞，长者仍旧微笑着，和善而友好地看着我倒在地上……

原载《山花》2014年第4期

重建"青年性"
——我的批评观

  毋庸讳言,我们当下的青年群体——包括青年批评家——本质上是缺乏真正意义的"青年性"的,而没有"青年性"的文学和文化是没有活力和希望的。那什么是"青年性"呢?"青年性"的核心价值是基于共同体责任的反抗,反抗什么?反抗蒙昧、反抗私欲、反抗诱惑、反抗权力的滥用和公器的私权化,反抗没有责任感和理想情怀的庸碌,反抗基于谋求名利和安全性的过度"和善",反抗那"温柔"又"残酷"的世故习气……需要反抗之物如此之多,以至于反抗尚未发生或刚刚发生,青年就被压垮了,或被"招安"了。

  中国进入九十年代之后就没有一个本质性的青年群体的存在了,尼采所说的"青年之国"、梁启超所说的"少年中国"、鲁迅所说的"有声的中国"恐怕越来越渺茫,相反,"老大帝国"的情状日益顽固。那么谁在抑制青年的出现呢?当然是老年人。中国文化历来是老年性的文化,从古至今所有权力都控制在老年人或未老先衰的人手里。年轻人要想成为权力的合法的、合理的接班人,就必须接受这种权力等级的现状,必须小心翼翼地复制自己的父辈和祖辈的老路。在任何时候都是如此,即权力的让渡需要顺从者,而不是掘墓人。在这样一种文化氛围中,青年是没有活力的、没有勇气的,他们必须"顺从",借用鲁迅的话就是:"现在的青年……大半还是弯腰曲背,低眉顺眼,表示着老派的老成的子弟,驯良的百姓……"

美国学者沃特森认为："我们的时代和过去许多时代一样，上演着一个持续、残忍但又隐秘的老年人对年轻人的战争。"表面上看，这是一个"特别重视年轻人和创新的时代"，但悄悄进行的却是"言论管制和现有秩序的维护"。所以，举目四望，当下能够诉求和实践反抗本性的青年人越来越罕见，有的人在各种各样的压力之下变成"愤青"——"当下喷粪的肾上腺素分泌紊乱人群"，有的则自暴自弃地颓废为"达观"的"屌丝"，更多的人未老先衰、早生华发，按照安全、固定的制度逻辑盲目而庸碌地消耗自己的一生。

所以，为了改变这一局面，作为一个青年批评者，首先要重建"青年性"，重新呼唤一种源于自由渴望的反抗冲动，或者进一步强调，这种重建首先要构筑在对现有文化的祛魅和破坏之上，简单概括如下：

检查："对话 老人——'让我们继承下去吧。'青年——'让我们检查一切。'十九世纪就是如此。"（司汤达，反击法兰西学院的古典派权威时的题跋）

戳穿："这些话，好像是牢骚，但也是不得不发的牢骚。因为问题既已存在，与其加以裱糊，不如把它戳穿。戳穿之后，我们才能了解到它的严重，才能去思索，才能去解决。"（李敖）

捍卫："永不疲倦地在我们的青年中捍卫未来，抵制那些未来圣像的破坏者。"（尼采）

自信："造成今日之老大中国者，则中国老朽之冤业也。制出将来之少年中国者，则中国少年之责任也。彼老朽者何足道，彼与此世界作别之日不远矣，而我少年乃新来而与世界为缘。"（梁启超《少年中国说》）

如果回到文学或文学批评的场域探讨"青年性"重建的问题，那么我们必须首先要打破目前这个通过"纯文学""文学自主性""学术化""学院化"等等概念所建构的话语封闭性，青年批评者应该摆脱一种过度职业化的话语惯性，把抽象、空洞而恶性重复的文学问题放置在一个更具共同体关怀和责任意识的"公共性"的层面上来,正如齐格蒙特·鲍曼所指出的:"要改变这种状况(个人自由与集体无能同步增长)之可能性,有赖于agora——这是一个既非私人亦非公共而同时恰恰又更私人、更公共的空间。在这空间里,私人问题以一种有意义的方式相遇,不仅仅是为自我陶醉之快乐,也不仅仅是为通过公共展示而寻找某种疗治,而是寻找一种集体操控之手段,其力量足以将私人提升出他们所遭受的私人性的不幸;这一空间可能产生这样的一些观念,并形塑为'公共之善''正义社会'或'共同价值'。"

批评的敌意

"一切障碍都在摧毁我",伴随着年华的啃噬,我似乎总是比昨天更明白卡夫卡这句话的"重量"。

我越来越感觉自己是一个思想和文学的病患,被眼前"浮动的盛宴"摧毁之后,就躺在了波德莱尔所说的"人生的医院"里,和所有病人一样,天天"渴望调换床位"。所以,我就常常跟那些问候我的人说:我很忙,我很忙……但为什么这么忙?忙什么?这样的问题最好不要思考,不然会有一股医院消毒水遮掩下的腐尸气味扑面而来。

德勒兹说:"文学似乎是一项健康事业:并不是因为作家一定健康强壮……相反,他的身体不可抗拒地柔弱,这种柔弱来自在对他而言过于强大、令人窒息的事物中的所见、所闻,这些事物的发生带给他某些在强健、占优势的体魄中无法实现的变化,使他筋疲力尽。"我躺在"医院"里最主要的任务就是思考,思考如何面对那些"过于强大、令人窒息的事物",但除了时光被冰冷地打发掉之外,我一无所获,"柔弱""筋疲力尽"不过是一个可耻的标签,引发"强健的体魄"恶意的哂笑;失望乃至绝望让我变成一个虚无主义者,对那些自称极具疗效的"药丸"和医术高明的"大夫"越来越充满敌意。

敌意真的不错。本来在这么年轻的时候就沦落为一个和自己职业背道而驰的虚无主义者,简直就是一场灾难,但由此兑换的敌意让我觉得我还活着,或者说,我还不至于病死。敌意让我保留了适度的愤怒,以及由这种愤怒激发的反抗的意志;而懂得反抗让我勉强对得起"青年"二字,让我知道失败和哭泣未必是一桩丑闻。

我经常做勇士或煽动家的梦，在梦里我反复引用海德格尔评价尼采的话："虚无主义"眼下毋宁就意味着：一种摆脱以往价值的解放，即一种为了重估一切价值的解放。我站在广场的高台上振臂高呼，呼喊我的同龄人组建尼采召唤的"青年之国"："如果世界被从这些成年和老年那里拯救出来，肯定是对世界更好的拯救！"开战！向一切老于世故的僵尸们开战！

　　然而，"梦是好的，否则，钱是要紧的"。当我满头大汗醒来的时候，往往面对的都是那张中老年医生和蔼的面孔：小朋友，乖，该吃药了。当我惊慌失措地把"批评"的矛奋力刺出时，发现对面空空如也……

　　"荷戟独彷徨"是不是有英雄般的悲壮呢？如今，假扮英雄的戏子们如过江之鲫，真的英雄罕见且无助，此时"不如多扔些破铜烂铁/爽性泼你的剩菜残羹"，悲壮固然没有了，但捣乱的趣致却总还会有些吧？

　　"说话说到有人厌恶，比起毫无动静来，还是一种幸福。天下不舒服的人们多着，而有些人却一心一意在造专给自己舒服的世界。这是不能如此便宜的，也给他们放一点可恶的东西在眼前，使他有时小不舒服，知道原来自己的世界也不容易十分美满。苍蝇的飞鸣，是不知道人们在憎恶他的；我却明知道，然而只要能飞鸣就偏要飞鸣。"（鲁迅《坟·题记》）

　　我的理想就是以批评的"敌意"，做这样一只令人厌憎的"苍蝇"，这就好比病人插上了纸糊的翅膀，总是生造了几分逃出病房的幻觉或希望。

原载《南方文坛》2013年第4期

文学的深梦与反抗者的悖谬
——韩东"文学形象"浅析

一

韩东的文学形象总让我想起本雅明在论述普鲁斯特的一段话[1]，只不过鉴于两者文学语境和写作形态的巨大差异，这段话需要做某种必要的改写："我们时代无与伦比的文学成就注定要降生在不可能性的心脏。它既坐落在一切危险的中心，也处于一个无关痛痒的位置。这标志着那些花费了毕生心血的作品乃是一个时代的断后之作。韩东的形象是文学与生活之间无可抗拒地扩大的鸿沟的具有典范性的一流面相。这是文学为什么仍旧要严肃地关注和思考这个形象的理由。"当然，这不是对韩东文学成就的"盖棺定论"，也不是盛行的对所谓"文学杰出贡献者"的廉价褒奖，它仅仅是一种描述，用以凸显韩东的创作及其文学行为的时代嵌入性和相应的复杂性。

钟鸣把1989年概括为一个"深梦"——"至今我们还必须躺在上面，不能卸鞍"，事实上，对于"50后""60后"很多的作家、诗人而言，整个1980年代就是一个无法醒来甚至不愿醒来的"深梦"，至今他们还顽固地浸淫在里面，不能卸鞍或假装不能卸鞍，然而梦境毕竟是梦境，事实不过如此："爱死灰复燃，又旋即熄灭——跟两条

---

[1] [德]本雅明：《启迪：本雅明文选》，阿伦特编，张旭东、王斑译，生活·读书·新知三联书店2008年版，第215-216页。

精神矍铄的鱼，侥幸蹦到岸上喘口气赶忙闷回水里一样"。[1]韩东和其同时代的很多人成就于这一"深梦"，也受困于这一"深梦"。然而在所有的梦游者中，韩东因其敏感、尖锐、孤傲、咄咄逼人、不留余地[2]，而"显得更加清醒，更具有命名的气质和'观念终结者'的能力"[3]；因其所处的政治转型、文学暴动的时代与"不可能的心脏"共同孕育出的反抗的欲望，而把自己及同道者置入某种"危险的中心"，又因为对这危险的迷恋及相应的挑衅而变得愈来愈"无关痛痒"。正如"'第三代诗'与其说是一场诗歌的革新与建设，还不如说是一场以偏激的形式展开的精神运动"[4]一样，韩东的所有探索也是"一个独特的精神现象"[5]，仅仅从"诗到语言为止""回到诗歌本身""个人性""日常主义""口语化""民间""平民视角""反英雄、反文化"等固定的文学史、诗歌史阐释范畴中讨论韩东已经没有多少意义了，他及其文学实践从发端起就溢出了诗歌、美学的边界，以极其突出的开放性、冒险性和革命性，以"不无殉难者的英勇"[6]把自己以异端者、不合时宜者的标签置于波谲云诡的中国文化政治的核心场域之中，生动且不无悲情地演绎了反抗者、革命者的快乐与痛楚。

作为"诗人中少数能把文章写清楚的人之一"[7]，韩东从一出场就表现出与其美学主张相悖的某种欲望和能力，他经常以宣言、文论、访谈等多种话语形式，滔滔不绝、旗帜鲜明地"标榜"自己的文学主张，冷酷、决绝地抛出自己的文学判断和美学立场，以极具理想

---

[1] 钟鸣：《新版弁言：枯鱼过河》，见氏著《畜界·人界——一个文本主义者的随笔》，上海人民出版社2010年版，第1页。
[2] 陈超：《韩东——精神肖像和潜对话之二》，《诗潮》2008年第2期。
[3] 张清华：《必然的终点和或然的起点——关于〈他们〉的过时言谈》，《上海文学》2005年第5期。
[4] 魏慧：《论第三代诗的语言策略》，《诗探索》1995年第2期。
[5] 小海：《关于韩东》，《诗探索》1996年第3期。
[6] 陈晓明：《异类的尖叫——断裂与新的符号秩序》，《大家》1999年第5期。
[7] 陈超：《韩东——精神肖像和潜对话之二》，《诗潮》2008年第2期。

主义和英雄主义的姿态彰显出文学主体与现实秩序的对立、对抗、反叛和断裂。但"反抗"与"断裂"不过是文学主体在历史罅隙中虚构的权利,"他固执地表示自己身上有某种东西'值得……',要求人们予以关注。他以某种方式表明自己受到的压迫不能超过他认可的程度,以这种权利来对抗压迫他的命令。"[1]结果呢?这一切不过是文学深梦里的政治幼稚病,他大声地喊出:"在一个充满诱惑的时代里诗人的拒绝姿态和孤独面孔尤为重要,他必须回到一个人的写作。任何审时度势、急功好利的行为和想法都会损害他作为一个诗人的品质。他是不合时宜的、没有根据的,并且永不适应。他的事业是上帝的事业,无中生有又毫无用处。他得不到支持,没有人回应,或者这些都实际与他无关。他必须理解。他的写作是为灵魂的、艺术的、绝对的,仅此而已。他必须自珍自爱。"[2]或者在《三个世俗角色之后》中想象性地把自己从政治、历史、文化中解救出来,或者通过"断裂"的行为、"民间"的话语想象,试图把自身从粗鄙、恶俗的文学秩序、社会法则中区别出来,最终这一切都只是印证了1980年代的文学深梦所具有的蛊惑性、煽动性和脆弱性,印证了"他们"是如何低估了自己所反对的秩序和法则的强大,印证了文学主体有关个性化、革命性想象的虚妄和偏执。

"什么东西被终结?关于诗歌的意识形态的神话,关于历史和文化的'前现代式'的想象虚构,关于情感世界的种种脆弱的故事,关于种种成人的习惯性撒娇……"[3],韩东力图去终结的一切对立物,最终无不投射到他自身之上,对于反抗者而言,这才是最残酷、最悖谬和最无能为力的。"无中生有又毫无用处""'半明半暗'的

---

[1] [法]加缪:《反抗者》,吕永真译,译林出版社2010年版,第15—16页。
[2] 韩东:《"他们"略说》,《诗探索》1994年第1期。
[3] 张清华:《必然的终点和或然的起点——关于〈他们〉的过时言谈》,《上海文学》2005年第5期。

处境"[1]"降低到一只枯叶的重量"[2]……韩东所有这些关于自我的"非中心化"、边缘化、去权力化的设想,最终都被文学实践中不断膨胀的自我中心化、自我戏剧化、"儿童般的领袖欲"(陈超语)、"现代主义式的小团伙的意气用事"(陈晓明语),以及权力话语巨大的吞噬性等,改写为一种新的秩序和权力话语的合作者、分享者;某种意义上,于坚所痛苦的"站在餐桌旁的一代""局外人"已经自觉不自觉地成为分得一杯羹的局内人。"他们像是文学史上孤零零的群落,他们的符号价值无从界定,也无人界定,他们成为自己制作的符号系统的界定者。这使他们必然要以异端的形式出现,他们以非法闯入者的身份来获取新的合法性。正如皮尔·布迪尔在论及异端性话语与正统权威的关系时所说的那样:'通过公开宣称同通常秩序的决裂,异端性话语不仅必须生产出一种新的常识,并且还要把它同一个完整的群体从前所具有的某些不可言传只可意会的,或遭到压抑的实践和体验事例在一起,通过公开的表达和集体的承认,赋予这种常识以合法性。'这些被放逐的亚文化群体,也正是以与制度化生存对立的姿态才能迅速获得象征资本,这就像当年法国巴黎的一群波希米亚式的艺术家,以他们的特殊的异类姿态与上流社会作对,鼓吹他们的为艺术而艺术观念,从而迅速建立他们的象征资本。再或者如当年美国'垮掉的一代'所扮演的归来的浪放者的角色。同样的情形在不同的布景前面再度上演。"[3]韩东及"第三代诗"之后的"晚生代写作""下半身写作""垃圾派""第三条道路"等名目繁多、姿态各异的"异端"文学(诗歌)潮流类似,遵从着雷同的被符号系统、资本和权力话语收容、改写的命运。

对于文学反抗者身上这种与生俱来、几乎不可抗拒的悖谬性,任何道德上、文化上偏执的反思、批判乃至得意扬扬的奚落都是不恰

---

[1] 参见韩东"第2届华语文学传媒大奖·2003年度小说家奖"答谢词。
[2] 常立:《"他们"作家研究:韩东·鲁羊·朱文》,上海三联书店2010年版,第205页。
[3] 陈晓明:《异类的尖叫——断裂与新的符号秩序》,《大家》1999年第5期。

当的、市侩主义的，而把这种悖谬从韩东的文学形象上着重凸显出来的目的，一方面在于呈现韩东卓越的文学思想和文学实践在文学大变局时代所具有的转捩之功，揭示其在后来的青年写作者、文学反叛者中形成巨大共鸣的缘由；另一方面，悖谬本身并不绝对指向失败和无效，朱文对韩东所说的"我们要不断革命"[1]仍然有必要，且不会因悖谬的丑陋而断绝对后来的反抗者的召唤，而在这持续又微弱的召唤中，我们也得以与诗人分担生命深处共同的痛苦、共同的沮丧。

二

有论者这样评价作为"诗人"的韩东："作为'第三代'诗人的突出代表之一，韩东的许多作品都曾陪伴我度过无数个青春时期的难眠之夜。毫无疑问，韩东一开始就成为我以及我这一代人的'诗歌接受史'中无法绕开的人物，尽管近几年他已经主攻小说而极少写诗，但我相信，无论在普通读者还是专业的文学史家心目中，他作为诗人的分量仍远重要于他作为小说家的分量。"[2]的确，在很多诗人和读者那里，韩东始终是一个拥有超凡创造力和鼓动性的"强劲有力的诗人"，是一个拥有持续的影响力和号召力的领袖般的文学存在，甚或，在一些坚定的跟随者和支持者那里，他不啻是诗歌上的先知[3]、超越了英雄角色的圣徒[4]。但韩东在诗歌场域中的这种典范性，又始终伴随着某种片面性和普遍的误解，经过诗歌史反复的阐释和淘洗之后，韩东作为"第三代诗"或"后朦胧诗"的标志性人物，已经逐渐符号化了："诗到语言为止""个人性""日常主义""口语化""市民化""民间""断裂"……或者就是那个写了《有关大雁塔》《你见过大海》《甲乙》的诗人。韩东曾经无奈地说道："当年《有关大雁塔》发表以后，我的诗歌写作似乎再无意义。尽管我自认

---

[1] 韩东：《备忘：有关"断裂"行为的问题——回答》，《北京文学》1998年第10期。
[2] 刘春：《一个人的诗歌史》（第二部），广西师范大学出版社2010年版。
[3] 胡桑：《韩东论》，《趁路诗刊》2006年第4期，或参考"诗生活"网站"诗观点文库"。
[4] 朵渔：《面向真理的姿势》，《上海文化》2010年第3期。

为诗越写越好，别人却不买账。由此我知道所谓'代表作'的有力和可怕。"[1]但这一困局无法破解，它是与文学深梦相关的时代性的必然结果，且并不仅仅针对韩东；而更为无奈和吊诡的是，正是这种片面而激烈的时代性最终成就了韩东和整个"第三代诗"。

韩东的诗歌写作受益于《今天》和北岛，后者的开创性、异质性的美学实践给韩东带来了"心神俱震"的持久体验，开启了他诗歌创作的"模仿期"和"开创期"[2]。此后，"今天派"（或朦胧诗）的写作方式及其标志性人物北岛成了韩东及"第三代诗"的真正的"对手"，"阅读《今天》和北岛（等）使我走上诗歌的道路，同时，也给了我一个反抗的目标。此乃题中应有之意。有人说，这是'弑父原则'在起作用，姑且就这么理解吧。""1982年，我写出了《有关大雁塔》和《你见过大海》一批诗，标志着对'今天'诗歌方式的摆脱。在一篇文章中，我以非常刻薄的言辞谈到北岛，说他已'江郎才尽'。实际上，这不过是我的一种愿望，愿意他'完蛋'，以标榜自己的成长。"[3]整个"第三代诗"的发端和兴起均是来源于这样一种关于命名、身份乃至诗人主体性的焦虑，为了实现代际和话语权力的转换，他们急切地表达出反抗和超越的愿望。然而与他们名目繁多、意义含混的美学诉求（"回到诗歌自身""回到语言""回到个体的生命意识"等）相对应的，却是战斗色彩和功利意识非常明显的各种政治性行为——这些行为被模糊地定义为"我的一种愿望"。

尽管韩东通过《有关大雁塔》等诗歌以极快的速度声名鹊起，但早期专门针对他诗歌的研究并不多，韩东和"他们"总是被放置在"第三代诗"的总体范畴中考察。不过这些考察都比较敏锐和准确地捕捉到韩东以及"第三代诗人"所首要面对的"主体性"困境，尽管

---

[1] 韩东：《我的中篇小说》，见韩东：《我的柏拉图》，陕西师范大学出版社2000年版，第1页。

[2] 关于韩东诗歌的分期可参考常立《"他们"作家研究：韩东·鲁羊·朱文》，上海三联书店2010年版，第38页。

[3] 韩东：《长兄为父》，见韩东：《韩东随笔小辑》，《作家》2003年第8期。

他们常常把反抗的目的诉诸为语言、语感、意象、个人性等形式、美学的概念，但不可否认的是，"第三代诗歌"作为一种反抗性的青年亚文化潮流，其精神的肇始无疑是一种新的主体意识的觉醒。"朦胧诗"完成的是一个理想主义的"大写的人"的主体性，而"第三代诗人""切合于不可逆转的时代转型和意识变迁，差不多是无可选择而又义无反顾地放逐了一个主体性的时代，开始了'自我'的碎裂、飘零、流浪、萎缩的心路历程。"[1]在这一放逐的过程中，因为时代的挤压和自我戏剧化的心理暗示的双重作用，"第三代诗人"成为于坚所说的"站在餐桌旁的一代""局外人"，程光炜所描述的"面对荒原""精神逃亡"的一代[2]，柏桦后来提出的"缺席的主体"[3]。而韩东则把他们那一代定义为"孤儿"："在文学上，我们就像孤儿，实际上并无任何传承可依。……无论人们是否同意我的划分，这却是我的实际感受。这种孤独无助感持续在几代（其实是几批）诗人作家中。"同时他对根植于、受益于传统、政治意识形态、宏大叙事的写作饱含不屑，并着力于去消解、解构那些"大前提、大背景、大观照"[4]，比如他在《三个世俗角色之后》中声称摆脱了政治、历史、文化三个世俗角色之后，"中国诗人的道路从此开始"；在《关于诗歌的十条格言或语录》中声称，"诗歌的方向是自上而下的。它是天空中缥缈的事物"。而作为"第三代诗""写作宪章"的《有关大雁塔》及《你见过大海》等代表作，也皆是这种解构意图的产物，与此相应的"诗到语言为止""口语化""日常主义""个人性""身

---

[1] 陈旭光：《主体、自我和作为话语的象征——"后朦胧诗"转型论》，《诗探索》1995年第4期。

[2] 程光炜：《第三代诗人论纲》，湖北师范学院学报(哲学社会科学版)1989年第3期。

[3] 柏桦：《论当代诗歌写作中的主体变异》，《中国艺术批评》2008年1月。

[4] "从严格意上来讲，诗人是无视所有权威的，他首先是一种爆炸，他是没有前提的。现在，所有诗人都是在一个大前提、大背景、大观照下才能取得战果，这些成果显然是无意义的，他将随着他的系统完置而完蛋。这种状况很可悲。"韩东、张英：《大师系统与我无关》，《粤海风》2000年第6期。

体性",乃至后来的"断裂"行为、"民间"构想,无不开端于这样一种新的主体意识催生的疏离、反叛、对抗、回归的复杂意愿。在这一过程中,韩东的"真实贡献在于:首先,他剔除了诗歌中强加的伪饰成分,使之从概念语言回复到现实的本真语言并具体到个人手中;其次,他使诗歌这种艺术品种从矫情回到源头、回到表意抒情的初始状态。可以讲,他无意中完成了对诗歌语言的颠覆和内部革命,是对诗歌语言的最早觉悟。……特别是诗歌中直指人心的语言魔力、独到的个人节奏、强悍的意志力和社会学的批评意义,使之成为一代诗人反抗的象征,这种抛弃传统的胆魄,使他的诗具有空前的尖锐性。当然,在摧毁现存诗歌原则的同时,必须要求诗人自身付出代价,即将自身处于没有回旋余地的悬崖绝壁,其冒险性从创作动机和实际效果看是一目了然的。"[1]而所谓冒险性之"险"也不仅仅指涉着反抗的政治代价、美学代价,同时指涉着韩东新的主体想象中先天的片面性。

后来的现实证明,"孤儿""缺席""局外人"等"第三代诗人"的自我描述更多的是一种不无矫饰的自我关注和自我戏剧化,韩东从薇依那里领悟到的"弃绝自我"以及对"诗歌名义下的自我膨胀、侵略和等级观念"[2]的反对,也反过来成为批判和省察"第三代诗歌"运动的一面镜子。他们专注于反抗者、反叛者的正确性的特权,在代际焦虑和"文学革命"的宏大节日里提出的诸多诗学宣言往往过于高蹈和抽象,信誓旦旦又彼此矛盾;常常流露出"一种在反贵族倾向中飘逸出的神情无定的心灵色彩",也无法掩饰某种优越感背后无所依傍的无聊感和"更深刻的软弱"[3]。

1980年代中期到1990年代、新世纪,韩东笔耕不辍,先后写出《温柔的部分》《为病中于小韦所作》《甲乙》《哥哥的一生必天真烂漫》《我听见杯子》《爸爸在天上看我》《这些年》《西蒙娜·薇

---

[1] 小海:《关于韩东》,《诗探索》1996年第3期。
[2] 韩东:《自述和主张——写于第二届刘丽安诗歌奖》,见《韩东散文》,中国广播电视出版社1998年版,第161—162页。
[3] 程光炜:《第三代诗人论纲》,湖北师范学院学报(哲学社会科学版)1989年第3期。

依》等许多更为优秀和成熟的作品,但评论界关注并不多。这一现象固然与韩东所说的"代表作的有力和可怕"有关,更是1990年代之后诗歌边缘化的题中应有之义,似乎也与韩东多年来对评论界的"蔑视"不无关联。专注于写小说之后的韩东,"诗仍然在写,并自觉成绩显著"[1],但评论界却不无这样的声音:"与韩东旗帜辉煌的诗歌宣言理论相比,他的90年代诗歌创作则相当疲软",他的"诗歌理论话语的背后却缺乏强有力的创作支撑,也没有针对诗坛的现状提出真正有建设性的诗学主张。因而在其决绝反叛的背后,是一种'无根'意识的悬浮和虚无情绪的流露"[2]。尽管这样的批评声音不无以偏概全的嫌疑,也有意无意地忽视了诗歌生态衍变的客观现实,但也一定程度上切中了韩东诗歌观念、诗学策略的某种"要害"。客观来说,韩东的诗学主张、宣言与其诗歌创作、诗人主体实践之间的断裂从根本上是无法避免的,正如我们前面的分析,他的那些空中楼阁般的观念构筑是几乎无法完整呈现的。随着一个消费社会、极端世俗化社会的到来,"口语""日常生活""身体性""民间""个人主义"等能够提供的新颖性、革命性、深刻性已然被逐步吸纳、改写、榨干、耗尽,然后留下的是一个以重复、啰唆、浅俗、口水化等为表征的诗歌的废墟景观,以及一群继续疲倦而亢奋地标榜革命、先锋、独立、自由的诗歌投机者,而那些所谓复杂、深刻、独到的生命体验只有在厚描式的反复阐释和声嘶力竭的自我描述中才能勉强成立。在这样一个新的"大前提、大背景、大观照"之下,韩东尽管仍旧会因为诗歌而获得新的奖项、颂扬,但作为一个无奈的随波逐流者,其价值和意义已经消耗殆尽,其"示范意义和导引作用"也只能局限在一个旨趣相近的"圈子"和利益共同体内。而这一逐渐衰微的精神轨迹也极其清楚和自然地投射到他的小说写作之中。

---

[1] 韩东:《"诗九首"编后》,见《韩东散文》,中国广播电视出版社1998年版,第150页。
[2] 刘继林:《在话语的反叛与突围中断裂——韩东诗歌行为的回顾性考察》,《学术探索》2005年第5期。

三

1990年代之后，韩东转而专心投入到小说写作之中，尤其是1990年代中期之后，他虽然继续写诗，但更重要的、产生更多影响的身份是小说家。至于为什么转向小说、两种不同的文体对于韩东写作的意义，他在很多访谈中都讨论过[1]，在他看来，诗歌的形式有自身的界限，抑或是限制（比如诗歌太敏感，本质上是轻的，不能承载太多重量，容量不够等），"不能与作家的混合性状态相适应"，经常"有劲使不出""憋屈"；而"小说容量大"，"使得上力气"，对诗人而言，小说（尤其是长篇小说）是最好的"补偿方式"，它是"消耗性"的，是"琐碎"的，"与日常的责任紧密相连"。至于这种解释是不是绝对客观，或过于含混，是否回避了更复杂的文体的社会学、经济学背景，以及个人的功利性渴求，我们不得而知；但对于读者和评论家而言，他们最初关心的不是两者的区别，而是两者的联系。

在那些较早研究韩东小说的评论家那里，建立韩东的诗歌与小说、诗人身份与小说家身份之间的内在关联，已经成为当时及其后较长一段时间的书写惯例；"作为诗人的韩东、那曾照亮过他的心灵空间的思想和艺术的光源，同样也延伸到他的小说创作之中"[2]，或"小说正是韩东的另一种写诗的方式，是诗对于小说的主动进入，也是小说对于诗的主动迎纳。实际上，在韩东的艺术世界里，小说和诗是合二为一的"[3]，诸如此类的观点频频出现，几乎已成为普遍的共识。有的评论家言简意赅地从写作与现实的关系、语言风格两个方面

---

[1] 参见刘利民、朱文：《韩东采访录》，见《韩东散文》，中国广播电视出版社1998年版；林舟：《清醒的文学梦——韩东访谈录》，《花城》1995年第6期；常立：《关于"他们"及其它——韩东访谈录》，《"他们"作家研究：韩东·鲁羊·朱文》，上海三联书店2010年版；姜广平：《韩东：我写小说不是为了……》，《西湖》2007年第3期；等等。

[2] 林舟：《论韩东小说的叙事策略》，《小说评论》1996年第4期。

[3] 吴义勤：《与诗同行——韩东小说论》，《当代作家评论》1996年第5期。

概括性地描述了这种关联[1],就写作与现实的关系而言,韩东从其诗歌观念那里继承来的是一种对知识、文化、传统的"避让",或者说是"解构"(谢有顺语)、"消解"(林舟语),他不在乎传统小说的故事性,专注于对现实、生活的更多的可能性和丰富性的挖掘、表现;而在语言风格上,韩东在其小说创作中继续贯彻他诗歌语言的干练、简洁、节制、精确等特点,"虽然不动声色",但"对于描写对象来说却具有令人惊叹的穿透力和表现力"[2]。而在这两种关联之上,其实蕴含的仍旧是韩东在诗歌思维中培养的"主体意识"的延续。

在凸显自己的诗歌观念的时候,韩东反复阐释的实际就是两个主体意识很强的问题:什么是诗?什么是诗人?而到了标记自己的小说观念的时候,他承继了这种追问形式:什么是小说?什么是小说家?与同时期的小说家相比,韩东在解决这样的本质性问题时,无疑表现得更急切、更自信。在《有别于三种小说》《小说的理解》《谈小说写作》《小说家与生活》《信仰与小说艺术》《小说与故事》《小说是艺术,是美》等文章及各种访谈中,他"连篇累牍"、孜孜以求的就是确认什么是真正的小说、怎样才是理想的小说家。其中维系着他在"第三代诗歌"运动时期培育的宣示、断言与命名的热情,在一种不无优越感的等级观念中决绝地"区隔":"如果我们的写作是写作,那么一些人的写作就不是写作,如果他们的那叫写作,我们就不是写作。"[3]这种傲慢的优越感,或者执拗的自信,同样来源于他在诗歌创作中构筑的、与创新梦想和反抗诗学有关的"主体意识":"我"的写作是个人的、个体化的、独特的、真实的。当然,信誓旦旦的"区隔"并不意味着一种全新的小说美学的创制[4]。而且,这种傲慢背后常常渗透出醒目的自省和虚无感,自我阐释、命名和肯定中

---

[1] 汪政、晓华:《避让与控制——再读韩东》,《作家》1997年第1期。
[2] 吴义勤:《与诗同行——韩东小说论》,《当代作家评论》1996年第5期。
[3] 韩东:《备忘:有关"断裂"行为的问题——回答》,《北京文学》1998年第10期。
[4] 其多数的写作与王朔、新写实、新生代、传统现实主义及后来的很多个人化、个体化写作的区别并不明显。

饱含缝隙和矛盾[1],再次印证其等级强烈的命名、宣示,与美学的关联并不大,更像是一种专注于反抗者特权的政治修辞,或者是与文学深梦有关的一种感伤而执拗的"唯心主义"——总是被点燃,又熄灭,再点燃,再熄灭。

韩东最初以知青("文革")生活、校园生活和当下的现实生活为主要创作内容的中短篇小说,颇得评论界的关注和激赏。这些小说主要呈现了边缘、异端、异类的"反抗性"人群的现实生活,这样的群体被批评家们描述为"漫无目的游荡者"(葛红兵语)、"都市的老鼠"(陈旭光语)、以现代书生和庸众为代表的"卑污者"(郜元宝语);由于异端、反抗者的在艺术领域中始终具有一种反对体制的"正确性",并且具备区别于宏大叙事之外的某种私人性、个体性的"真实",所以这类写作被高度评价就是可以理解的了。"韩东凭着对这两个人群的了解,为真实性日益稀薄的'当代文学'提供了可贵的内容","应该对这些江苏作家脱帽致敬。像他们似的不断掘下去,多少还能掘出中国生活与中国心灵的一点真实来,而一味涂抹,粉饰,虚飘,真不知末路会怎样。"[2]有关于"真实性"的渴望在那样一个阶段成为中国当代文学的某种特别的焦虑,以至于研究者普遍对韩东以及其他钟情于挖掘日常生活、个体生活或社会心理、身体叙事、性爱叙事的小说写作寄予厚望。但日常生活和个人化叙事具有天生的琐碎性、琐屑性,它们不仅可以消解解构体制、秩序、规范、宏大叙事,同样也可以消耗、掩埋小说写作中有限的智性和叙事张力。况且,真实永远是相对的,"真实性"这一概念本身过于含混、松散,难以成为小说写作赖以维系活力和创造性的依据。因此,以下的担忧在韩东后来的长篇小说写作中越来越明显就是容易理解的了:

---

[1] 比如他承认自己的小说"只有一条真实的路,那就是指向虚无",但虚无最终指向的是真理和价值(《清醒的文学梦》),或者一方面把小说文本、小说家分成三六九等,一方面认为"试图高级是一种极端的功利,高级可以达成,但必降低"(《关于文学、诗歌、小说、写作……》。)

[2] 郜元宝:《卑污者说——韩东、朱文与江苏作家群》,《小说评论》2006年第6期。

"韩东有没有自己的长篇计划呢？如果放到长篇里，能设想没有明晰的思想，没有复杂的情节和性格鲜明的人物吗？《三人行》式的叙述是不能承担长篇的，即使是中、短篇，如此个性的写作也已有了重复的嫌疑，有时过于晦涩反而带来了因阅读的视而不见而被阅读理解成了平淡、拖沓和絮叨。"[1]

2000年之后，韩东专注于自己的长篇小说写作计划，先后发表出版了《扎根》《我和你》《小城好汉之英特迈往》《知青变形记》《中国情人》《欢乐而隐秘》（《爱与生》）等多部长篇小说。这一系列的长篇写作，最初得到了一些认可、肯定[2]，但也遭遇了很多的批评、质疑，甚至是有意无意的"忽视"。尽管很多作家、艺术家都给予韩东的长篇小说以极高的评价，如"他以特有的方式改变了中国当代小说的景观"（北岛语）、"韩东洞悉那些显而易见却不被我们发现的事情，成为我们这个时代最不动声色却最惊心动魄的讲述者"（贾樟柯语）等，但这些赞誉往往带有强烈的"圈子"内、朋友间互相"吹捧"的痕迹，也因出版机构、相关媒体的介入，而带有宣传语言"语不惊人死不休"的特征。实际上，韩东的长篇小说较少得到所谓学院内、体制内的专业批评家的持续关注，或充分肯定，而且这种状况有"愈演愈烈"的趋势。与此相反，每有新的长篇出版，韩东都会通过访谈等媒体形式进行宣传、阐释，给予自己的新作以充分的自

---

[1] 汪政、晓华：《避让与控制——再读韩东》，《作家》1997年第1期。
[2] 比如因《扎根》获2003年度华语传媒"年度小说家"奖，批评家对于其观察生活的独特性、精确性的肯定："韩东的小说总是从一个生活的细小缝隙入手，并沿此缝隙深入钻探，钉子一样慢慢敲入存在的深处或低处，展露出自己对生活的独特认知。这种对交叉跑动的人世的书写，在我看来，正是韩东小说最为独特的贡献。如果说他的小说随时间推移而有了明显的变化，我觉得是韩东从过多的对情感和欲望问题的关系体察，逐渐深入到对事物和时代错位的体认，因而小说也逐渐厚重起来。这一趋势尤其表现在从《扎根》开始的一系列长篇里，并在《小城好汉之英特迈往》和《知青变形记》中达到了顶峰。不过，谈论韩东小说对单薄的摆脱，只算得上一个额外的表彰，并不是他小说的题中应有之义，因为韩东的小说拥有的从来不是深厚博大，而是精微准确"。（黄德海：《后来者的创造——韩东的诗歌和小说》，《创作评谭》2015年第5期。）

我认证、自我肯定[1]，同时表达对当前小说创作的不满（如认为很多小说和时代不相称、没有技术含量等），并反击针对自己的各种批评（如指斥批评家对《扎根》"拼凑""重复"的非议是"机关单位才有的攻击方式"[2]等）。

事实上，韩东长篇小说写作与其中短篇写作、诗歌写作遭遇的困局有着一脉相承的联系，日常化、个人性、身体与欲望，或"把真的写假、写飘起了"（韩东语），"年过半百的人世体会"（曹寇语）等各种或明确或含混的写作策略、创作观念，从根本上是无法回应乃至解决虚构叙事文学（或者整个文学观念）所遭遇的危机的。而韩东执拗于从1980年代培育起来的个体文学进化论和体制外、民间写作的正当性（包括某种迫害"妄想"），或者他自己否定的"诗歌名义下的自我膨胀、侵略和等级观念"等，在面对危机和质疑的时候形成了一种混杂着焦虑、傲慢、自信、虚荣和虚无的复杂心态，用一种夸父逐日般的职业态度和精神劳作（或文学生产），试图突破这一困局，解决这一危机，结果是愈陷愈"深"。一边是庞大的长篇写作计划[3]，一边是极其有限的生活经验和日益逼仄的美学可能性，韩东的努力不过是"文学深梦"中一种不无英雄主义悲情的虚妄的"执念"——或许还要更加复杂和难以"启齿"。

四

以诗人和小说家的身份来完成对韩东的文学形象的构筑是远远不够的，我们熟悉的"他们"（《他们》）、"民间""断裂"等三个关键词，对于凸显其形象的时代性、冒犯性和"危险性"来说也许更

---

[1] 如在《中国情人》出版时，韩东认为它在自己五部长篇中排第一，而在推出新作《爱与生》时，又强调"这可能是他写得最好的一部小说"，另外还特别指出"我写出来的小说绝对能让人不停顿地一口气看完"等。

[2] 姜广平：《韩东：我写小说不是为了……》，《西湖》2007年第3期。

[3] "我手头至少还有十部长篇的素材"，见李勇、韩东：《最伟大的书只能由佛陀这样的人写成》，《文学界（专辑版）》2011年第10期。

加重要。当然我们没有必要再赘述它们与韩东的创作和文学精神的紧密关联，也似乎不需要穷究其性质的简单或复杂，正确还是错误，它们被讨论得过多，以至于我们找不到恰当的态度来面对。或者可以借用钟鸣的话："时过境迁，即使是单纯的人、单纯的事、正确的人、正确的事，做出来也恍惚严重错位。"[1]总之，韩东曾经是一个能够制造真正的文学"事件"的强劲的艺术家，他有着卓越而清醒的思考能力、孤傲的反抗精神、专注而赤诚的职业态度，又先天拥有革命家和煽动家的"领袖"气质。这使得韩东以反抗和个人独特性的符号特征，在1980年代以来中国当代文学的精神版图上，留下自己卓异而持久的印记，对于那些具有强烈的反叛冲动或者与社会、体制之间有着明显的疏离倾向的青年写作者而言，韩东始终具有强大的典范性和指引性。而对于整个文学史、诗歌史而言，韩东及其作品的经典化在新世纪前后也已经基本完成，此后他的成功或失败都委身于这一经典化的光环或阴影之下，当然这一境遇适用于很多同时代的作家，也同样适用于整个时代的文学观念及其主体意识："我们离开了'主体'时代，进入了'遗产人'时代。"[2]当然，韩东拒绝进入"遗产人"时代，他通过写作、言论、行动试图把自己遗留在"主体"时代，遗留在文学的"深梦"里，由此必然引发种种属于反抗者的悖谬。早在1989年他就完成了对自己写作生涯的某种概括、总结：

  我们猜想一定是什么地方出了问题。要不，是我们理解的东西错了；要不，我们根本无写作的能力。

  我们处于极端的对立情绪中，试图用非此即彼的方式解决问题。结果，我们失败了。

  这是一个异常曲折的过程。一方面，我们以革命者的姿态出现；一方面，我们怀着不能加入历史的恐惧。

---

[1] 钟鸣：《畜界·人界——一个文本主义者的随笔》，上海人民出版社2010年版，第12页。
[2] [法]朱丽娅·克里斯特瓦：《反抗的意义与非意义》，林晓等译，吉林出版集团有限责任公司2009年版，第10页。

可以说整个诗歌运动都暗含着这样的内容和动机。我们的努力成了某种政治行为，或个人在一个政治化的社会里安身立命的手段。[1]

明知失败，明知无法逃离政治、文化、历史这样的"三个世俗角色"，韩东仍旧固执而义无反顾地用自己否定的"理想主义"姿态来反抗这一切，结果不仅是失败，也有"成功"，而"成功"则把失败推向了最为反讽的绝境："……流派高蹈，泥沙俱下，文马百驷，藏污纳垢。锋颖者猝折，滑疑者图耀，在千千万万尚未流露的恶的细节中，诗人彼此间大概也都是受够了的，谁说起来都好像是受害者，被叙及者，又都仿佛是祸殃。"[2]反抗谁？反抗自己吗？在中国，身陷无物之阵、"两间余一卒，荷戟独彷徨"，或者自我的异己化，一直都是反抗者最终的宿命。新世纪初，韩东曾经留下这样一首《自我认识》：

多年来，我狼奔豕突/又回到原地/变化不大//多年来，我鸡零狗碎/进三步退两步/空耗时光//多年来，我的野心/和我的现实/总不相称，一味地/自我感动/我精神恍惚/目光迷离/总也找不准方向//看着看着，我就眼花了/坐着坐着，我就心慌了/既想被什么牵引/又想被自己推着//总之是太聪明/不够笨/总之是小聪明/大笨蛋//我是庸碌之辈/却于心不甘/雄心勃勃/却少应有的平静//多年来，风景如画/一晃而过/剩下的时间/已经不多了

如此沦肌浃髓的反省、自识也不可能给韩东带来"应有的平静"，所谓的"庸碌之辈"的"于心不甘""雄心勃勃"不过仍旧是反抗者无法放弃天赋权利的宿命。新世纪以来，韩东的书写和言谈继续秉持"敏感、尖锐、孤傲、咄咄逼人、不留余地"的品质，滔滔不绝、"信誓旦旦"地表达着一位"旧时代"的反抗者的愤怒、洞见乃

---

[1] 韩东：《三个世俗角色之后》，见《韩东散文》，中国广播电视出版社1998年版，第121-122页。

[2] 钟鸣：《新版弁言：枯鱼过河》，见《畜界·人界——一个文本主义者的随笔》，上海人民出版社2010年版，第14页。

至偏执、"狭隘"。也许,克里斯特瓦说的是对的:"幸福只存在于反抗中。我们每一个人,只有在挑战那些可以让我们判断自己是否自主和自由的阻碍、禁忌、权威、法律时,才能真正感到快乐。在反抗的过程中涌现出幸福的内心体验,这证明了反抗是快乐原则的内在组成部分。"[1]也许,钟鸣对此类人的概括是准确的:"他们的坚持,说明他们很清楚自己在做什么,但他们所表现的是和愤世嫉俗相反的那种激进态度,带着明显的悲剧意识——也就是齐泽克分析的,出于'无情的道德命令,我还是不得不做',或我不得不写。"[2]当然,也有可能以上皆虚,一切不过是政治性的矫饰或自我戏剧化,不过是韩东曾经孜孜以求的"梦的语言"的歧变,不过是种种绝望挣扎的循环。也许从最初就是错误的:把文学作为反抗的起因和目标,在其构筑的迷人幻境中坠入"深梦"——有的人不愿醒来,有的人偶尔醒来,有的人则永远在假寐……即便如此,我们仍旧要对韩东这样的文学形象表达足够的敬意。与那些同样经历过某种革命的文学氛围却堕入权力的温床的"成功者"相比,韩东的书写和实践无疑显得要真实和诚恳得多,作为一个"事件"、一种症候和精神现象,他起码经得起注视和辩驳;而他的同时代人,曾经的革命者或者至少分享过革命欢乐的人,如今则过得腐朽而毫无生气,抑或"生机勃勃"到令人绝望……

---

[1] [法]朱丽娅·克里斯特瓦:《反抗的意义与非意义》,林晓等译,吉林出版集团有限责任公司2009年版,第25页。

[2] 钟鸣:《新版弁言:枯鱼过河》,见《畜界·人界——一个文本主义者的随笔》,上海人民出版社2010年版,第11页。

反抗，何以成为失败的一部分？
——朵渔《这世界怎么啦》（组诗）有感

> 从前，诗歌通过回顾词语记忆并从中萃取出感性时光，一直都懂得大声说出对自由意志的愿望。在我们隐约感觉到衰落或至少是不确定的时代，追问一直是唯一可能的思维方式：一种尚存生机的生命的标志。
>
> ——克里斯特娃

宿命的节日

数年前，朵渔凭借"凝视个体内部的黑暗"而在一个名流云集的光亮舞台上领受了那个重要的或者可有可无的荣誉。彼时彼刻，在那束被簇拥的赞誉和诡异的朗诵声塞满的公众性的光里，朵渔涌动着怎样的诚实内心、如何安置自己体内的黑暗？不得而知，我只能以一个冷眼看客的狩猎似的心态，妄自揣测着诗人将如何"被他低水平的对手扼住"……伯恩哈德面对纷至沓来的文学奖时的自责心态——蔑视文学奖但没有拒绝，憎恶仪式却又不得不参加——在中国的场域中是不合时宜的，以至于秉持"反抗的诗学"的朵渔在那篇名为《诗人在他的时代》的获奖感言中，无法免俗地悼念了死者、代言了"沉默的大多数"、感谢了评委。然而更具悖谬的宿命意味的是，他声称："只要在这个时代还有那么多苦难和不公，还有那么多深渊和陷溺，还有那么多良心犯、思想犯被关在笼子里……那么，诗人的任何轻浮的言说、犬儒式的逃避、花前月下的浅唱低吟,就是一件值得羞耻的事情。"恰如他在描述自己"羞耻的诗学"时为自己布置好的"圈套":"诗歌写作如果仅仅是与精神生活有关,那么它很可能是一种狂热的、高烧的精神巫术,它的归宿往往是虚无的、蒙昧的。我看一个人的作品,往往会联系上他的生活,如果他的写作和生活是分裂的,我会对此人的写作保持怀疑和警觉。"(《羞耻的诗学》)在一个诗人沦为戏子、靠谎言和表演制造诗歌的灾难性的繁荣的时代,朵渔极力制造的诗人主体或诗歌的"小小的孤独游戏"与日常生活的对峙关系,将不可避免地把自己拖入一个廉价的"耻辱"不断累积、不断重复却又毫无意义的"失败"之中。因为在这个时代,没有人不是分裂的,没有任何严肃的写作形态不堕入虚无,诗人、诗歌不依赖虚构的"精神巫术"将难以维系自身的存在和认同。于是,诗歌对朵渔而言就成了他所谓的"自己与自己的较劲",而这一较劲也难以避免地震荡出鲁迅意义上的"颓败线的颤动"。

"你有没有勇气成为失败的一部分,而不是作为它的邻居?"(《问自己——你要诚实地回答……》)事实上,失败是不需要勇气的,它是朵渔这样的在"扩大了的精神"(康德语)的维度上逆流跋涉的诗人的可怜"宿命"。阿伦特把极权主义的倾向概括为"使人变得多余了":私人融化在公众之中,个体被随意处置,而思想变得无能,对权力之成败没有任何影响。正如她在描述"黑暗时代的人们"时对海德格尔思想的借用:"任何真实或本真的事物,都遭到了公众领域中不可避免会出现的'闲谈'的压倒性力量的侵袭,这种力量决定着日常生活的方方面面,预先决定或取消了未来之事的意义或无意义。"这和朵渔在柔刚诗歌奖"受奖辞"中描述的困境一致:写作是对羞耻感的回应,而这一回应无所谓成绩,所有的成绩都只是失败。当年,阿多诺声称奥斯维辛之后写诗是野蛮的;如今,日常的欢愉之后写诗是羞耻、失败、再羞耻、再失败的无意义之循环。因此,朵渔的近作《这世界怎么啦》(组诗)毫无疑问地仍旧深陷在这种"失败"的诗学范畴和政治困境中：

> 总感觉有一种异样的东西在靠近，其实
> 又没有什么不同。……
> ……二十多年过去了
> 这幻听的毛病始终未愈，宿命啊
> 我们在期待中迎来的每一次失望
> 都在磨损着我们的意志
> 当我试图用爱来装扮这个世界时
> 总有角落里的哭声在低声抗议
>
> ——《宿命的节日》

朵渔在一个他愈发无力应对的时代坚持着"追问"：这世界怎么啦？这一追问在他这样的"征服者阵营里的逃亡者"（西蒙娜·薇依语）的黑暗心脏里，是应对召唤的必要的诗学反应。但这一追问形式在强大的日常生活的"闲谈"和"不可理解的琐屑"那里，无疑将显得渺小和可笑。早在2008年，朵渔就"突然觉得诗人在这个世界上的存在方式成了一件可疑的事情"，"也许'怀疑'的苗头早已深藏于我的内心，它随时会鬼魅般跳出来。我甚至觉得诗人的现实存在有了某种晦暗性，包括诗人的身份、手艺、精神、创造等等"，"我必须对现代汉语诗人的身份危机做一番自我辩驳——对诗人在现代日常生活世界、现代社会文化结构中的合法性问题进一步追问：你在现代社会中到底是一个什么身份？你说你在创造，那么你到底创造了些什么？你有没有自知之明？"（《诗人不应成为思想史上的失踪者》）这样的怀疑和一系列追问无疑会把诗人的主体认同推向溃散的边缘，只是那个时候他对自我辩驳还充满信心，能够开出这样的处方：重返最初的开端，经由超越（自我修炼）与沉入（爱），返回自我的实存。几年后，他亦提出"无论时代真相如何，一个诗人都应该无惧于希望的幻灭，秉持永不衰退的激情，使人、使世界变得美好起来"，要相信"文学的伟大性"(《我等》)。而如今面对《这世界怎么啦》(组诗),我们触目所及却是朵渔所曾经反复警惕的"虚无主义的惬意"和"道德主义的自我感伤",以及弱化了的"恨"的主题:"批判、怒火、抗议、鄙视、绝望,哀悼的气质、反讽的嘴角……"如"自由,以及自由所允诺的东西,在将生命/腾空,如一只死鸟翅膀下夹带的风"(《稀薄》),"不知不觉的,像是一种荒废/如此来到人生的高处/不可能再高了"(《损益》),"都散了吧,屋檐下的海已结冰/空气中到处是废墟的味道/阿克梅的早晨不会再来临"(《银子》)……低徊在诗歌中的是浓厚的衰败与悼亡,而精致的平衡感营造的沉静也隐匿不了虚无、绝望的潜流。

如此颓唐的朵渔的到来毫不意外,仍旧属于那个"失败"的宿命。"当我试图用爱来装扮这个世界时/总有角落里的哭声在低声抗议",朵渔与当代那些纠结在拯救与逍遥、自由与关怀的永恒矛盾中的诗人和知识分子一样,始终无法轻松地把自己安顿在威廉·布莱克所批评的"幽灵自我"中,守着一个叶芝描述的超越性的梦:诗人通过不断的自我争辩,可以向更高级的生命状态飞跃。那些低声乃至高亢的"抗议"始终纠缠着诗人的内心,只要你诚恳而严肃地回应,就绝对无法飞跃,相反,你将被抗议俘获并紧紧压在身下。时代的"深渊和陷溺"如此迫近,而"轻浮的言说、犬儒式的逃避、花前月下的浅唱低吟"又那么"亲切",失败自然如约而至。朵渔在描述自己写作的"耻感"时所苦心经营的"两种力的平衡"(《"其实你的人生是被设计的"——朵渔访谈》)既成功了,也失败了,他固然没有"走火入魔"、陷入过分的偏执和黑暗,但却因此失去了部分的激情和力量,开始徘徊在中年写作的微妙智性的退路上。

危险的中年

感觉侍奉自己越来越困难
梦中的父亲在我身上渐渐复活

有时候管不住自己的沉沦
更多时候管不住自己的骄傲
……
假意的客人在为我点烟
一个坏人总自称是我的朋友
我也拿他没办法……多么堂皇的
虚无,悄悄来到一个人的中年

——《危险的中年》

菲茨杰拉德认为,没有人应该活过30岁。我从不认为这是危言耸听的怪谈,相反,我坚信成长、成熟经常是衰退、世故的代名词。就像朵渔在诗歌中描述的,"父亲"在自己身上"复活",莫名的"沉沦"与"傲慢"不可遏制,那些曾经的"坏人"成为自己的朋友……"60后"的很多诗人在描写中年的时候涌动着更多自我辩解、自我戏剧化的意图,如于坚那"最高的轻":"中年是幽暗的杜甫/之后在落日中散去/什么也不是了/满足于最高的轻"(《一朵白云》),潘维的淡泊或孤独:"人到中年,一切都在溢出:亲情、冷暖、名利。……人到中年,是一头雄狮在孤独。"(《中年》),还有黄梵广为流传的"好脾气的宝石":"它是好脾气的宝石/面对任何人的询问,它只闪闪发光……"(《中年》)朵渔虽然明确意识到中年的危险性,但某种程度上仍然出于一种平衡感的需要,没有把"羞耻"和"个体内部的黑暗"全部挤压出来,而是以退为进,把中年的"荒废"作为不能再高的高处,衰老或流逝被淡化为"生命中的自然损益":

接下来,要准备一种
临渊的快感了——
死亡微笑着望着你,那么有把握
需要重新发明一种死亡
以对应这单线条的人生

——《损益》

　　欧阳江河在提出中年写作的时候同样以创制一种新的死亡叙事为开端的，"反复死去，正如我们反复地活着，反复地爱。死实际上是生者的事，因此，反复死去是有可能的：这是没有死者的死亡，它把我们每一个人都变成了亡灵。……对中年写作来说，死作为时间终点被消解了，死变成了现在发生的事情。"（《1989年后国内诗歌写作：本土气质、中年特征与知识分子身份》）而朵渔的中年写作依循的是同样的路径，《这世界怎么啦》（组诗）如同一个遍布死亡的复活节，以至于我们在频繁而反复的死亡话语那里丢失了它：死亡、死者、死鸟、痛哭、哭声、泪水、葬礼……

到底是新生还是死亡？也许只是一次轮回
一个旧我被清空了，死亡徒有其表。
人生其实就生在这死里。并相信这是善的。

——《善哉》

　　我们这个时代的诗歌写作已经习惯于以这样一种审美主义的"厚描"（thick descriptions）方式"调侃"死亡，这一"趣味"在中年写作的书写形态中更甚，诗人们像是从超市的货架上取下一盒牛奶那样，把琳琅满目的死亡话语塞进自己的"购物车"，毫不顾忌日常、审美和脆弱的人性对人的唯一绝对性的损伤；相反，死亡的失重或稀薄化被一种看似超越的姿态"奉承"为"教育"："稀薄也是一种教育啊，它让我知足"（《稀薄》）、"必须在死亡中/重新学习活了，真好，死亡还很年轻"（《银子》）这一切对朵渔而言无疑意味着一种特别的虚无主义的降临，死亡被淡化的同时，所有曾经的"愤怒的诗学""反抗的诗学"中那些反叛、冲突、对抗、怒火都渐趋平抚、熄灭，或者就是新的羞耻的逼近。当然，与死亡的失重同理，羞耻的诗学在耻感的反复到来中变得稀薄，乃至沦为朵渔厌恶的"符号化"的自我辩护。齐格蒙特·鲍曼认为，生活是被杀死的或已故的认同的墓地，朵渔如今的诗歌就根植在这样的墓地之上，他感激"日常之欢"，抛弃"读者""理解"和"赞美"，不为"荣誉"也不为"监狱"写作（《致友人》）；他时常责备自己，为不能回到"真实无邪的生活"而哭泣（《我时常责备自己》）；他用最后的咯血告别尘世，去另一个世界寻找"咯血的友人"（《道路在雪中》）；他梦想如树一样活着，忘记什么是不幸，无欲无求的淡定（《树活着》）……

当然，朵渔的虚无主义不是克里斯特娃所否定那种虚无主义："摒弃了旧的价值标准，转而崇拜新的价值标准却不对其提出疑问"，"两个多世纪以来被视作'反抗'或'革命'的东西在大多数情况下都放弃了回溯性追问。"（《反抗的未来》）朵渔对时代的追问和对自我的怀疑从未停止，《这世界怎么啦》（组诗）始终盘绕着针对存在与写作的诸种形态的深刻的省察，只是这种省察过于潜隐和低沉，不似以前诸如《2006年的自画像》《妈妈，你别难过》《不要被你低水平的对手扼住……》《凶手的酒》等诗作那么明确、激烈和决绝。如果这仅仅是一种美学调整倒也无可厚非，毕竟"抵抗诗学"或"文学知识分子化"所经常装点的"独断论的道德气氛"和"痛苦诗学"（臧棣《诗歌政治的风车：或曰"古老的敌意"——论当代诗歌的抵抗诗学和文学知识分子化》）的确有其矫揉造作的一面，但事实上任何美学嬗变都无法与个体的政治心理的变化完全剥离，对朵渔而言就更是如此。从朵渔近期出版的作品来看，无论是诗集《最后的黑暗》，还是散文随笔集《我的呼愁》《生活在细节中》《说多了就是传奇》，历史性书写已经成为他文学书写的主要支撑，这与当前诸多诗人、作家对历史的"迷恋"是一致的，都有意无意地忽视了历史作为一种"危险的疾病"（尼采语）的灾难性，或者忘记了别尔嘉耶夫的警告：历史是精神的蒙难，上帝王国不出现在历史中。当然，历史性写作可以帮助朵渔保持认同的延续性和心智、美学的平衡，但这一平衡是以某种程度上的怯懦和自私为代价的，不属于真正意义上的历史性"行动"。因此，朵渔的虚无主义也不是海德格尔总结的尼采式的虚无主义：一种摆脱以往价值的解放，即一种为了重估一切价值的解放。《这世界怎么啦》（组诗）所显现的是，历史及那些知识（知识分子）的谱系性梳理并没能帮助朵渔实现解放，相反，他陷入一种束缚性的沉溺，而这一沉溺还之所以值得期待，就在于追问的对峙性并没有被彻底放弃。

在期待中

就这样，我也来到这里
在期待中领受孤寂的教益
神恩不降，孤寂便没有价值
天使不来，记忆中的情人
也没有意义，和那些同样
不具意义的玫瑰在一起

——《在期待中——里尔克在慕佐》

多年前，朵渔还写过一首同样意味但风格大相径庭的诗，充满了对诗人及诗的浓重的质疑：

诗的虚伪 诗的狭隘
诗的高蹈和无力感
已经败坏了我的胃口，让我
想要放弃
我放弃得已经够多，时光、尊严
无穷无尽的耻辱，仿佛一堵
竖起的墙 我越来越
与世界无关，与这座
虚无的城无关。

——《2006年春天的自画像》

如今，朵渔的自我怀疑换了另外一幅中年写作的面孔，即"历史纵深和记忆深层"的"知性的质地"（霍俊明语），但虚无感却更为彻骨：价值、意义只能寄希望于"神恩"和"天使"，而这也许就是那羞耻、失败的宿命的根源。严肃的诗人谁都无法避免遭遇里尔克所说的"古老的敌意"，如何处理艺术与政治的关系、如何实现私人性与公共性的统一，已经成为当代诗人、诗歌的"斯芬克斯之谜"，而认识自己（诗人、诗歌）又谈何容易。朵渔曾经相信的"文学的伟大性"是否真的存在？我们是否对诗歌的见证（米沃什）和纠正（希尼）功能深信不疑？玛莎·努斯鲍姆提出的"诗性正义"、唐晓渡所说的"内在的公共性"是否可能？或者相反，做一个喧嚣中的逃遁者、在孤独中"领受孤寂的教益"是否就是柯勒律治所批判的"享乐主义的自私"呢？我想朵渔以前与现在都无时无刻不在思考这些根本无法真正解决的问题。阿伦特认为，能够在艺术家与行动者之间进行斡旋的是cultura animi，"即一个受过充分培育教化，从而有能力照料好一个以美为尺度的现象世界的心灵"，甚至应该是那些"天生自由人中的最高贵者"（《过去与未来之间》），朵渔显然无法做到这一点，也没有任何诗人乃至现代人可以成为这样的人。

"无信仰的个体，为了赋予自己的行为和生活方式以意义，将会发现自己被困在自我专注的强迫症、沮丧与焦虑之中——精神病（psychopathology）成为疾病的现代形式。事实上，'精神—病'（psycho-pathology）这一术语在古希腊语中的含义是灵魂的受难，而在现代用法中，以人格（personality）——实质上是自我（ego）取代了灵魂。"（齐格蒙特·鲍曼《寻找政治》）诗人不过是无信仰的现代人中的一员，他的所有的希望/绝望、光荣/羞耻都只是把自己限定在"自我关注"中的疾病；他误以为自己的灵魂在受难，但往往只是与那个褊狭的自我有关。因此朵渔也就不会等到"神恩"和"天使"，他的一切的书写也不过是宿命的"失败之书"，他的一切或隐或显的"反抗"也就无法避免成为失败的一部分。

我的缠绕往复的论证得到的是朵渔早已明了的虚无的宿命,但他也许尚未充分认识到《这世界怎么啦》(组诗)及其目前的创作所暗藏的危机与生机。一方面,一种越来越沮丧、焦虑的自我关注的强迫症(或中年写作心态),让他离真正意义上的"反抗"和"行动"越来越远;另一方面,他内心永远涌动的自由意志的愿望,支撑着他永不放弃的追问:黑暗、羞耻、失败……这种尚存生机的标志,保证他在"自我"与"灵魂"之间始终没有放弃向后者的推进。"我梦魇了,自己却知道是因为将手搁在胸脯上了的缘故;我梦中还用尽平生之力,要将这十分沉重的手移开。"(鲁迅《颓败线的颤动》)朵渔永远摆脱不了"失败"的梦魇,因为他在梦中也本能性地把自己沉重的手放在胸脯上……某种意义上,《这世界怎么啦》(组诗)属于朵渔的转型期的作品,既有一以贯之的诚实的、抵御性的人性逼问,也有一种混杂的、虚无的犹疑,此时我们不妨从希尼对赫伯特的评价中期待一个更具当代诗歌典范性的朵渔:"由平衡、步调和韵律所给予的确定性,则不可否认的是他成就的关键;他迂回的形式和编织隐喻以与意识圈套相称的方法,则有一种根本性的力量;但是只有当这种精神受到远远超乎平常生活所谋求的道路的召唤时,只有当呼喊或狂喜从那种精神中绞拧出来,飞入其自身的孤独与明确的某种意外的形象中时,只有在那时,赫伯特的作品才以其最无可比拟的精致而树立了诗歌纠正的典范。"(《诗歌的纠正》)

原载《扬子江诗刊》2014年第6期

中国式"成长"的残酷
——《十八岁出门远行》简析

《十八岁出门远行》是一部典型的成长小说,既是"成长"这样一种残酷的青春体验在文学之中的奇异迸发,也是关于小说家余华成长轨迹的一个预言或寓言的开端。无论从这两个层面的任何一个层面看,"成长"在这里都并不复杂,它不过是"现实一种"——让人绝望的中国式"成长"。

莫言说《十八岁出门远行》是一部"条理清楚的仿梦小说",但这部小说真的和梦有关吗?关于梦境、关于荒诞、关于悖谬、关于暴力……关于所谓先锋书写的一切攀附式的描述,在我看来都不确切,这些虚构的热情掩映下的"迷障",阻碍了人们去真正认识这部作品的"残酷"之处。如海子的《面朝大海,春暖花开》等,它们被选入高中语文相关教材就是着了这些迷障的道了。在这些迷障之下,关于现实的残酷被遮掩了、被那些修辞的灰尘粉饰了,只留下单纯到愚蠢的抒情、描摹。

成长小说又被称之为"启蒙小说"(novel of initiation),这一诞生于德国的小说类型习惯于完成一个成长的圆满:那些懵懂的、年幼无知的少年人孤身远行,在旅途中识得世道之艰难、人心之险恶,醍醐灌顶、大彻大悟,由此走向成熟、长大成人。在巴赫金对成长小说的分析那里,这显然属于前四种的范畴:纯粹的循环型小说、与年龄保持着联系(虽不太紧密)的循环型成长小说、传记(以及自传)

型小说、训谕教育小说。诸如《汤姆·琼斯》《威廉·迈斯特的漫游时代》，乃至《铁皮鼓》《麦田里的守望者》等皆在此列，只是走向圆满的路径有别。而我们更为熟悉的《青春之歌》《欧阳海之歌》《闪闪的红星》，甚至于《动物凶猛》，包括今天论述的《十八岁出门远行》同样在一个"循环型的逻辑"之中。当然循环的轨迹类似，逻辑有时却有着本质的区别。

"我现在需要旅店，旅店没有就需要汽车"，十八岁出门远行的"我"并非是流浪、漂泊，显然他是有备而来；他并没有一颗流浪的心和敢于漂泊的勇气，整个小说由"旅店"贯穿始终，因此小说更宜叫作"十八岁出门旅游"或"十八岁出门找旅店"。在路上，行走尚在中途，有无限的可能性，有充分自由的空间，这时任何一种对目的地的幻想都是"危险"的，它会轻易地瓦解"在路上"的意义。"去干吗？""干吗？我们也说不准，这不用操心！"(《在路上》) 在凯鲁亚克那里，在路上的那群人没有目标，上路之前他们就"垮掉了"，他们一路纵酒狂欢、吸大麻、玩女人、谈禅宗，累了就挡道拦车、夜宿村落，从纽约一路游荡到旧金山，最后作鸟兽散……对于他们而言，路上没有任何事情是值得惊奇的，因为他们就是惊奇本身，这就是一个没有约束、没有归途的行旅中最有价值的部分。而"我"却总是带着找寻"旅店"的强烈愿望，走在一条事实上的康庄大道之上，那些山和云只让"我"想起熟悉的人，事实上对于"我"而言，熟悉的、有目标的生活才是让"我"心安的。所以，汽车可以代替旅店，而苹果也不过是旅店折射的影像，因为果实意味着占有，占有让胆怯的人感到安全。所以，"我"为苹果而战就是为"旅店"而战，为一个明确的未来而战。当苹果被抢夺、自己被殴打、司机又掠走了背包之后，"我"就不再是那位昂首阔步的行旅者了，现在只剩下一些纯粹的生理感受：饥饿、冰凉、寒冷、恐惧、悲伤……"父亲"适时地出现，为一次虚假的成长冒险揭开了谜底。

鲁迅所描述的过客似乎就是他自己，映射着在这个荒诞的世界上的人们的黑暗心理——极其倔强、极其坚韧的绝望感和虚无感。然而绝望和虚无才是最需要勇气的，这意味着道路对于那些偶然来到世上的过路人而言，充分显示了自身的意义。对于过客而言，"那前面的声音叫我走"！对于"我"而言，从"父亲"那里来，还要回到"父亲"那里去，"我"的出走之所以是兴高采烈的，那是因为"我"知道"父亲"就是"我"最后的旅馆、最后的归宿，他能给我温暖和安全。余华说，"卡夫卡在川端的屠刀下拯救了我"（《川端康成与卡夫卡》，《外国文学评论》1990年第2期），然而，卡夫卡并没有真的拯救他，而是引诱了他，正如博尔赫斯引诱了苏童一样，苏童没有成为博尔赫斯，余华也成不了卡夫卡。父亲在卡夫卡那里是永恒的敌人，文学就是逃离父亲的工具，卡夫卡永远不会用抒情和伦理的说辞改变这种尖锐的局面，所以他让那个蛮横的父亲诅咒自己的儿子，让儿子去死（《判决》）；他让那个失去耐心、被生之恐慌迷乱了心智的父亲，用苹果投掷自己变成甲虫的儿子（《变形记》）。卡夫卡不给自己留余地，目的是削夺父亲那虚构的权威，所以儿子真的就去自杀，真的就领受了那致命的一击。而在《十八岁出门远行》中，父亲与儿子则是那个"晴朗而温和的下午"，儿子是父亲手中的风筝，父亲是儿子心中的归属。

"父亲"对于成长而言是一个经典的隐喻，真正的成长必须要从父权的威吓和温存那里实现自我救赎。巴赫金所推崇的成长小说中，主人公必须是"前所未有的新型的人"，"他与世界一同成长，他自身反映着世界本身的历史成长。他已不在一个时代的内部，而处在两个时代的交叉处，处在一个时代向另一个时代的转折点上"。从政治的视角上来看，巴赫金永远无法得到这样一个"成长"的主人公，他只能回避对成长的果实的现实描述，以想象着世界和人的那种经常无法存活的历史性成长。《十八岁出门远行》显然没有那种成为真正成长小说的野心，余华只想生动再现中国式"成长"的残酷真相。小说发表在1987年，在所谓改革开放的宏伟进程中，似乎正描绘着时代与时代的交叉和转折，但"新型的人"万难出现。那时，你可以想象自己在独自流浪，也可以虚构狂欢的宏大场面，但你更要清楚，"父亲"早就圈定了你的回路，随之而来的现实暴力用血腥的图景印证着这一逻辑的强大——必须要听"父亲"的话。而与"父亲"和解的后果是权力被合法让渡，迫害变成一种赠予，而成长变成一个彻头彻尾的谎言："穷人的孩子，蓬头垢面在街上转，阔人的孩子，妖形妖势，娇声娇气地在家里转，转大了，都昏天黑地的在社会转，同他们的父亲一样，或者还不如。""现在的青年……大半还是弯腰曲背，低眉顺眼，表示着老派的老成的子弟，驯良的百姓……"（鲁迅语）。这就是"父亲"的伟大魔力，也就是中国式"成长"的寓言式悲剧。而对于余华的文学轨迹而言，《十八岁出门远行》也是一种冥冥中的预言。

《十八岁出门远行》有一种意外获得的纯净，这属于艺术在模仿期时特有的真诚、青涩，事实上这都反映着余华内心面对世界和文学时的可贵的羞赧，只是这份羞赧维持得不够长久。自那以后，余华的想象力被激发，《十八岁出门远行》的那些重要的视角被继承和扩展：童年（如《四月三日事件》《呼喊与细雨》）、暴力（《西北风呼啸的中午》《河边的错误》《一九八六年》《现实一种》《难逃劫数》）、在路上（如《鲜血梅花》中的剑客、《活着》中的福贵、《许三观卖血记》中的许三观）……在这一让人欣喜的飞速成长的过程中，《十八岁出门远行》的那份怯懦与羞赧慢慢消失了，余华变得自信、成熟，但同样摆脱不了走向"父亲"的轨迹。与几乎所有的中国作家、艺术家一样，成长的欣喜总是伴生着某些让人厌倦并最终毁灭作家的堕性。就好像小说中的"我"，作家们上路的时候都在想着旅店，他们的未来是汽车、苹果、旅店，"在路上"并不重要，因为它包藏着各种各样无法预测的灾祸。只有想到未来，关于旅店的未来，他们才会踏实，于是作家的成长就是拒绝书写那种奋不顾身的"在路上"的小说，他们的小说如今是旅店的小说，是为争抢苹果、维护苹果而一团乱麻的小说，路只有一种方向，那就是不断更换不同的（也许是越来越高级的）"旅店"，不断更换那些不同的需要争抢和维护的果实。

西方人喜欢余华讲关于中国的那些奇特的故事，他们笑得合不拢嘴，为了不误导听者，余华也会适时地"赞美"一下当下的中国，那时，西方人就显得不那么活泼了。四十几岁的余华就曾感慨："我感到这是两个截然不同的时代，社会的迅猛发展，让我感到自己是个世纪老人。"那个十八岁出门远行的"我"俨然已是一名长者、一名"父亲"了。劳伦斯说："置身于这大片成堆的毁灭和分崩离析中，我们必须为生活和成长说话"，可我们说了些什么、又能说些什么呢？"成长"真的如此残酷，难以启齿、欲说还休。

原载《莽原》2010年第6期

赞美成为文坛的一种灾难
——看《朱雀》

腰封，似乎愈来愈是某种图书时尚，只是它那太过招摇、媚俗的广告面孔往往让人厌憎。阅读《朱雀》便从它那臃肿的"腰身"开始，文坛名家、强势媒体的"联袂力荐"势大力沉，"雄浑大气""史诗""名动海内外""惊艳""兼有人文地理和灵魂拷问的新型小说"……且作者葛亮年少成名、屡获大奖，《朱雀》甫一面世，各方就不吝溢美之词，让人感觉若不关注真将成为一种遗憾。不过，让我约略有些担心的是，倘若这部小说真的那么优秀和杰出，面对如此名目繁多的称颂，我将用什么样的语言和辞令赞美它才不显多余呢？

还好，读过《朱雀》，我长舒一口气，终于再次验证了广告的"虚构性"，文坛的"浮夸风"终究是愈演愈烈了。这部长篇新作根本谈不上什么"新型"，更谈不上什么"难得一见的长篇小说精品"，它只不过是一些似曾相识的散乱符号和书写方式的堆砌物，是一个年轻人的不恰当的野心"硬写"的庞然大物。

以《朱雀》这样一种面貌和深度的书写，来对应"重构古都民国—千禧丰饶人文版图""古都南京迎来新的书写者""要认识南京何不从《朱雀》开始"等等赞誉，显而易见地构成了对南京这座城市的误解，甚至轻慢；而那些虚浮的赞美则进一步构成了对那些更诚恳、更深入的南京书写者（如韩东、赵刚、叶兆言、朱文、黄梵、顾前、曹寇等）的极端地不尊重，除了证明某一地域褊狭的文学视野，以及文学场内出于世俗利益而滋生的言不由衷之外，别无他物。

葛亮还不知道如何用长篇小说的形式触摸南京，触摸它的历史和生民，不知道如何描述他们、爱抚他们、厌恶他们，他的《朱雀》显得坚硬、笨拙，似乎纯粹是为了某种长度、跨度而生的。在中国这样一个长篇小说越来越变成"唯一文体"的语境中，以中短篇小说起步、成名的葛亮急于证明自己，这是众多中国写作者的共同的焦虑，也是中国文学荒诞的评鉴视野作祟的结果。

在《朱雀》中，那些与南京有关的历史、风物、遗迹，被生硬地置入那些纠缠着异国、传奇、错位、肉欲的爱情故事之中，去掉或者更换它们，《朱雀》完全可以是关于另一个城市的"史诗"。南京，在这里只是一个庞大却羸弱的背景，它的那些过于醒目的历史、文化标记是填充那些重复性的陈词滥调的有效容器，而葛亮所较为擅长的那些细腻的、都市化的情欲书写则与这一座古都根本无法融合，唐突而蹩脚，致使整个小说的整体结构和叙事节奏极为混乱、极不平衡，忽松忽紧、忽快忽慢、忽旧忽新。

在"序言"中，王德威说，"看得出香港和台湾经验给予他的启发"，并习惯性地在台港文学视野中评价这部小说。事实上，台港经验在《朱雀》的文化想象、都市想象乃至书写形式中如影随形。葛亮不是在为南京书写一个南京，而是在为台港硬写一个旧都，他不是一个称职的、真实的、真诚的南京书写者。在葛亮的同辈的南京书写者中，为什么人们不去关注曹寇？他笔下的南京才是真诚的，摆脱了虚与委蛇和陈规陋习的，因为他知道如何厌恶和怨恨这座城市，如何在那种强烈的分离、反叛的欲望中爱抚它。

王德威把《朱雀》放在巨大的南京书写传统中观照，更甚者在"城市小说"的传承中，把它与老舍的《骆驼祥子》、张爱玲的《倾城之恋》、贾平凹的《废都》、王安忆的《长恨歌》"比肩并立"。这委实是对南京、对时代的城市困境的极大误解。葛亮早已忘却了南京,这座历史中的古城、现实中的都市并没有在他的内心真的生根,《朱雀》只是沉溺于古南京的文化幻境和相应的陈旧书写之中,为此他有意无意地忽略、误解了一座城市无法逃避的真实性和残酷性。

新的南京文化已经与残存的历史遗迹没有本质的关联,这一切不过是戏台的背景,吟唱的、喝彩的都已面目全非。"代替一个真实的、土生土长的民族的,是一种新型的、动荡不定地黏附于流动人群中的游牧民族,即寄生的城市居民。他们没有传统,绝对务实,没有宗教"(斯宾格勒语)。或者就如爱伦·坡所认为的,城市是死神为自己竖起的宝座。此时,如何书写一座城市、如何书写南京将变得非常艰难,而《朱雀》这种披着历史面纱、带着文化面具的简单书写无疑是矫情的、重复的。

《朱雀》一如当代诸多小说,虽较为平庸却频得盛赞,使我不得不对自己的判断力和职业批评者的前程感到"担忧",但我也不想为此做更多的改变,以显示自己也达到了那种几乎洞若观火、点石成金的异能。荣耀对一个年轻的写作者而言可能是一种鼓励,但一个年轻人如何担待这么多盛大的赞誉呢?过多的奖掖难道真是一种动力而不催生某些邪恶的欲望吗?或者这些奖掖本身就是"邪恶"的一部分,是功利的文学场一种消极的笼络行为,避免反抗,以阻碍新的可能性的发生。最终,奖掖成为一种纵容,纵容他人正是为了纵容自己。赞美,在如今的文坛就这样成了一种灾难。

原载《南方都市报》2010年11月14日

关于《独唱团》的"二重奏"

"被"高估的宿命

《独唱团》夭折了,有人说死得好,有人说死得痛心。这本曾经被寄予厚望的杂志的消失,与那些同样短命的刊物不同,它也许更多地折射了这个时代人们的期望与失望、爱与恨、勇敢与怯懦。因此,《独唱团》从一开始就"超载"了,它"被"高估了,高估似乎就是它摆脱不掉的宿命。

被高估的韩寒。一个成功的"青年意见领袖"、赛车手,未必就是一个成功的商人,这也许就是他和郭敬明的重要差异。或者"韩寒"这个符号本身被商业化就是错误的,韩寒"卖身办杂志"肯定不是为了他代表的那些万众瞩目的"价值",而是为了钱。这一点他很清醒,但作为商人他根本不够格:既不尊重他的商品,也不尊重他的读者。《独唱团》如此轻易地猝死,也看出他的性格不够坚韧,担当什么"领袖""推动中国进步""影响中国"的责任,恐怕还有些夸大其词。

被高估的反抗。韩寒的盛名来自他网络空间中的清醒的反抗意识,但人们对韩寒持续提出反抗意见的期待,错误地被《独唱团》这样的纸质媒介所承载。媒介不同,空间就不同,它们遭受的敌意也就不同。尽管《独唱团》定位文艺杂志,但也在有意植入反抗性的话语和叙事,但那些文字和图片的政治讽喻显然是被"缩减"过的,既满足不了群众的等待，也把整个刊物弄得风格混乱，更像是一群青春叛逆者肤浅的吟哦和浅薄的洞见。只要是"韩寒"的刊物，这一反抗的矛盾性就不可避免。

被高估的文艺。认为《独唱团》的诞生是一场文艺复兴，无疑是人们一种谵妄的胡言乱语。由一群知名的文艺青年组成的作者队伍，几乎就没有提供任何优质的文艺样本，煞有介事地进行网络征稿，不知道忽视了多少明显高过他们的作者和作品。连他们的领袖韩寒所提交的《我想和这个世界谈谈》，也仍旧停留在《三重门》的水平，把韩寒称为"作家"似乎还不宜包括他的小说。

被高估的"团"。无论是"独唱团"还是"合唱团"，以韩寒为首的这个团队都是一个糟糕的团、缺乏责任心和韧劲的团。这本杂志约稿组稿之混乱、排版设计之业余，既证明他们的能力不够，也反映出他们的工作作风不够严谨务实。这么快解散就更证明"独唱团"是"为了一个共同的目的"临时搭建的草台班子，而不是韩寒信誓旦旦的"最强的编辑团体"。他们在编辑出版过程中的各种问题，有时候是在用被高估的"阻力"做遮羞布，以掩盖他们某种程度上的无能和散漫。

被高估的"高估"。韩寒从一开始就试图"降低大家对《独唱团》期望"，当然为了商业的目的，他也做了一些"提高"期望的举措；或者对于韩寒而言，他做什么都是在提高人们的期待，因为他的位置过高了，高到连狗仔队、美国人都关注他的一举一动。韩寒既知道高处不胜寒，生怕摔得过惨而不愿意被高估，但高估也是这本刊物成败与否的关键，因此他又必须有意无意地依赖这种高估的商业效应。被高估是《独唱团》的宿命，因为他是属于韩寒的，明天韩寒办一个乐队、搞一个网站，百分百还是"被"高估。

我们有什么理由"高估"这本文艺杂志呢？我们有什么理由认定韩寒就一定应该办好一个文艺刊物呢？或者，在中国当下，韩寒把《独唱团》办成什么样才算是一个成功的文艺刊物？《新青年》？

《纽约客》？《收获》？《读书》？《最小说》？估计没有人能说得清楚。如果你喜欢韩寒，喜欢他的某种话语方式，就应该清楚在中国有很多更需要关注、期待、参与或高估的公共空间，而不是这样一本怎么办都办不好、谁来办都办不好的的文艺读物。

大家伙都省省吧！干吗揪住一个时髦青年不放。

从"独唱"到"合唱"

《独唱团》的夭折，也许真如某些居心叵测的人断言的：这是一个"阴谋"，一个与韩寒相关的大阴谋。只不过这一阴谋并非始于《独唱团》，而是始于鲁迅慨叹的"古国的青年的迟暮之感"，挣脱"三千年陈的桎梏"谈何容易。

韩寒"独唱"多年，以至声名显赫，围绕着他尖锐、锋利和机智的言辞所繁殖的赞颂和诋毁一样多、一样可怕，越多就越可怕。众声喧哗的围观，过早地把一个青年的"独唱"变成了合唱。这和看杀头也没什么两样，围的人多了，连阿Q都知道喊一声"过了二十年又是一个……"更何况韩寒这种天生有"反骨"的冒险者。只不过变成合唱之后，那被杀的人是真革命党还是假革命党已经不重要了，重要的是围观本身，是人群喜悦或愤怒的表情，以及围观结束之后那些作鸟兽散的"人"的去向。

韩寒总让我想起《皇帝的新装》里那个说真话的小男孩，只是童话毕竟是童话，没有满足我们更多的好奇心，而韩寒终于填补了这一空白。他让我们看到长大了的小男孩在围观的人群中成了"英雄"，此时皇帝虽然略有慌张，但依旧淡定。

韩寒声称不是英雄，不是什么"公共知识分子"，拒绝这些"高贵""高尚"的身份标签，并非简单意味着他的清醒；倘若他足够清醒，应该知道是什么在支撑他相对富裕的生活，知道他的这种热闹而幸福的世俗生活与他那些睿智的断言之间无法弥补的裂痕。韩寒摆脱不掉的存在方式，使得他与其仇视的敌人本质上貌离神合，这与一切庸众的命门雷同：逃不脱的怯懦、虚荣与世故。

"像韩寒，一个属于体制之外的人。他又能写小说，又能赛车，又能办杂志，还能写那种文章。"中国竟然会有人在"体制之外"可以干这么多事？竟然据说可以通过赛车解决生存问题，从事自由写作？这如果不是奇迹就没有什么是奇迹了。我至今仍然没有发现，对于活在这个语境中的人而言，身处何地才可算作"体制外"？要多么"聪明"才能置身"体制外"的同时活得这么有声有色。

这里的确是"奇迹"发生的地方，有诸多见证"奇迹"的时刻。但奇迹不宜多，那样奇迹就不是奇迹了，或者奇迹返回常识和本能，被更多的人识破，那就很"危险"了。所以，韩寒只允许有一个，不可复制并非他不可超越，他的锋利被刻意保留，别的人未必就有这么好的运气了。因为一个韩寒并不可怕，一万个韩寒就不同了。为了让一万个韩寒也不可怕，就要把他塑造为万人瞩目的英雄或"傻逼呵呵"的笨蛋，就这样，在无聊之徒的围观及喧嚣中，韩寒和张三、李四保留了面目上的差异，而在本质上或政治功能上变得日益雷同。

"独唱"变成"独唱团"，而"独唱团"就是"合唱团"。

此时，千万不要哂笑，《独唱团》的夭折是"韩寒"的再次夭折，是青年们的夭折的轮回。在此之前是否有《独唱团》，在此之后是否《独唱团》会复活，都无法改变我们始终如一身处"合唱团"的现实。

原载《青春》2011年第7期

"历史"与"反抗"的意志
——1990年代以来"先锋"意识的瓦解

"先锋":一种孤独的厄运

当我们在中国当代文化的语境中谈论"先锋"的时候,首先面对的是关于它的短暂却又臃肿的知识史,而本文试图把它作为一种反抗"历史"的意志,其中显而易见的矛盾性是无法避免的。把"先锋"知识化的后果就是使它越来越无法成为一种"行动"能力,而是成为一种话语包裹的姿态。在这一包裹的过程中,"先锋"不再是一种尖锐的、针对当下的历史意识,而是成了带有道德优先性的历史性的观念了,譬如自由、反抗、叛逆、颠覆、创新等被想象成为"先锋"附属的价值,成为某些平庸的艺术行为标榜自身的符号,或是某些批评家不加深究的张冠李戴。1990年代以后的中国,"先锋"也越来越简单化为一个概念,一个被"反抗"的说辞缠绕的意义层叠,而不是"反抗"的集体性行动,它只留下了"反抗"的形式,丧失了与"反抗"相关的价值内容;只留下了"反抗"的历史,而没有留下"反抗"的精神成果,最后竟连"反抗"的意愿都越来越淡薄。或者从本质上讲,从1980年代中期"先锋小说"的兴起始,直至当今日益喧嚣的当代艺术的先锋实验,"先锋"精神所延伸的语境就仅仅是一个以西方为参照的语境,这种主观的移植使得我们的"先锋"意识始终处于一种拙劣的模仿期,对它的褒奖与批判都是在本质上缺席的情况下发生的。正如尤奈斯库所说的："所谓先锋派，就是自由。"可是我们并没有类似的语境，这是对"先锋"精神的实质最根本的伤害。因为"先锋"不是一种孤立的艺术行为，它是一种紧密关联个体的现实选择的精神向度，一个在政治上、文化上、道德上顺从压制的人无法成为一个先锋的人、反抗的人。即便他或他们在一个短暂的时期，因为"先锋"的外部资源提供的形式外壳，而能在艺术行为的表象上获得一定的创新色彩，并为艺术的进步提供了一个契机和视野，那它也无法在本质上塑造真正持续的、深沉的"先锋"的"反抗"意志。"反抗是我们的神秘信仰，与尊严同义。"[1]但是，1990年代以来，我们的"先锋"之路从来就没有通向"信仰"，就更不要奢谈"神秘"了，它的"神秘"是话语包裹的虚假的"神秘"，我们也因此愈来愈没有"尊严"感。

福柯在谈论到尼采的历史谱系学时讲道："首先是戏仿（parody）的用法，用来破坏现实性，与作为回忆或认可的历史学主题针锋相对；其次是分解的用法，用来破坏身份（identity），与作为连续性或传统的历史针锋相对；第三是献祭的用法，用来破坏真理，与作为知识的历史针锋相对。无论如何，这就是历史摆脱与记忆模式（无论该模式是形而上学的，还是人类学的）的联系，使历史成为一种反记忆，并在历史中展现一种完全不同的时间。"这可以作为我们对"先锋"反抗历史的某种要求，而且从中国"先锋派"艺术的流变中我们也能看到很多文本及艺术行为中的明显的体现，包括"先锋小说""先锋诗歌""先锋戏剧"乃至当代艺术中涉及音乐、美术、建筑等的各种艺术实验。但是以上要求的形式因素非常明显，尤其在现代主义艺术成熟以后，使得所谓的"戏仿"与"分解"（"献祭"被忽略了）的形式化体现变得非常容易模仿，所以，"先锋"就会

---

[1] [法]克里斯特娃：《反抗的未来》，黄晞耘译，广西师范大学出版社2007年版，第3页。

像标签一样被贴来贴去。"'先锋'一词,尽管表面看来不偏不倚,却常常被用来摆脱——如同耸一耸肩膀——任何要给消费文学带来内疚感受的作品。一旦一个作家拒绝陈旧的模式,试图铸就他自己特有的写作,他就会立即被贴上了'先锋'的标签。"[1]也有论者从词源学和文化史的角度把"先锋"定义为"一条流动的河":"大约在18世纪后半叶之前,法语的Avant-Garde这个词也同样是一个军事术语,这一点倒是中西合璧了;一直到19世纪上半叶它才进一步衍生成一种政治概念,流行于空想社会主义者中间,被用来指未来社会的'想象者';至于Avant—Garde和文学艺术发生关系则是在19世纪后半叶的事了,被普遍用来描述在现代主义文化潮流中成功的作家和艺术家的运动的美学隐喻,他们试图建立自己的形式规则并以此反对权威的学术及普遍的趣味,比如早期的印象主义画家莫奈就被称之为先锋,再往后也就是1930年以前吧,先锋达到了高潮,表现主义、俄国及意大利的未来主义、达达派、超现实主义、结构主义等等都似乎被称作过先锋;再接下来就差不多该到二战以后,除一部分现代派作家继续被称作先锋外,这顶皇冠大概就该轮到后现代主义戴了;到了20世纪60年代以后,像波普艺术、品钦、巴塞尔姆、里德这样不同的流派和作家都曾被戴过先锋的帽子。照此看来,上述种种文化现象无论是流派还是作家,他们之间的不同还是显而易见的。因此,与其说先锋是一种狭隘的文化传统的简单表述,不如说反映了文化的广泛的分裂。它不是一个凝固不定的点,而更像一条流动的河。"[2]其实,在中国1990年代以来的文化语境里,"先锋"也是流动的,似乎不会终结,有着某种继承性和赓续性。其中,有的是自我命名,更多的是批评家的命名,尤其

---

[1] [法]阿兰·罗伯-格里耶:《快照集·为了一种新小说》,余中先译,湖南美术出版社2001年版,第79页。
[2] 王蒙、潘凯雄:《先锋考——作为一种文化精神的先锋》,见《今日先锋》,《今日先锋》编委会编,生活·读书·新知三联书店1994年版,第2-3页。

是后者的命名往往在把"先锋"意识"神圣化"和"神秘化"的同时，剥夺了它作为一种"反抗"行动的"简单性"和"迅捷性"。

"自由"是最常用在"先锋"身上的某种品质，正如我们前面引用的尤奈斯库的话："所谓先锋派，就是自由。"但恰如我们所知的，"自由"是一个比"先锋"遭遇了更多滥用的概念，关于"自由"的言说在1990年代以后仅仅是一种抽象意义上的"消极自由"的表现，因为我们从精神上到生活中根本缺乏这种氛围，更缺乏相应的"行动"，而"先锋"所能被赋予的"自由"要求也更像一种抽象的姿态，缺乏实际意义。"'先锋'和'自由'，描述的都是一种精神状态，一种心灵气质，它是开放的、前进的、变动的，也是一直在否定自己的，很难用一个固定的概念来定义它。按照惯常的理解，所谓的先锋，肯定是站在时代前列的人，是先行者，代表着一种前卫的姿态……""所谓先锋，其实就是精神的自由舒展，它是没有边界的——任何的边界一旦形成，先锋就必须突围，以寻找新的生长和创造的空间。真正的先锋一直在途中，他不会停止；他虽然一次又一次地重新出发，但永远也无处抵达。"（谢有顺语）"精神状态""心灵气质""开放的""前进的""变动的""前卫的""一直在途中""无法抵达"……这些描述性语言用在文学批评之中是无可厚非的，甚至于用来描述抽象的美学"自由"也已经成为一种惯例，但"自由"怎么可能仅仅抽象地存在于宽泛的、缺乏限度的语境里呢？1990年代以来关于"自由"的各种言说都和"先锋"的"自由"观念一样，受到了知识的曲解与改造，因为知识把"自由""历史化"了。以赛亚·伯林在论述"自由"时，首先质问道："知识是否总具有解放的力量？"显然不是，知识往往成为一种障碍，或者成为主体隐匿自己天生决定权的屏障，因为我们说什么是"自由"的、要"自由"应当如何做的时候，并不证明我们已经确认自己未来将采取同样的行动,即便这种"自我预言"的确被在言辞上表达了,那也多半沦为空洞的"自我说教","我能了解自我预言常常是一种拒绝对艰难决定承担责任的托词,实际上是让事物放任自流,并通过把责任推给自己的不可改变的本性来掩盖这一点"。所以,伯林认为:"自由立于希望与恐惧之间。"(《自由论》)我们必须要对"自由"存有希望,但这个希望必须伴随着浓重的恐惧意识,以此提醒自己:自由将随时面临扼杀,自我将随时面临考验,回避了自由的行动的主体只会毁灭自由的希望而永远生活在恐惧之中。所以,只有在这种意义上,在一种强调自我反省和随时准备"行动"的前提下,谈论"先锋"的"自由"品性才是有意义的。把"先锋"形象地描述为"一条流动的河"固然说明了"先锋"外在形式探索的变动不居,但并不能因此抽空"先锋"在"自由"属性上的本质性限定,离开这些限定,一切空洞的说辞和描述都是没有意义的。除了"自由","先锋"被冠以的其他品质,诸如"反抗""反叛""创造""创新"等价值,同样需要在能否引发实质上的具体"行动"的层面上考量,这种"行动"不仅要体现在"先锋"的艺术行为中,而且要蔓延至主体的政治选择和道德选择,但这种要求并不是要用形而上的抽象价值束缚"先锋"。

"一切具备反叛性、原创性、实验性以及非大众性的文学创作,一切对人类的潜在本质进行了深度追问并具有发现意义的文学,都属于先锋文学,也都承纳并体现了先锋派的重要精神品质。""面对这一严峻的创作境遇,要使文学重新返回正常的精神秩序之中,我们必须重新倡导一种先锋式的反抗本质,必须重新建立起一种与现实永不妥协的先锋精神姿态。唯有如此,才能让文学真正回到自我,回到存在,回到人类的内心生活,回到被日常生活所遮蔽的精神地带,用创作主体博大的胸怀、深邃的眼光、强劲的想象力去探究、体悟、展示我们这个时代的精神困境，表达人们在存在境遇中的真实伤痛，以及人类存在的各种可能性状态，从而对人类文明进程中所呈现出来的新的思想给予积极而敏锐的发现与回应。"（洪治纲《永远的先锋》）以上对"先锋"的赞扬同时也是某种"神圣化"意味的限定，其中诸如"反叛""反抗""原创""永不妥协"等品质的阐扬极端抽象，在实际的文本实践中如何判断呢？谁真正掌握判断和裁决的权力呢？而把"先锋"文学的使命抬高到"回到自我、回到存在，回到人类的内心生活，回到被日常生活所遮蔽的精神地带，用创作主体博大的胸怀、深邃的眼光、强劲的想象力去探究、体悟、展示我们这个时代的精神困境，表达人们在存在境遇中的真实伤痛，以及人类存在的各种可能性状态，从而对人类文明进程中所呈现出来的新的思想给予积极而敏锐的发现与回应"，就更加显得空泛无物了，这哪里是"先锋"文学的使命？！放大到对整个文学实践的要求都是没有什么异议的，但这对界定"先锋"的品质有什么作用呢？这种把"先锋"加以"神圣化"的冲动是一种显而易见的"历史化"行为，表面上"先锋"被抬高到似乎是文学的"救世主"的位置，但事实上是用"历史化"的概念性描述来把"先锋"本身知识化，成为平庸的、无意义的诗学言说的一部分，那些所谓的"自由""反抗""创造""自我""存在""人类文明""真实创痛""精神困境"……我们不是非常熟悉吗？它们可以被任何的文学流派拿去宣讲自己责无旁贷的使命，这种历史性说教根本上是毫无意义的，它唯一的意义是知识的意义，或者说是所谓的文学史（或其他艺术史）意义。当文学史监管了"先锋"文学的解释权以后，它就不会希望这个概念简单化，只有复杂化才能提供给学术化的知识阐释以生产话语的能力，它给某一体裁以"先锋"的命名时，总是像解释"先锋"本身一样充满了知识的无意义缠绕。例如周瓒在定义"先锋诗歌"时所使用的几个核心的观念，即所谓的"个人性立场""反意识形态写作""纯粹的精神价值关怀""理想主义精神""艺术探索精神和创造意识""介入现实生存和把握个体经验相结合"等(《当代中国先锋诗歌论纲》),几乎无法让我们确知到底什么是"先锋诗歌",因为它们根本上在艺术实践上没有办法操作,但这就是文学的学术化、历史化的固有逻辑,用知识的话语创造空洞的合法性。当然,对于"先锋文学"的认识并非没有理性的"反思",但反思最后也只能是"历史化"的延续,最终,"反思"成为文学史的一部分,问题还是问题,并有新的问题产生。例如程光炜在《重评"先锋文学"》中对几个文学"常识"的质问:"在1980年代的文学转型中,它是怎样获得自己的合法性的?在一种经过虚拟的'现实主义'与'现代主义'的二元对立中,先锋作家是如何摒弃既有的文学传统、建构出另一个'文学传统'的?另外,今天怎样去理解'先锋文学'在1990年代的转型?在此过程中,许多作家为什么要匆忙告别'纯粹形式'而重新展开'社会历史'的文学叙述?而这一文学新潮的夭折又说明了什么?由于受制于业已存在的关于1980年代的'文学真理'和固化的学院体制,中国当代文学史在先锋文学描述中暴露的简化倾向和单向思维方式,已无法应对上述提问。"我们不得不承认这种"反思"的质问是深刻的,但却是一种空洞的深刻,只具有知识生产的意义,而不具有任何实质性的"行动"前提,我们什么时候摒弃这种"简单化"倾向?我们如何反抗"固化的学院体制"?这不就是我们等待的为了"自由"的"反抗"吗?这难道不是给了所有言说"先锋文学"和"先锋"思潮的人一个"先锋"的机会吗?但简单化还是简单化,学院体制还是原来的学院体制,"先锋"还是那个知识话语中模棱两可、不知所云的"先锋"。正如我们前面反复陈述的,"先锋"应当挣脱知识的这种没有止境的"历史化"的束缚,它应当体现为一种迅速的道德选择和政治选择,无论它是以艺术的何种形式,都要把"反抗"和争取"自由"的艺术行为关联于具体的、当下的、随时随地的"生活实践"。

比格尔在谈到欧洲早期先锋派对待艺术自主性的时候说:"我们注意到早期先锋派运动否定了那些对自主艺术来说不可或缺的决定因素:艺术和生活实践的断裂、个体性的生产,以及有别于生产者的个体性的接受者。先锋派意在通过表明如下观念来消灭自主的艺术,这种观念是艺术应被融合进生活实践之中。"[1]这也许会引起一些误解,似乎取消艺术的自主性就如同回到被政党意识形态剥夺了自由属性的"过度历史化"的境地,事实上这里的艺术的自主性另有他指。当1980年代末期、1990年代初期中国的先锋作家纷纷转向的时候,他们的判决也随之来到了。"90年代的'先锋派'的退化也不足为奇,他们过分依赖于形式的创新而很少真正关注历史/现实,而一旦放低形式主义策略,又找不到恰当的艺术感觉。"(陈晓明语)其中,"过分依赖于形式""很少真正关注历史/现实"似乎在先锋文学诞生之初就是它被广泛诟病的一点,但这是否是它退化的主因呢?什么才是"恰当的艺术感觉"呢?正如我们所知道的,现代以来西方任何的先锋派思潮都是首先以形式主义策略发起的,它们被人们记住也是因为形式因素的标新立异,但它们也同时关联于一种历史的、现实的生活实践,只是这里的历史与现实并非是针对先锋派艺术的内容。"当先锋派要求艺术再次成为实践时,他们并不是表明艺术作品的内容应该具有社会意义,这种要求并不是在个别艺术作品的内容上提出来的。确切地说,它直接指向艺术在社会中的功能方式,指向既决定艺术作品效果又决定艺术作品所表达的特定内容的过程。"(《先锋派对艺术自主性的否定》)而我们对先锋小说的批评似乎仍然倾向于作品内容的社会意义,但这与形式

---

[1] [德]彼得·比格尔:《先锋派对艺术自主性的否定》,见《激进的美学锋芒》,周宪译,中国人民大学出版社2003年版,第158页。

主义策略是很难兼容的。尽管西方的达达主义、超现实主义、法国的1968革命等先锋思潮很大程度上关联于生活实践，而且有的还是很成功地影响了当时文化的建构和走向，但在中国根本上缺乏实现这种关联的语境。因此，洪治纲对先锋作家"失位"的判断是没错的，但却似乎颠倒了因果关系。"遗憾的是，当社会的转型历史性地把知识分子推向边缘的时候，他们本可以重新组成一个自由阶层，以独立的意识和智力的自治在社会生活中发挥着其批判、甄别预测和文化建构功能。先锋作家们也可以彻底摒弃文学在社会改良上的过分介入，从而走向艺术自身进一步自觉，即把文学从中心意识形态和公众情感表达中转回到具体的个人话语空间，重新确立创作主体的个人话语权力，更为自由地表达作家的审美意图。但我们的先锋作家并没把握住这一历史机遇，而是以一种被抛心态在饱受冷遇之后便或多或少地介入到社会热点之中，使原本势头良好的先锋文学在近年来又不可避免地陷入一种失位状态。"（《失位的悲哀——面对九十年代先锋文学》）显然，洪治纲给先锋作家们提出了一个不可能完成的任务，因为根本没有可能"重新组成一个自由阶层""发挥批判、甄别预测和文化建构功能"。知识分子的边缘化并不是一个什么历史机遇，没有历史证明边缘化会在一个特殊语境下实现"文化建构"。所以，我认为就中国1990年代至今的语境而言，"先锋"应该被"非历史"地看待，应该首先回到对真理的责任感和行动能力上来。

什么是"先锋"的"非历史"意识呢？正如我们前面所分析的，"先锋"已经处于一个被知识"历史化"的语境，被剥夺了本能上"反抗"的"决断"，我们应当从"先锋"的西方语境和1980年代以来被历史化了的"先锋"观念中挣脱出来，"非历史"地看待先锋，即把"自由"和"反抗"作为一种持存性价值直接与现实语境对抗，与自己的生活实践紧密结合。首先要把自己塑造成一个建立"真诚的世界"的"真实的人",即尼采所概括的"质朴、磊落、不自相矛盾、持之以恒、不改本色、无褶痕、无绕行、无帷幕、无形式"的人,以此摆脱那些空洞的、无意义的"自由"和"反抗"的说教。如今,更为严峻的是,我们所处的时代是一个被阿伦特形象描述过的"黑暗时代",也即公共领域被遮蔽,人们已经懒得过问政治和自由的本质含义,只关心自己的私利和有限的私人自由,反抗,已经失重了。"如果权力已经腐败,价值观出现了真空,那么对谁进行反抗?更严重的是,如果人已经被逐渐缩减为器官的聚合体,如果他不是一个自由的'主体',而是一个不仅在金钱上而且在基因或生理上被赠予了某种'遗产'的'继承者',只有用遥控器转换电视频道的自由,那么还有谁能进行反抗?我对现实的这幅图景加以简化并突出其严峻性质,为的是把大家都能感受到的事情变得更为明显:……一种怀疑与批判的精神——正在失去其道德和审美的意义。即使这种文化仍然存在,即使它没有被娱乐文化、'业绩文化'、'作秀文化'(show这个英语词汇用在这里正合适)完全淹没和变为不可能,那也仅仅是作为装饰品被作秀社会所容忍,处于边缘化的状态。"[1]这种境遇是无法回避的,"边缘化"也并非绝对是"先锋"的敌人,它应当唤起我们的绝望的"反抗"意志,它将绝对地暴露个体力量的有限和脆弱,而只有这样,人性所焕发的"自由"与"反抗"的精神才是真诚而坚韧的。对于中国1990年代以来的语境而言,"先锋"的"边缘化"越来越应该是一种个体行为,一旦被归入集体的大纛下,它就被异化为"自由"与"反抗"的敌人,这几乎成了必然的逻辑。所以,在这种严峻的境遇之下,选择"先锋"就是选择一种孤独"反抗"的勇气,选择"先锋"就是选择一种现实的"厄运"。谁保持了与永恒的持存性价值的最为亲近的距离,谁就是先锋的,如果现实不

---

[1] [法]克里斯特娃:《反抗的未来》,黄晞耘译,广西师范大学出版社2007年版,第4页。

给我们提供这样的机遇，那我们就要反抗它，永远反抗下去。"非历史"的"先锋"借此方能剥离其标新立异的形式主义外表，回到对永恒的持存性价值的"返顾"上，方能看着那些虚假的"先锋"们退场！

请"先锋"们退场

1990年代"先锋派"文学探索的转向，在有些论者那里被描述为一种堕落，痛心疾首的心情溢于言表，或者干脆宣判"先锋文学"的死亡和终结，似乎对于文学和文化而言，甚至对于整个社会的某种价值建构而言，一个承担责任和良知的重要力量消失了。但一种未曾存在过的事物或价值怎么可能会有自身的死亡与终结呢？我并不想否定先锋写作的艺术探索为中国当代文学带来的艺术革新和美学突围，但我也并不想把一种对西方现代派文学的学习和借鉴的艺术成果当作真正的"先锋"精神，正如前文所一再说明的，这场艺术突变根本就没有切实关联于"生活实践"，根本就没有触及"自由"的实质。"先锋"文学为中国当代文学争取到了自己脆弱的自主性，但这种主体的脆弱根本地指向了"先锋"主体的意志软弱上，当一切"自由"的敌人成为自己的敌人时，当一切创造性的压迫力量切实地压迫到自身的时候，当某种选择让自己更有世俗的"尊严"时，有谁会把孤独的厄运拥抱到自己的怀中呢？但我们的这种反思不能仅仅针对"先锋"作家们，不能仅仅针对1990年代前后的先锋文化热潮的参与者，一切批评者、冷眼旁观者、褒扬者都应为此负责。那些信誓旦旦的质问和符合理性逻辑的批评尖锐却羸弱："这种失位的显著表征便是先锋作家开始大力消解自我与实现的对立原则，而以一种妥协的姿态加剧自我世俗化，甚至把忍受孤独当成了一种无意义的异端行为，将自我灵魂的位格下降到庸俗社会学的定义之中，以一种不关痛痒的与人类心灵无关的方式制造各种形而上或形而下的文字,对一些大众热点的追踪也成了他们日常工作的主流。诸如为文稿拍卖四处奔波、联名写电视剧本以借助新闻媒体制造热点效应、为张艺谋写《武则天》、替一些畅销性质的丛书撰写传奇化故事……所有这些都显示了他们对世俗的强烈参与意识。这种世俗化的沉沦不仅损伤了作为先锋作家应操持的卓尔不群的人格魅力,还使他们对人类苦难的表达日趋表层化,以致无法挽回人道主义被放逐的危险,作家心灵也在良知与责任的贬值中成为被世俗屠宰的祭品。"(洪治纲《失位的悲哀——面对九十年代先锋文学》)在我们的社会语境中,就没有哪个群体当时是"不妥协的","制造各种形而上或形而下文字"最甚的也未必是作家们吧?而所有大声呼号的人、讨伐的人、质问的人就"忍受了孤独"了吗?除了被质问为堕落的那些拍卖文稿、写电视剧、写畅销书、买别墅、做领导等"世俗"参与意识之外,还有没有其他和"先锋作家"转向无关的、同样涉及主体抉择的疯狂的"世俗"参与意识呢?卓尔不群的人格魅力是仅仅属于"先锋"的吗?人类苦难的表层化、人道主义的放逐这样的帽子似乎也太大而无当了些吧?毕竟,被世俗屠宰的良知与责任不仅仅是作家的心灵。当"先锋"被贴上耻辱的标签的时候,这个标签是属于所有知识者的,因为"先锋"关联于一个社会对"自由"和"反抗"的真实认知与具体行动。还是那句话,请不要把先锋"知识化""历史化",或者说"知识化""历史化"之后我们唯一应该记住的是:"我们"(而不是仅仅是先锋作家)离真正的"先锋"还很遥远,虚假的"先锋"应该早早退场。每一个人都有可能是"先锋"的,"退场"并不是可耻的,它至少告诉了我们真正的"先锋"意志还未诞生,它至少让那个"自由"和"反抗"的舞台不再那么虚假地喧闹。但正如我们所看到的,很多评论者认为,"先锋"并没有终结,是的,没有开始何谈终结呢?当然他们所指的是中国当代文学的先锋探索,但我们希望这种文学探索和尝试不要滥用"先锋"的命名,而中国1990年代以后的文学和文化语境恰恰就是一个乱贴"先锋"标签的时代,是一个僭越"先锋"本质的、为一己牟取私利的时代,该退场的不退场,就更会湮没真正"先锋"诞生的可能。

"先锋是一种独立、自由、创造的精神,同时也是一种'文学抱负',因为它总是渴望在现有的秩序中出走,以寻找到新的创造精神和写作激情。就此而言,在任何时代,先锋文学都不会终结,除非一切的'文学抱负'已死亡。"(谢有顺《先锋文学并未终结——答友人问》)但是对中国1990年代以来的"先锋"而言,它能仅仅是一种"文学抱负"吗?或者说,它应该首先是一种"文学抱负"吗?文学抱负,是一个很含混的命名,没有什么证明它是与"独立、自由、创造"兼容的。而"在现有的秩序中走出"如果仅仅沦落为一种"渴望",一种只是关联于诗学言说的抽象空想,那"先锋文学"是否终结也就不再重要了,为它寻找继承人也就没什么意义了。用谢有顺自己的话讲,"正常的写作,应该是及物的、当下的、充满现实关怀的,所谓的写作使命,也只有在这里才能被建立起来。技术的先锋是有限的,一个有自由精神的作家,他所要求的是成为存在的先锋。"(谢有顺:《先锋就是自由》)"存在的先锋"的概念似乎是提高了对"先锋"的要求,但事实上这正是为了更便利地把一个作家命名为"先锋"而设的,因为所谓的"及物的、当下的、充满现实关怀的"比技术的先锋更容易寻找。绕来绕去,"先锋"又回到了"现实关怀",回到了"无边的现实主义"了。例如,被谢有顺用以证明先锋文学没有终结的作家和作品有莫言("近二十年的写作")、格非(《人面桃花》)、北村(《愤怒》)、李洱(《石榴树上结樱桃》)、陈希我(《抓痒》),在对这些作品的分析之中,形式因素被"合理地"排除在外了,而是一些诸如"时代的精神密度""新的精神困境""坚韧的""敏锐的""优雅的""精致的""宽广的""深邃的""沉重的问题意识""智慧和勇气""探讨了弱势者的生存困境""反省的精神"……而所有的这一切在新的先锋写作的逻辑里理所当然的都是"先锋"的,都是"自由的""反抗的""创造的",一个被"知识化"和"历史化"的"先锋"就是这样变得无所不包、不知所云的,就是这样被廉价化的。因此,先锋写作哪里是终结了,而是绵延不绝的,欧阳江河、翟永明、王家新、西川、陈东东、钟鸣、韩东、韩少功、刘震云、朱文、鲁羊、于坚……至于他们为什么是"先锋"的,为什么体现了"创造性",则会有滔滔不绝的理论资源和话语生产用以阐释这一疑问。事实上,1990年代以后,狭义的"先锋派写作""先锋小说""先锋作家"这些概念已经不再被人们所热衷,很多作家明确表示自己拒绝"先锋"的标签,但是,他们拒绝的是"先锋"的标签而不是"先锋"本身。"先锋"背后的品质是"自由""反抗""创造""创新""卓尔不群""勇敢""超越世俗"……它们在1990年代以后构成一种道德上的优先性,导致谁都认为自己是"先锋"的,代表着"自由""反抗"和"创造",各种文学论争背后都带有这种争抢"先锋"权力的动机。以诗歌的"民间写作"与"知识分子写作"的论争为例,他们最终无非想证明到底谁是一个时代诗歌美学、诗歌探索的"先锋",即最大程度上体现着诗歌的创造性。如今回头看这场当时波及甚广的论争,庞大、粗暴、粗鄙,简直毫无诗学的意义,只是一场知识、权力等欲望的各种形式的狂欢,许多问题似乎被澄清了,但却又没有什么本质性的变化。知识分子写作认为自己承担着责无旁贷的"道义责任"和"文化责任",他们的精英意识里凝结着一个具有高度责任意识和批判精神的传统,"知识分子写作"者自认为自己就是这一传统的伟大继承者,但结合1990年代以来知识分子的现实态度与"行动"能力,这一自我的标榜和命名无疑是虚妄的,甚至说是虚伪的话语泛滥。而"民间写作"所依仗的"民间"立场和"民间"精神资源就更是不可靠了,一种暧昧不明的"反抗"冲动并不绝对地指向一种自由与创造。韩东标榜说,民间的精神核心是"坚持独立精神和自由创造的品质……独立的精神就在于拒绝一切附庸地位,摆脱各种面貌各异的庞然大物的胁迫、利诱和无意识的控制,就是将独立思考和自由创造奉为第一要义,从而进入'现实存在'——艺术创作的真实之境"。他还主张,"民间写作"的价值在于"保存文学,使其在日趋物质化和力量对比为唯一标志的时代里获得生存和发展的可能性,维护艺术的自由精神和创造力"(《论民间》)。事实上,把这一切放在"知识分子"或其他写作主张的团体里同样适用,当"民间"被各种异己的观念和价值武装起来的时候,并不是更有力量,而是失去自身的属性。在这种关于"民间"和"民间写作"的阐释里,我们不难发现他们是在显示着自身面对时代的"先锋"性,尽管他们并没有使用这一概念。如果说"知识分子"及其写作最为容易地落入一种理性的虚伪的话,那"民间"力量及其写作方式则是往往堕为感性的野蛮,为"反抗"而"反抗",把一切与知识分子不同的、对抗意识形态的艺术行为都定义为"民间",把被压抑的属性写上自己的光荣榜。看看那些日益不知所云、失去诗学规范的"口语写作"和"下半身写作",看看那些在诗学论争中粗暴、蛮横的所谓的"民间写作"者们,这一切清楚地提醒我们:"民间"不可能是"先锋"的替代性力量。这不是否认处于"民间"状态的写作者的艺术权利和艺术探索的价值,只是他们应该清楚,现有的体制化语境对"自由"的天然排斥,使得无论是"知识分子写作"还是"民间写作"都无法真正实践"自由"和"创造"的艺术想象,因为有足够的力量来瓦解甚至"嘲弄"他们的这一诗学乌托邦。几乎绝对地依附于体制的知识分子自不必说,就是那些号称流落在"民间"坚持独立的、反抗的写作实践的作家,也不可能是纯粹的,他们依旧要依赖于体制性资源,他们对荣誉、权力、物质的渴望往往是不加掩饰的,在这种悖谬的形态下标榜自身的"自由""创造""反抗"等,无疑是没有任何说服力的。事实上,1990年代以来所有的诗学论争都面临着同样的境遇,为了标榜自己的"先锋"意识而通过各种话语资源积极地构筑诗学壁垒,最终都没有解决任何的诗学问题,也没有提供更多的创造性的文本,反而只是彰显了那些拥有话语资源的知识者们的傲慢与偏见,让人们对知识者和作家们的"道德感"产生了怀疑,对诗学语言自身失去了信任。这一切仍然根本上被意识形态掌控着,随时有一种体制化力量在作祟,几乎是无法抗拒的,它会潜移默化地使对"权力"的向往取代对"自由"和"创造"的向往。总而言之,在我们不停地言说"自由"的时候还没有真正懂得"自由"的本质,而"对自由的真正理解是行动的前奏"[1],没有这个前奏所产生的行动都是悖谬的,喧闹、争吵、论辩等对于"先锋"和"自由"来说就是一个异己的语境,立场及诗学观念阐释得再清楚、再明白都无益于"自由"与"创造"的实现,一切落入一己私利的"自由"都是对"先锋"的伤害。1990年代以来在文学场域中发生的一切貌似"先锋"的艺术探索最终都没有使人性和文学更"自由","反抗"是喧哗而无力的,而更为喧哗的"先锋"的躁动并不发生在文学场域,它们对"先锋"的伤害也更为致命。

1990年代以来,随着一个畸形的后工业社会或消费社会在中国语境中的成熟,大众文化已经把"先锋"招安了,"先锋"因素迅速渗透进入音乐、美术、建筑、雕塑、服装、影视等各个领域,通过不断的时尚化、流行化和趣味化,"先锋"与大众实现了和解,与专家和学者们实现了利益上的同谋共谋。"……先锋

---

[1] [德]卡尔·曼海姆:《重建时代的人与社会:现代社会结构的研究》,张旅平译,生活·读书·新知三联书店2002年版,第344页。

派艺术出乎意料地在公众中取得广泛成功,先锋派的概念本身也相应地变成一个被广泛使用(和滥用)的广告标语。长期以来先锋派有限的声名完全是靠触犯众怒而获得的,转眼间却变成……重要的文化神话之一。它的唐突冒犯和出言不逊现在只是被认为有趣,它启示般的呼号则变成了惬意而无害的陈词滥调。有讽刺意味的是,先锋派发现自己在一种出乎意料的巨大成功中走向失败。这种情形促使一些艺术家和批评家不仅去质疑先锋派的历史作用,而且去质疑这一概念本身的合理性。"[1]但面对这个"先锋"世俗化的如潮的趋势,质疑往往是羸弱的,它不能阻挡"先锋"与自己的敌人的亲近,因为它们是带着标新立异、哗众取宠的外表的"伪先锋","先锋"的形式因素被剥夺了本质,而大众对"先锋"形式的追求从来并不深究。"深奥或故作深奥,难以理解或不被理解不仅是某种艺术的权利,更是思想的权利、探索的权利、做人的权利,当流行趣味借助商业势力大踏步地跨进生活的所有领域时,当流行趣味窃取所有艺术的表层成果并烩制出诱人的菜肴时,当流行趣味使人们彼此间迅速认同,实际上更加隔阂、更加陌生之时,先锋的意义恰恰在于抵制与顽抗。"[2]事实上,被趣味化、流行化、时尚化的"先锋"的艺术行为,仍然保留了其"深奥的""难以理解"的形式感,但这已经不能构成某种"抵制"与"顽抗"了,因为大众文化是倡导多元的,它足以容纳和消解任何"新事物"。"现代性被定义为'新事物的传统'。在这种条件下,甚至连一个先锋派也不可能出现。因为先锋派按其性质来说,就是对某种特定传统的摒弃。典型的先锋派战术是制造丑闻。在现代文化中,当众献丑战术已经被当作一个耸人听闻的手段加以热烈追求。现代性用迅速接受的办法来阉

---

[1] [美]马泰·卡林内斯库:《现代性的五副面孔》,顾爱彬、李瑞华译,商务印书馆2003年版,第130—131页。
[2] 蒋原伦:《今日先锋之命运》,见《今日先锋》,《今日先锋》编委会编,生活·读书·新知三联书店1994年版,第25页。

割先锋派，就像它同样安之若素地把西方的过去、拜占庭的过去、东方的过去（还有现在）的种种因素接收到它的文化大杂烩中一样。旧的文化概念是以连续性为根据的，现代文化的概念则建立在多变性的基础之上；旧的文化概念推崇传统，当代的理想却是兼收并蓄。"[1]恶搞红色经典的政治波普、裸奔、激进的性展示、血腥的暴力美学……这一切在1990年代以来的中国"当代艺术"中愈演愈烈，但却是意识形态和它控制的大众文化所能接受的，因为这一切并不涉及对本质性"自由"的争取，仍旧是在"艺术体制"内完成的，而且市场已经成功地将"先锋"艺术探索的斗争目的转移到了财富上了。那些穿梭于北京的宋庄、798，上海的莫干山、苏州河等地的艺术家，大都有一幅"先锋"的面孔，但他们内心想的却是什么时候自己的艺术品也能像张晓刚、岳敏君、方力钧、陈丹青那样卖个好价钱，以至于中国根本就没有自己独立品格的"当代艺术"，而是一种模仿西方、追随市场的欲望冲动，只是混合和借取了"先锋"的艺术外壳而已，他们的"自由"要求仅限于言辞和一己的私利。同时，在大众文化无孔不入的渗透之下，"先锋"艺术探索向流行的时尚化倾斜也使之成为屈服于大众和市场的时髦产品，"时尚乃是我们所说的趣味社会学的重要因素，就是说，它在趣味社会学中起着'行政长官'的作用。就现代趣味的特殊情况来看，时尚似乎同时呈现为先锋派艺术的重要辩护人、修改者和否定者。它在艺术界也发挥着如下功能，即emphemeral的仲裁者功能、新和旧的调节者功能。其特征乃是振振有词和混杂拼凑。所以，我们有理由认为，时尚造就的不是风格……它只产生时髦物（the stylish）。"[2]成了"时髦物"的"先锋"也就最终成了消费社会的巨大胃口的

---

[1] [美]丹尼尔·贝尔：《资本主义文化矛盾》，赵一凡等译，生活·读书·新知三联书店1989年版，第149页。

[2] [意]雷纳托·波吉奥利：《先锋派三论》，见《激进的美学锋芒》，周宪译，中国人民大学出版社2003年版，第172页。

牺牲品了。"物品丧失了其客观目标、其功能,变成了一个广泛得多的物品总体组合的词汇,其中它的价值在于关系。"[1]而"关系"则构成了对"先锋"最为本质性的伤害之一,因为在1990年代以后能与"先锋"搭上"关系"的艺术行为和社会行为太多太多,以上我们只是代表性地分析了一部分,诸如不间断的活跃于公共媒体的那些打着争取自由、反抗现实的各种炒作性的"先锋"举动,都遮掩和抹杀了"先锋"的"自由"与"创造"的本质。

所以,我们希望那些虚假的"先锋"们退场。先锋,是一种孤独的厄运,"孤独"意味着它无法成为一种众声喧哗的集体的、公众的行为,它是一种极端边缘化的个体行为,它是建立在强烈的内在性上的责任感和内疚感;"厄运"则意味着选择"先锋"就是选择挫折、失败、冷落甚至鄙视,承担它需要非凡的勇气与胆识。对于所有那些无法承担这一孤独的厄运的"我们"而言,对"先锋"最低限度的支持方式是沉默,或者说是不参与,以此来减少与"先锋"的虚妄的"关联"(这也同样适应于广义的"文学"),从而进一步减少人们重新思考"先锋"的本质、重新选择"自由"和"创造"时的障碍。退场,就意味着从沉浸在知识与历史提供的软性暴力中释放"先锋"的青春……

"先锋"与衰老的青年

如果世界从这些成年和老年那里被拯救出来,肯定是对世界更好的拯救。因为在这种情况下,青年之国才将来临。

在这个地方怀念青年,我呼喊陆地!陆地!够了,太多了,在黑暗陌生的海洋上的热情寻觅和迷失的航程!现在终于显现出海岸了:不管它是什么样的,都必须在它那里登陆,最坏的避风港也胜过重新漂浮回到那毫无希望的、怀疑主义的无边海洋。且

---

[1] [法]波德里亚:《消费社会》,刘成富、全志钢译,南京大学出版社2000年版,第120页。

让我们守住这块陆地吧；我们以后将会找到好的港口，让后来者更容易驶近。(《历史学对于生活的利与弊》)

尼采在疯狂地批判了成年人和老年人的历史感的放纵之后，"咬紧牙关"捍卫了青年的权利，他呼唤"青年之国"的来临，"永不疲倦地在我们的青年中捍卫未来，抵制那些未来圣像的破坏者"。如果我们还对1990年代以后中国的"先锋"抱有希望，对中国文学和文化的"自由"和"创造"抱有幻想，那就同样不能回避青年的问题。因为，青年是"先锋"意识最原始的来源和最本能、最自然的基础，丧失了青年的"先锋"觉悟也就一并丧失了"自由"与"创造"的未来。我们这个愈来愈粗暴的时代本就开始于一场青年们的冲动，不谙实情者仍然把那次庄严而滑稽的政治狂欢当作青年的英雄主义壮举来追悼，似乎它的夭折使我们时代失去了一个实现自由民主的千载难逢的机遇。事实上，那些莽撞的青年并不会在制度思维与自由理念上超越传统的改朝换代模式，那场狂欢即便是以青年的胜利告终，也不过是一个"权力"的新的循环与旧的轮回而已。不过，血腥的事实留下的最大的隐患就是，暴力的震慑和体制的压制让青年们迅速衰老，不断增大的生存压力和新的意识形态压抑性的欲望化机制，迅速扭曲和瓦解了属于青年们的本能，那就是"自由""反抗""创造"的天赋权利。当然，青年们需要中年人和老年人的适时的、适当的引导与帮助，但1990年代以来，他们面临的却是一个无法撼动和不容撼动的、日益顽固和僵化的保守势力，后者与意识形态的利益共谋导致他们只关心自己的私利与权威，只有虚伪的"怨言"，而不可能主动放弃自己的利益向"自由"与"创造"的敌人宣战。因为，他们是中年人和老年人，正如培根所说的："他们常常满足于困守已成之局，思考多于行动，议论多于决断。为事后不后悔，宁肯事前不冒险。"或者，如鲁迅先生所嘲讽的："现在的社会，分不清理想与妄想的区别。再过几时，还要分不清'做不到'与'不肯做到'的区别，要将扫除庭院与劈开地球混作一谈。"但倘若没有他们的重新焕发青春的勇敢的"先锋"式决断，没有他们的"反抗"和牺牲为青年们指路，那我们能期待的就只能是青年的速朽，年轻的面庞上挤满了扭曲的焦虑与愤恨，以此复制他们前辈们的老路。1990年代以后，尤其是新世纪以来，随着网络媒介的发达，新的公共空间的形成并没有把信息传播的丰富、迅捷，把"畅所欲言"的网络民主机制，把那些满目疮痍的真相带来的愤怒转化为切切实实地面对生活和改变生活的青年们的行动，宣泄、争吵的自由只是意识形态设立的泄压阀，它们与学校教育所传授的历史和知识一样，只是构成一种文化的重压，用以扭曲青年们创造与反抗的本能，把他们锻造成顺民和"愤青"。鲁迅先生对青年们的期许是："愿中国青年都摆脱冷气，只是向上走，不必听自暴自弃者流的话。能做事的做事，能发声的发声。有一分热，发一分光，就令萤火一般，也可以在黑暗里发一点光，不必等候炬火。"但鲁迅先生并不知道，他慨叹的"古国的青年的迟暮之感"已经不再是"拘禁在三千年陈的桎梏里"，而是又增加了几十年的桎梏，或者说新增的这几十年的桎梏让那几千年的桎梏更加牢靠了，在这种语境里期望青年人能摆脱冷气、毅然前行，恐怕有些期许过甚了。还是借用鲁迅先生的话："现在的青年……大半还是弯腰曲背，低眉顺眼，表示着老派的老成的子弟，驯良的百姓……。"

如果我们说，如今的青年们一出生就变老了有些夸张，那说他们一进学校就开始"早生华发"则并不为过。学校对于青年们来说是最早的、最直接的也是最系统的压抑性机制，等到他们进入大学，这一压抑也就到了顶端，也就开始最激烈地表现他们被压抑的本能的扭曲状态了。象牙塔的破碎早已不是一朝一夕的事情了，它的精英幻觉、知识传播的圣洁和学术坚守的执着、道德优越感等的瓦解，已经成为公认的事实和不可逆转的潮流。四处弥漫的功利观念和生存焦虑，使得大学校园充满了各色的欲望和道德上的混乱。大学扩招以后，这种情况日益严重，看看人才市场上浩如烟海的人群，看看他们焦灼和无助的眼神，为了生存，什么样的道德底线不可跨越？那些各种纠结着权力与金钱的潜规则、那些暴露在阳光下和流传在网络上的社会不公造成的赤裸裸的悲剧、那些由意识形态和公共媒介灌输的财富与前途的神话……不断刺激并催生着青年们的无奈与焦虑、绝望与愤恨。在这里，贫穷与财富的对立、权力的顽固与卑弱者的屈辱、平等的宣讲与事实的不公、利益的分割和争夺、信仰的迷失和放弃，交织缠绕在一起，并非没有希望的存在，而正是那种希望与绝望交织的荒诞和悖谬，才会让那些心智还不成熟的生命陷入莫名的焦虑和不安。那个杀人"恶魔"马加爵是不是青年？难道他仅仅是一个极端化的个案吗？对马加爵而言，这个背负着罪愆和耻辱的脆弱个体，凶杀背后的心灵纠缠，已经无从索解。作为渗透着时代症候的暴力行为，各种专家和大众的参与和思考，也做了很多有价值的理性分析，但从效用和关注热情因新闻价值丧失而消退来看，除了使得媒体关注具备了提供更多咀嚼回味的"深度模式"，以满足人们虚假的知识、理性的需求之外，避免类似残杀再次发生的任何改变都未见发生。个体暴力选择的特殊性，根本无力掩盖它背后深刻的社会动因，而这一切仍然在顽固地影响着那些饱受现实折磨的年轻生命。报纸、电视、网络……每天都在产生着青年们扭曲的心灵里发生的想象得到和想象不到的故事，人们也仅仅把他们当作故事来看。而"愤青"也越来越成为我们时代文化的关键词，只是时代已经把"愤青"原初的"青年者的义愤"扭曲了。"一种巨大的变化令我们深深困扰：今日之'愤青'，就如同志、小姐、农民这样的词汇一样，随着时空的变换，正发生着不可逆转的内涵蜕化，从'心怀义愤的青年'变成

'当下喷粪的肾上腺素分泌紊乱人群'。"[1]愤怒成了青年们短暂的内分泌现象，为反叛而反叛，没有核心价值观和持续的追求，一旦他们投身到社会的谋求生存的巨大压力的时候，"肾上腺素分泌紊乱"就自然消解了。很多学者把这种情况的出现归结为"人文教育"缺失的问题，正如我们所看到的，他们采取了一些积极的措施来倡导教育中的"人文主义"观念和"人文主义"立场，但显然收效甚微。因为本质上"青年"的退化和"先锋"意识的扭曲，并非是知识和历史修养的问题，这是一个时代的巨大的精神症候的必然结果。在这一症候里，"人文主义"是失效的，是随时被现实境遇的压迫消解的。"他们是绰约的，是纯真的，——啊，然而他们苦恼了，呻吟了，愤怒了，而且终于粗暴了，我的可爱的青年们！""是的，青年的魂灵屹立在我面前，他们已经粗暴了，或者将要粗暴了，然而我爱这些流血和隐痛的魂灵，因为他使我觉得是在人间，是在人间活着。"鲁迅先生希望青年们"愤怒"和"粗暴"，毕竟是一些"流血和隐痛的心灵"的赤裸裸的展示，或者说起码是一种青年的反抗精神和血性，这让我们感觉"在人间活着"，但这预示着一个什么样的人间啊？！鲁迅先生没有意识到青年们的"粗暴"和"愤怒"必须要有"限度"，否则只能是武夫的莽撞与暴徒的破坏。

画家何多苓1980年代的成名作《青春》，画面上，在一个荒原的山坡上，低空飞翔着一只苍鹰，在横卧的铁犁前方，一个身着泛黄了的军装的少女迷惘又忧伤地坐在一个石头上。这是一个"青春"融入荒凉的意象，是对知青岁月的纪念与告别，这个荒原上的秀丽少女，成了那个时代最动人的形象之一。2008年，何多苓推出了自己的新作《青春2007》，画面上，辽远的天际旁边是蓝天、白云和广袤的草滩，四个年轻男女笑嘻嘻地褪下裤子，露出屁股，背对我们，并肩站在画面中央。同样，在张

---

[1] 河伯：《谁在玷污"愤青"的名字？》，《南都周刊》2007年138期。

承志的《北方的河》、卫慧的《上海宝贝》和朱文的《我爱美元》里，青年的形象不是有着同样的畸变吗？这种青春的变化意味着什么？我们的青年还是那些代表着自然、纯洁、热情和创造力的"天之骄子"吗？当我们大言剌剌地批判他们的时候是否想过，是谁创造了一个无法抗拒的境遇把他们拖入怀疑主义、虚无主义的泥淖，是谁伤了他们的"心"？当我们在狭义地定义"70后""80后"的时候，为什么没有人把真正的责任承担过来。"谁将赠给他们这种生活（注：即尼采所说的丰满和绿色的生活）呢？不是上帝，不是人，只是他们自己的青年：给青年解除枷锁吧，你们将与青年一起解放生活。因为生活只是隐匿着，处在牢狱里，它还没有枯萎和死亡——问你们自己吧！"（《历史学对于生活的利与弊》）"青年"本质上不是我们批判的对象，他们是所有人内心不愿消逝却又正在消逝的一部分，只有用我们自身的"行动"祛除缠绕在"青年"之上的枷锁，或者说只有先解放了我们自己，才有资格谈论如何改造"青年"。在韩寒与白烨的争论之中，为什么"青年"们多站在韩寒一边？为什么王朔一次次又一次尖锐甚至蛮横地炒作式攻击，都能得到"青年"们的欢呼，得到很多媒体盲目的支持，甚至把他立为时代的文化英雄？我们对"80后"写作的排斥与批判是不是忽略了他们的局限性的本质的精神来源呢？

钱理群先生说："有很多人批评我，说我有青年崇拜。我承认。我反问一句，你不相信青年相信谁？与其被混蛋利用，不如被青年利用。青年这一群体是'五四'启蒙主义所创造出来的一个想象的共同体，这是贺桂梅的分析，很有道理。在某种程度上我们是继承'五四'的传统的，这是我们这一代的特点。相信青年，在某种程度上青年被象征化、符号化了。青年其实是代表一种人性，对青年的信任就是对人性的信任，是对希望的追求，或者说是一种反抗绝望的努力。如果我们连青年都不相信了，那我们就绝望到底了。我曾经说过,作为教育者,当一切都绝望了,唯一不绝望,或者说不敢绝望、不能绝望的是青年。下一代都绝望了,你还能有什么指望?你也知道青年是有问题的,但你还是要相信他们。"[1]钱理群先生把"青年"定义为一种人性、一种希望的追求无疑是精辟的,但又把"青年"这一群体说成是"五四"启蒙主义创造的想象共同体则又与一种普遍的人性产生了矛盾。事实上,"青年"本质上与"五四"没有必然的关联,年年都过"五四"青年节,又有什么用呢?"五四"的价值已经被阐释得不能再清楚了,那又给那些曾经是青年的言必称"五四"的人们带来了什么实际的"行动"了吗?既然把"青年"定义为一种人性,一种对文明、文化来说具有原初生命力的、健康的、自然的本能,一种现代性里不可或缺的"先锋"意识,那就没有必要把"青年"历史化。尼采在《历史学对于生活的利与弊》里的最后一部分,专门郑重地呼唤着青年之国的来临,他把"青年"与一种"非历史"的"超历史"的永恒力量(如艺术和宗教)相提并论,让他们肩负起"第一代武士和屠龙者的使命"。"他们的使命……是去动摇那个当代关于'健康'和'教养'所拥有的概念,去生产对如此杂交的概念怪物的嘲讽和憎恨;他们自己的更强壮的健康的保障标记恰恰就应当是这,即他们,亦即这些青年,自己不能使用出自当代流行的语词和概念造币厂的概念、党派标语来表述他们自己的本质,而是仅仅确信一种在他们心中活动的、战斗的、挑剔的、分解的强势,确信在每一个美好的时刻都总是被提升的生活情感。……他们用不着去伪装拥有完全的教养,去捍卫这种教养,他们享受着青年的一切慰藉和特权,特别是勇敢的、直率的正直的特权和令人振奋的希望慰藉。"当然,对于那些成年人和老年人来说,他们掌握着

---

[1] 黄长怡、肖丽丹:《钱理群:与其被混蛋利用 不如被青年利用》《南方都市报》,2007年12月10日。

整个生活的权威，如果真的从内心希望一个自由、健康的时代的来临，那就需要从虚假的历史学修养的托词中解脱，"非历史"地看待青年，看待自身，"与青年一起解放生活"，否则就真如《圣经》中所说的：你们中的年轻人将见到天国，而你们中的老人则只能做梦。或许更糟，他们亲手杀死"年轻人的天国"，扼杀掉自己曾为青年的"梦"。在《百年孤独》里，集体患上失眠症的马贡多村民，在逐渐残酷地失去记忆，奥雷良诺想到了一个治愈失忆的办法，就是用蘸了墨水的刷子给每件物品写上名称：桌子、钟、门、猪、海芋、几内亚豆……"在通往沼泽地的路口上挂着一块牌子，上面写着：马贡多；镇中心的街道上挂着一块更大的牌子，上面写着：上帝存在。"我们是否能像马贡多村民那样还对信仰、人性等非历史的永恒价值保持着热情和虔诚呢？也许我们也应该给那些将被我们的历史修养扭曲和包裹的价值重新挂上牌子："生命""自由""创造""先锋""青年""未来"……也许只有这样，我们才能真正用当下的每一个"行动"来诠释这些价值的本质含义，并勇敢地去实现，而不是通过那个用理性和知识编织的华丽却颓败的历史罗网。

原载《山花》2012年第4期

晦涩：如何成为"障眼法"？
——从"朦胧诗论争"谈起

一

"重返八十年代"以"知识考古学"的思路和詹姆逊"永远历史化"的口号，试图使"八十年代"重新成为一个问题[1]，或者重新"陌生化""问题化"[2]，这一目标以一种违背初衷的方式被实现了，即，经过再次历史化的努力，"八十年代"作为一个宏大的、重要的时代问题和文学问题仍旧存在，而且因为新的历史化努力形成的"多元主义的知识市场"（詹姆逊）本身的混杂和矛盾，使得它某种程度上反而变得更加模糊，而没有在一个文学失重的年代重新变得"危险"和尖锐。重返、重构、重写、重释等各种文学研究意图无非就是在沿袭着"新历史主义"从人类学借来的"厚描"（thick description）策略——"一种描述历史文本的方法，与某种旨在探寻其自身可能意义的文学理论，杂交混合后而形成的一种阅读历史—文学文本的策略"，这一策略强调的就是"反复"：阐释不是一次完成，而是一个反反复复、没有止境的过程[3]。但我们能从这种反复中得到什么呢？特里·伊格尔顿在批评詹姆逊的"永远历史化"时，尖

---

[1] 李杨：《重返80年代：为何重返以及如何重返——就"80年代文学"研究与人大研究生对话》，《当代作家评论》2007年第1期。

[2] 程光炜：《〈文学讲稿：八十年代作为方法〉前面的话》，北京大学出版社2009年版。

[3] 盛宁：《新历史主义·后现代主义·历史真实》，《文艺理论与批评》1997年01期。

刻地指出了反复探寻历史的两种结果："好消息是,既然解释的过程是没完没了的,我们批评家就永远都不会失业。坏消息则是,我们永远无法确切知道我们在讨论什么,因为未来可能会产生出作品的一个新版本,它取消或者拒绝我们自己生产的那些版本。"[1]

这显然不是学者们的初衷,但历史化、知识化、学术化还能有更好的结果吗?新的历史叙事被限定在所谓的学科的"想象的共同体"之内,封闭、狭小,无法摆脱一种与现实隔离的"自娱自乐"的性质,无法避免自己的话语轨迹变成一个个"故事"、一个个"梦幻":"叙事话语远不是用来再现历史事件和过程的中性媒介,而恰恰是填充关于实在的神话观点的材料,是一种概念或伪概念的(pseudoconceptual)'内容'。这种'内容'在被用来再现真实事件的时候,赋予这些事件一种虚幻的一致性,并赋予它们各种各样的意义,这些意义与其说代表的是清醒的思想,还不如说代表的是梦幻。"[2]而我们该如何避免这种制造各种重复性的伪概念,而又同时陷入知识"梦幻"的窘境呢?在我看来,当前的文学叙事话语的最恰当也最具时代性的方式是"再政治化"——而不是1990年代以来的"去政治化",这种政治化不是因循福柯的权力话语,或者伊格尔顿的"政治批评",不是谨慎地把文学的政治权力关系仍旧限定在哲学或文学理论的范畴中,而是以阿伦特的方式,把文学从诗学的自足而狭小的领域拉回它应当置于的真理范畴或"公共领域"中,文学主体应该像莱辛那样:关心的不应该是"艺术作品自身的完满",而是艺术带给观众(或读者)的效果[3]。

---

[1] [英]特里·伊格尔顿:《我们必须永远历史化吗?》,许娇娜译,《外国文学研究》2008年第6期。

[2] [美]海登·怀特:《〈形式的内容:叙事话语与历史再现〉前言》,董立河译,文津出版社2005年版。

[3] "观众从来都代表着世界,或者更好地说,代表了在艺术家或作家与他的同代人之间形成的世界化的空间,这一空间对他们来说乃是公共的世界。"见[美]汉娜·阿伦特:《黑暗时代的人们》,王凌云译,江苏教育出版社2006年版,第5页。

在提出"重返八十年代"构想的最初，李杨较早地指出了我们在理解"80年代文学的政治性"时的障碍："人们习惯将'政治'与'权力'当成了一个负面的东西，尤其对于文学来说是一种负面的力量，因而也就将权力当成一种可以经过努力加以摆脱的东西。这还是中了'文学自主性'的毒，老是将'文学'与'政治'或'权力'对立起来，老把'政治'当成一个一心要强暴文学的恶霸。"在李杨看来，跨越这一障碍的方式就是意识到"文学本身就是一种权力，一种政治"[1]。事实上，在新时期的最初阶段，无论是官方意识形态对"文学工具论"的重新解读和强调，还是徐中玉、王若望、刘纲纪、钱中文、童庆炳等人相关的学术讨论，也包括李泽厚通过康德所建构的"主体性"理论，甚至于我们后文要涉及的"朦胧诗论争"等，都没有也不可能把文学与政治对立起来，政治也不单纯是一个丑陋的"恶霸"形象，这既是意识形态压力下的时代局限性，也是一个误打误撞的时代"开放性"。而文学与政治的对立的确和"文学自主性"或者是一种浓厚而狭隘的审美主义倾向相关，随着刘再复的"文学主体性"形成文学独立论，到文学的"向内转"、文化热（文化现代化）、寻根、现代派及先锋、纯文学等观念，逐步构筑了一个"去政治化"和审美化的路径，这个路径最终导致了我们对文学和政治（关键是政治）这两个核心概念的误解，由此引发的混乱以及制造的两难困境延续至今。

如何正常处理文学与政治的关系？这是本文试图分析的一个核心问题，而选取的切入点是"朦胧诗论争"（1979—1988），但切入的方式不是历史性的追根溯源，或者是知识性的话语辨析，我只是想从"朦胧"或者"晦涩"这样一个和现代主义（或现代派）相关的问题入手，来考察1980年代的文学话语中内含的政治性悖谬，从而指出文学如何成为主体理性地思考和面对政治的障碍；或者，面对时代严

---

[1] 李杨：《重返80年代：为何重返以及如何重返——就"80年代文学"研究与人大研究生对话》，《当代作家评论》2007年第1期。

峻的精神危机,文学和政治何者更应当优先面对。1980年代的文学图景和文学想象是在与政治的对峙、斗争中建构起来的,政治是文学的对立物,而文学最终实现的想象性的"全面胜利"也是以超越了政治障碍为丰碑和荣耀的,在这方面尤以诗歌为甚。但在那以后,文学尤其诗歌却一直努力"去政治化",以建构文学的自主性,却又不断陷入政治性的泥淖,其中的诗学镜像值得深究。奚密曾经非常敏锐地把20世纪八九十年代中国诗人的诗歌心理概括为"诗歌崇拜"[1],并系统地揭示了这一心理的成因,以及它的积极和消极的后果。事实上,"诗歌崇拜"不过是1980年代以来的"文学崇拜"(或审美崇拜、审美主义、艺术崇拜)的一部分,只是诗歌场域的表现最为突出、最具代表性;直到现在为止,1980年代的诗歌事件(地下诗歌、朦胧诗、《今天》、诗人之死等)、诗人谱系(北岛、食指、多多、顾城、海子、戈麦等)形成的神圣化、英雄化的历史叙事[2],仍旧是非常重要的审美意识形态的组成部分,或者说是维持诗歌场域及诗人"光环"的重要内涵。例如北岛在新世纪的访谈中对于诗歌的功能仍旧充满信心:"诗歌在中国现代史上两次扮演了重要角色,第一次是五四运动,第二次就是地下文学和《今天》。正是诗歌带动了一个民族的巨大变化。这也说明了中国确实是诗歌王国。"[3]这里显然夸大了诗歌

---

[1] "'诗歌崇拜'意指发生在20世纪八九十年代期间诗歌被赋予以宗教的意蕴、诗人被赋予以诗歌的崇高信徒之形象的文学现象,以及这个现象背后的文化因素。'崇拜'在这里相当于英文中的'Cult',具有强烈的宗教狂热的意涵。'诗歌崇拜'表达一种基于对诗歌的狂热崇拜、激发诗人宗教般献身热情的诗学。这种诗歌崇拜衍生了一套体现在宗教词汇和意象上的论述。在一个宗教信仰自由曾遭到压抑,制度化或私人性宗教曾遭到扼杀的社会里,宗教意象的出现以及诗歌与宗教的认同本身就值得注意。"参见奚密:《从边缘出发——现代汉诗的另类传统》,广东人民出版社2000年版,第207页。

[2] 比如较具代表性的有刘禾主编的《持灯的使者》,广西师范大学出版社2009年版;廖亦武主编的《沉沦的圣殿——中国20世纪70年代地下诗歌遗照》,新疆青少年出版社1999年版。相关评价可参考洪子诚:《当代诗歌史的书写问题——以〈持灯的使者〉〈沉沦的圣殿〉为例》,《郑州大学学报》(哲学社会科学版)2005年第5期。

[3] 查建英:《八十年代访谈录》,生活·读书·新知三联书店2006年版,第78页。

的历史功能和时代价值,而且这种夸大往往和内在的"崇拜"和"信仰"没有必然的联系。奚密虽然准确地捕捉到了诗人们浓厚的浪漫主义的、宗教崇拜的诗歌情绪,但是并没有辨析这些情绪的真假,没有透过表象发现这些"情绪"在能指和所指上的矛盾。因为很多"诗歌崇拜"话语不过是一种毫无宗教献身意味的"表演",其背后往往是诗坛话语权的争夺,以及诗人在越来越不属于自己的时代过于急迫、过于绝望的身份认同意识和身份建构企图。所以,奚密才会误以为"后朦胧诗"或"第三代"对"朦胧诗"和"今天"派诗人的反对是一种"反崇拜"的叙事。"反崇拜"不过是一个需要建构对立姿态的话语表象,其背后仍旧是"诗歌崇拜"的延续和分化,诗人不过是从英雄、烈士、先知转变为了反体制者、异端分子、孤独者、特立独行者、离经叛道者、与众不同者……而当1980年代虚构性的"阅读公众"在大众文化时代瓦解后,操持和表演"崇拜"的就只剩下诗人、评论家和一部分盲目的拥趸了。所以钟鸣才会这样概括当今的中国诗坛"障眼法和白痴症弥漫世界,并相互调情",进而尖锐地指出:"文学,尤其诗歌,在它的滥用和自损之下,已不再具有改变甚至影响我们精神的力量了。如果它还有一些秘密,那可真是恭维了。"[1]而要说到当代这些诗歌"障眼法"的起源,以及诗歌曾经拥有的"秘密",就不得不从"朦胧诗论争"说起了。

二

"朦胧诗"是不是属于现代主义(或现代派),或者是否需要专门为它创造一个"中国式现代主义"的标签,本身并不重要,重要的是通过"朦胧诗论争",现代主义作为一种审美理想在中国文学场中实现了它"顽固"的合法性。这一审美理想与"文学主体性""向内转"、现代派或先锋文学、纯文学等文学自主性、自律性思潮是一脉相承的,在中国现代主义的艺术想象中,文学要构筑"自治"的审美王国,而这一

---

[1] 钟鸣:《畜界·人界——一个义本主义者的随笔》,上海人民出版社2010年版,第15、10页。

王国与政治是对立的,它坚信自身携带着先天的反抗性、反叛性、先锋性、异质性、创新性、创造性,但无论如何努力,现代主义在中国从来没有成功[1],却一直作为一个审美幻境被向往、被标榜,那些神学前提式的附属价值也似乎从未真正实现过。迈克尔·莱文森在反思西方的现代主义时说"俗气地理解现代主义,立刻就会成为一场历史的丑闻和一种当代的无能",而中国当代文学某种程度上已经陷入了这样一种"现代主义式"的丑闻和无能之中,我们一直在渴求创新、渴求反抗、渴求自由、渴求独立、渴求更好的作品、渴求更伟大的作家,但最终的结果是我们一无所获却仍旧自欺欺人地渴求着,没有人理性地追问我们到底在渴求什么?"一场以复兴艺术为己任的运动,随着它的日渐成长,逐渐暴露出了自身的弱点。究其原因,部分在于它自有其不可忽视的丑陋特点,部分在于一个丑陋的时代给它施加了压力。"[2]所以,我们不能只是一味强调时代如何为难了文学、为难了现代主义,也应该意识到现代主义及其文学诉求"自身的弱点"和"不可忽视的丑陋特点"——即晦涩成为主体逃匿的"障眼法"。

"朦胧诗论争"最初是在看懂/看不懂的层面上展开的,朦胧/晦涩是论争的一个焦点。当然,随着"崛起派"在诗坛或者是文学史上的"胜利",朦胧诗以及相应的现代派、现代主义诗学的晦涩就获取了毋庸置疑的合法性,章明及其《令人气闷的"朦胧"》成了诗歌史的"笑料",臧克家、艾青成了新诗潮、青年们的"敌人",而由晦涩所应该引申出的更尖锐的冲突被搁置或含混地回避了。"朦胧诗论争"内部的话语是非常混杂的,相关研究从各个角度试图历史性地、

---

[1] 在当代中国,包括先锋、知识分子、民间、个人化、后现代等思潮,以及名目繁多的"道路""主义"、主张都不过是现代主义的替代性标签,这些标签即便有的是以"反现代主义"的面孔出现,最终还是要回到潜在的现代主义式诉求那里,或者成为"另一类时髦而掺假的现代主义"(欧文·豪语)。

[2] [美]迈克尔·莱文森:《现代主义》,田智译,辽宁教育出版社2002年版,第1—2页。

理论性地辨析这些话语[1]，虽然某种程度上还原了更多的历史真相或诗学复杂性，但却又似乎没有解决任何问题。我在这里以一个较为直接或者说较为"粗鲁"的本质论的方式，把"朦胧诗论争"的核心问题还原为一个文学与政治的问题，或者是文学的政治功能的问题。"朦胧诗"虽然被想象性地作为中国现代主义的新的开端、"一座高峰"，但正如很多研究所指出的，它内部杂糅了太多的浪漫主义的成分[2]，和西方的现代主义是一场表征危机、叙事危机不同，朦胧诗在叙事上总体上还是雄心勃勃的，有着强烈地介入时代、改造社会的欲念，因此更适宜在人道主义和启蒙的话语下谈论[3]。而这一点和反对"朦胧诗"的臧克家、艾青、程代熙、方冰、丁力等没有本质的区别，只是关于诗歌如何服务社会、服务现代化方面，他们有分歧，但分歧绝不像最后的政治批判那样对立。既然都要介入时代，那是"看得懂的诗"还是"看不懂（晦涩）的诗"更能成为"心灵与外界的最直接的连通线"（徐敬亚语）呢？

在评价"朦胧诗"的核心力量"今天"派创作的时候，刘禾认为："《今天》诗风拒绝所谓的透明度，就是拒绝与单一的符号系统或主导意识形态合作，拒绝被征用和操纵，它的符号作用其实超过了一般意义上的反叛。在我看来，言语的反叛大于狭义的政治反叛，因为这类反叛的另一面，即它的乌托邦，直接针对人们的言说行为和日常生活，而不满足于对某个抽象的社会理念的诉求。因此，我认

---

[1] 如程光炜：《批评对立面的确立——我观十年朦胧诗论争》，见《文学讲稿：八十年代作为方法》，北京大学出版社2009年版，第171页；余旸：《"朦胧诗"论争——"中国式"现代主义诗歌的艰难叙述》，《扬子江评论》2009年第6期。

[2] 陈旭光：《中国诗学的会通——20世纪中国现代主义诗学研究》，北京大学出版社2002年版，第281、283页。

[3] 如徐敬亚在《崛起的诗群——评我国诗歌的现代倾向》中说的："在艺术与生活的关系上，他们反对写实，但不主张脱离生活；他们突出地强调诗的审美作用，但并不否定诗的教育作用，相当多数的新诗人强调诗的社会功利价值，主张'诗人应是战士'，大量作品具有强烈地侵入生活的锐气，一些象征诗、意象诗都富于社会振动性，一些叙事诗中，灌满了人道主义的呼声。"见《朦胧诗论争集》，姚家华编，学苑出版社1989年版，第276页。

为《今天》在当年与主流意识形态之间形成的紧张，根本在于它语言上的'异质性'，这种'异质性'成全了《今天》群体的冲击力。事隔多年，早期《今天》的'异质性'业已演化成一个更为普遍更为长久的现象，这是《今天》对当代文学的重要贡献……"[1]很显然，在刘禾看来，"晦涩"的不透明性构成了"异质性"，这种异质性对意识形态的威胁要大于"狭义的政治反叛"，但这一判断不过是一种基于历史偶然性的"错觉"，而这一"错觉"的形成也和"朦胧诗论争"中主流意识形态过度的政治反应有关。对于思想界、文化界的一些言论、作品（如人道主义和异化的讨论、白桦的《苦恋》等）的批判虽然显得激烈，但却并不彻底，也不像"文革"等极左时期那么粗暴。而"朦胧诗"在"清除精神污染"中也不过是一个程式化的环节，惩戒的方式无非就是写检讨、发表和出版暂时受阻而已，因此刘禾所谓的"反叛""异质性"、与主流意识形态形成的紧张等，不无英雄化、悲剧性的夸张之嫌[2]。事实上，真正让主流意识形态恐慌的并非是"晦涩"的"拒绝透明度"的言语，相反，要么是明确的"政治反叛"，要么是"透明度"极高的"言语的反叛"。比如，官方查禁《今天》，显然并非主要是因为《今天》派的诗歌创作，而是因为《今天》的民间性存在及其传播方式，明确构成了对政治一体化的挑衅。因此，"朦胧诗论争"也就成为1980年代以来，主流意识形态针对诗歌或者诗人的唯一一次也是最后一次较大规模的打压，在那之后，它只需要忽视那些"拒绝透明度"的"异质性诗歌"就可以了。相反，它重视的是那些"透明度"极高的、极其明晰的公共性言论。所以回到前面的问题，"看得懂的诗"和"看不懂（晦涩）的诗"何者更具"介入性"？显然是"看得懂的诗"，所以章明、臧克家、艾青等"反朦胧诗"的批评在很多方面是很自然的、很正常的，失去了

---

[1] 刘禾：《〈持灯的使者〉序言》，广西师范大学出版社2009年版，第6页。
[2] 事实上，如果没有主流意识形态偶然的、过度的政治反应，那朦胧诗、《今天》派诗人也不会有那么高的诗歌史地位，那些诸如"英雄""受难""悲壮""持灯的使者""沉沦的圣殿""被埋葬的中国诗人"等神圣化叙事也就"失重"了。

读者的诗歌怎么能够像顾城说的那样推动"民族进步",建设"高度的精神文明","驱除罪恶的阴影","照亮苏醒或沉睡的人们的心灵"[1]?"朦胧诗论争"期间,有诗人这样说:"我的诗现在你们看不懂,不喜欢,不要紧。我相信将来——我们的下一代,一定会看得懂的,会喜欢它的。"而方冰这样反驳:"我看他的这个信心是绝对靠不住的。你是现在的人,你写的是现在的事物,现在的人都不理解,都看不懂,我们的下一代,没有在现阶段生活过,能够理解、能够看得懂吗?这不过是自我安慰罢了。"[2]很显然,这一自我安慰落空了,不要说"遥远的""朦胧诗"了,就是当前这些浩如烟海的"晦涩"的"杰作"还有多少读者呢?"通俗易懂"的诗歌变得"不道德"(西川语),诗人只为一个虚构的"无限的少数人"服务(翟永明语),那诗人还有什么理由标榜自身的异质性的价值呢?

当然,我们似乎应该把"朦胧/晦涩"作为一个审美或诗学问题来讨论,"朦胧诗论争"最初也是从"审美""接受"等层面相对温和地展开的,但正如有的论者指出的:"1980年代前期在'朦胧诗'论争中,朦胧/晦涩在很大程度上就是作为一种文学的政治术语来使用的。"[3]而这种政治化不仅体现在反对"朦胧诗"的言论中,也同样蕴含在那些主张和支持"朦胧诗"的言论中,因为后者也无法放弃诗歌的交流、教育等社会性功能,这就势必使得诗歌处于不断被政治化的处境。"朦胧诗"是靠政治化"成功"的,"后朦胧诗"或"第三代"又是以"不顾一切的'粗暴'的侵入"(谢冕语)的政治方式出场的,此后,中国新诗共识瓦解,进入了一个以生搬硬套各种各样彼此的"差异性"、标榜自身的"异质性"为主要循环方式的"诗江湖"时代,诗学口号的纷争背后多是为了争夺话语权力和彰显波德莱

---

[1] 顾城:《"朦胧诗"的回答》,见《朦胧诗论争集》,姚家华编,学苑出版社1989年版,第319页。

[2] 方冰:《我对于"朦胧诗"的看法》,见《朦胧诗论争集》,姚家华编,学苑出版社1989年版,第73页。

[3] 臧棣:《新诗的晦涩:合法的,或只能听天由命的》,《南方文坛》2005年第2期。

尔所说的现代主义主体的"英雄气概"。如今,没有比诗歌更喧闹、更"繁荣"的文体了,但同时也没有比诗歌场域容纳更多的粗鄙的"政治化"欲望的了,中国诗歌的所谓的"去政治化"的努力就是以没有节制的"再政治化"的方式展开的。在这些"再政治化"的"斗争"中,"晦涩"仍旧是一个纠缠的核心问题、一个万能的"障眼法",反对"晦涩"的一方所操持的话语方式与"朦胧诗论争"中章明、艾青、臧克家等人是"一脉相承"的。比如"非非"诗人尚仲敏批评朦胧诗语言混乱、晦涩,"违背了诗歌的初衷,远离了诗歌的本质","诗人不过是人群中高深莫测、故弄玄虚的那一小撮","诗人的形象被世人彻底误解,有的甚至声名狼藉"[1],同样的争执也反复出现在"知识分子"与"民间"、晚近林贤治与臧棣关于1990年代诗歌评价等此起彼伏的论争中,但"晦涩"的问题仍旧无法解决。像反对朦胧诗"晦涩"的非非或第三代,仍旧写的是"晦涩"的诗,只是晦涩的面貌更"丰富"了。在口语化、口水化("梨花体""羊羔体""乌青体")、下半身等诗歌实践中,"日常还原主义"的平白、浅易甚至粗鄙、琐碎,对于读者而言无非是另一种形式的"晦涩":这也叫诗歌?这样的诗歌有什么价值?而诗歌"晦涩"的价值往往是在与评论家的同谋共谵中实现的,和小说等文体不同,每一个诗歌派别都有自己相对固定的评论家队伍;而且很多时候,诗人也要迫不及待地亲自出场,充当诗人和评论家的双重角色,这在小说、散文等其他文体中并不多见。但他们的"过度阐释"并没有让"晦涩"的诗歌重新获取读者,因为他们的"阐释"比诗歌更"晦涩"。目前,在所有文体评论中,诗歌评论是最"晦涩"的。这又回到了"朦胧诗论争"中,艾青对评论家造成的"整个世界的烟雾弥漫"[2]的批评那里了,如今那些纠缠着各种古今中外的理论话语的诗歌评论,仍

---

[1] 尚仲敏:《反对现代派》,见《磁场与魔方:新潮诗论卷》,谢冕、唐晓渡主编,北京师范大学出版社1993年版,第235页。

[2] 艾青:《从"朦胧诗"谈起》,见《艾青全集》(第3卷),花山文艺出版社1991年版,第168页。

旧和当前的诗歌创作一道制造着普通读者"令人气闷的朦胧",以至诗歌越来越"曲高和寡"、乏人问津,中国诗歌在"读者缺席"的情况下群魔乱舞似的表演着它的"晦涩"和"繁荣"。难怪钟鸣会说:"要论诗歌的进步,除了'词'的胜利,就人性方面,我看是非常晦暗的,犹如骨鲠在喉","时过境迁,即使是单纯的人,单纯的事,正确的人,正确的事,做出来也恍惚严重错位。"[1]

说来说去,诗歌应不应该"晦涩"呢?或者,诗歌"晦涩"的合适的限度在哪里呢?关于这样的问题,现代以来就从诗歌与现实、诗歌的大众化、诗歌的社会功能、新诗的存亡等方面讨论了很多,却永远无法解决(以至于有论者认为"中国现代诗歌史就是一部反对晦涩和肯定晦涩的历史"[2])。因为1980年代以来人性的"晦暗"以及诗人的"正确"(也包括"错误")导致的"严重错位",本质上不是一个美学困局,而是一个政治困局。也即,诗歌无论写成什么样,它都在失去"读者",它对时代来说都是"晦涩"的。此时,诗歌(或文学)与政治的关系应该建立在我们对"政治"的正确理解上,而不是对文学的"正确"理解上;或者说,我们应该重新思考,在柏拉图那里,为什么诗人要被逐出理想国?

三

欧阳江河在评价"1989年后国内诗歌写作"的时候认为:"抗议作为一个诗歌主题,其可能性已经耗尽了,因为它无法保留人的命运的成分和真正持久的诗意成分,它是写作中的意识形态幻觉的直接产物……"新的诗歌写作应该限制为"具体的、个人的、本土的",即"知识分子写作":既要强调与环境的疏离,又"坚持认为写作和生活是纠结在一起的两个相互吸收的过程",或者进一步解释为"偏离真理""返回知识",但又要"保留对任何形式的真理的终生

---

[1] 钟鸣:《畜界・人界——一个文本主义者的随笔》,上海人民出版社2010年版,第2、12页。
[2] 臧棣:《现代诗歌中的晦涩理论》,《南方文坛》1995年第6期。

热爱"[1]。这和王家新在《当代诗歌：在"自由"与"关怀"之间》中表达的观点类似，只是王家新更坦率地承认这是"两难"和"矛盾"的："纵使他执意要成为一个纯诗的修炼者，现实世界也会不时地闯入他的语言世界中来，并带来它的全部威力……"[2]事实上，这不只是知识分子写作的"基本困境"，即便是那些理直气壮地批判知识分子写作的民间派们也不得不面对这种尴尬的"困局"：过多地介入现实，就可能损伤诗歌的美学构想和个体的艺术自由；过多地逃离现实，就可能损伤一个主体的责任和良知，从而招致道德上的批判和质问。无论如何，进入1990年代，诗歌及诗人都不可避免地边缘化了，人们已经逐渐习惯了忽视诗歌、不需要诗歌，这本质上和"写什么""怎么写"没有关系。因此，1990年代后期，两位"崛起派"的重要理论家谢冕和孙绍振对1990年代诗歌、诗人的批评，就不免有些理念化了[3]，严格意义上讲，中国并不缺少谢冕所期待的那种"代言"性的"直面社会重大问题"的作品，也不是每个诗人都在象牙塔内"自我呻吟"，但结果怎样呢？中国诗歌永远都处于缺乏"好诗"缺乏"伟大诗人"的窘境，但什么才是"好诗"和"伟大诗人"？有了"好诗"和"伟大诗人"，我们的时代和人性会发生什么实质性的变化呢？这些问题根本无法回答，也没有人愿意穷究。

其实原因很简单，也很明确，1980年代以来的中国有着显而易见的残缺，这种残缺及主体的各种各样的"逃逸"形成了阿伦特所强调的历史的"黑暗时代"："在其中公共领域被遮蔽，而世界变得如此不确定以至于人们不再过问政治，而只关心对他们的生命利益和私人自由来说值得考虑的问题。"[4]我们所谈论的诗歌的"晦涩"也不过是这样一桩"私人自由"，即便我们认定诗歌的所有的"晦涩"都是合理

---

[1] 欧阳江河：《1989年后国内诗歌写作：本土气质、中年特征与知识分子身份》，见《站在虚构这边》，生活·读书·新知三联书店2001年版，第53—56页。

[2] 王家新：《为凤凰寻找栖所——现代诗歌论集》，北京大学出版社2008年版，第19页。

[3] 洪子诚、刘登翰：《中国当代新诗史》（修订版），北京大学出版社2005年版，第243页。

[4] [美]汉娜·阿伦特：《黑暗时代的人们》，王凌云译，江苏教育出版社2006年版，第9页。

的、真诚的,那它也不过是把主体"抛回到……轻飘飘的、无关紧要的个人事务当中,再次脱离'现实世界',被私人生活'悲哀的不透明性'(é paisseur triste)所包裹……"[1]这一"私人自由"或"不透明性"并非不重要,关于艺术的私人性与人的公共性之间的关系,阿伦特在论述"公共领域"的时候已经做过深刻的辨析[2],结合阿伦特的政治哲学,可以概括为:相对于私人领域(比如艺术自由),公共领域(或公共自由、公共生活、政治生活)更为重要,而且前者的"魔力"和价值必须依赖于后者的实现,否则它就是"无关紧要的"。因此,在处理文学与政治的关系时,我们必须要强调政治的优先性,也即把阿伦特所说的"沉思的生活"与"行动的生活"结合起来,勇敢地面对我们的"公共生活"的残缺,并努力改变它。而"公共生活"是需要明晰而拒绝"晦涩"的,因此我们从1980年代的"朦胧诗论争"开始建构起来的现代主义的"晦涩",或者说与此相应的"诗歌崇拜""艺术崇拜",不过是一种自欺欺人的消极怯懦的"人性",或者就是波德里亚所揭穿的招摇撞骗的"艺术的阴谋"。所以,晚年的奥登才会放弃玄奥、晦涩的"现代主义",并在悼念叶芝时写道:"诗没有让任何事情发生。"因此,我们必须学会首先忠实于真正的公共生活,跳出私人领域具有诱惑性的安全,带着勇气进入公共领域,否则我们所期许的任何形式的私人自由都将成为空谈。

　　"晦涩"无论有无必要、是真是假,都不可避免地构成对"公共生活"的逃避。"朦胧诗论争"的1980年代,虽然支持和反对"朦胧诗"的双方关于政治的很多认识都是狭隘的,即要求诗歌服务于汉森在研究阿伦特的时候提出的"虚假政治"(有组织的政治谎言、极权主义、大众文化等)的范畴,但他们毕竟都还不回避把诗歌放到"公共生活"中考量。"朦胧诗"之后那些名目繁多的"去政治化"的努力,不是照样深陷各种欲望缠斗的"虚假政治"之中吗?"晦涩"只不过是

---

[1] [美]汉娜·阿伦特:《过去与未来之间》,王寅丽、张立立译,译林出版社2011年版,第2页。
[2] [德]汉娜·阿伦特:《人的境况》,王寅丽译,上海人民出版社2009年版,第32-34页。

"障眼法"，以掩饰与政治残缺互为表里的道德残缺。"诗人与诗歌的拥护者曾声称诗歌能培育出更好的公民，诗歌能传播'文化'，并将他们的辩护建立在这一基础上，但是，这个一开始只是为了应急而编造的谎言……实在显得太过厚颜无耻……"[1]公众不买"障眼法"的账，总是被诗人和评论家们抱怨为"没文化"，抱怨这个时代太可怕，他们也许应该想一想苏格拉底的话："如果荷马真能帮助自己的同时代人得到美德，人们还能让他（或赫西俄德）流离颠沛、卖唱为生吗？人们会依依难舍，把他看得胜过黄金，强留他住在自己家里的。"[2]

本文的结论难免"泛政治化"之嫌，而且观念也过于"陈旧"，最终无非还是回到早就被时髦的理论家抛弃了的启蒙理性那里。但"泛政治"是因为我们一直深陷可怕的政治之中，已经养成了与之"调情"而不是与之对抗的习惯，结果文学成了政治残缺的寄生虫，我们总是以批判（而批判也往往过于"晦涩"）政治的借口与之媾和，而真正应该追求和实现的政治被遗弃了。如今的文学场（包括诗歌场），道行深的操练"障眼法"，道行浅的扮演"白痴症"，一个庞大的、职业化的群体就这样在"艺术的盛宴"里讨生活。因此，"重返八十年代"是极其必要的，但却不应该是过于"晦涩"、温和的历史化、理论化的"厚描"方式，而是以最尖锐的自我反省的方式回到那些"陈旧"的缺失那里，因为"传统的看法，身份的错误握持，制造意识形态的阴谋，只能更深地导致诗的衰迈，让过去的古典行径和身份越来越小丑化"[3]。

原载《文艺争鸣》2013年第2期

---

[1] [美]宇文所安：《〈迷楼——诗与欲望的迷宫〉绪论》，程章灿译，生活·读书·新知三联书店2005年版，第6页。
[2] [古希腊]柏拉图：《理想国》，郭斌、张竹明译，商务印书馆1997年版，第396页。
[3] 钟鸣：《畜界·人界——一个文本主义者的随笔》，上海人民出版社2010年版，第9页。

当代汉语诗歌"公共性"想象的政治边界
——从唐晓渡《内在于现代诗的公共性》谈起

《内在于现代诗的公共性》[1]一文让我想起唐晓渡的另外一篇对话《诗·精神自治·公共性——与金泰昌先生的对话》[2],当金泰昌从韩国和日本的角度,提出了诗人的三分法——公诗人、私诗人和公共诗人,并询问"公共诗人"在中国的情况时,唐晓渡当时认为"公共诗人"或"诗歌的公共性"仍然是一个有待研究的问题,也许《内》一文中提出的"内在于现代诗的公共性意指"就是一年之后他对这一问题的回答。当然,诗歌的公共性的问题是一个关于诗歌、诗人价值的古老问题,或者说是来自于柏拉图的"古老敌意"的永恒问题,把诗人逐出理想国的柏拉图"申明":如果为娱乐而写作的诗歌和戏剧能有理由证明,在一个管理良好的城邦里是需要它们的,我们会很高兴接纳它。从那时开始,拥护诗歌的人必须为诗歌提供辩护,"不要滔滔不绝的雄辩,而要合情合理的辩护"[3]。而几乎所有看似"合情合理"的辩护都是围绕着柏拉图的"申明"展开的,即城邦、国家、人民是需要诗歌的,或者说诗歌有着不容歪曲和忽视的正面的"公共价值",比如唐晓

---

[1] 唐晓渡:《与沉默对刺——当代诗歌对话访谈录》,北京大学出版社2012年版,第24页。
[2] 同上,第92页。
[3] [美]宇文所安:《〈迷楼——诗与欲望的迷宫〉绪论》,程章灿译,生活·读书·新知三联书店2005年版,第3页。

渡所提出的现代诗的公共性为公民社会培育拥有情思丰沛的心灵的合格公民。但这样的辩护在政治学和社会学层面很难被证明，当然也很难被证伪，就像宇文所安分析的，"如果说在这场仍在持续的审判中，为诗歌的辩护从未彻底失败过，诗歌也从未最终被逐黜出理想国，那可能因为从来没有一个社会理智清明到不愿意相信那些既有吸引力、从情理上说也似乎不无道理的谎言——这既包括诗歌本身所撒的谎言，也包括我们这些拥护诗歌的人所撒的谎"[1]。

也许像布罗茨基所说的，"古代对于诗人的评价大体上要更高一些，也更合理一些"[2]，而到了19世纪，对于诗人的恶意攻击构成了一个俱乐部："一谈到诗歌，每一个资本家都是一个柏拉图"[3]；或者像加缪说的："现代的革命运动始终伴随着对艺术的攻讦，至今尚未结束。"[4]而当下的中国，既有公众和意识形态对诗歌的误解甚至蔑视（如"梨花体""羊羔体""乌青体"等讨论），也有知识分子的质疑（如季羡林的"新诗失败论"、林贤治对1990年代诗歌的批评等），还有诗人的自我污名或自我反省，譬如诗人钟鸣所说的："文学，尤其诗歌，在它的滥用和自损之下，已不再具有改变甚至影响我们精神的力量了。如果它还有一些秘密，那可真是恭维了。"[5]

那么诗歌和诗人是否具有公共性呢？或者说，艺术的私人性与公共性（私人生活与公共生活）之间是否可以形成有效的互动？即越过那道"深渊和鸿沟"，唐晓渡提出了现代诗的内在的公共性意指：诗歌从一开始不只是一种个体经验或想象力的表达，或一门古老的语言技艺，它还是人类文明一个不可或缺的精神维度。成为启示性个人的诗人通过锻炼敏感、丰富而活跃的个体心灵，或者"在一念之间抓住真实和正

---

[1] [美]宇文所安：《〈迷楼——诗与欲望的迷宫〉绪论》，程章灿译，生活·读书·新知三联书店2005年版，第3页。
[2] [美]布罗茨基：《文明的孩子》，刘文飞等译，中央编译出版社1999年版，第74页。
[3] 同上，第74页。
[4] [法]加缪：《反抗者》，吕永真译，上海译文出版社2010年版，第279页。
[5] 钟鸣：《畜界·人界——一个文本主义者的随笔》，上海人民出版社2010年版，第10页。

义",来实现自身的公共性。"这是现代诗存在的自身理由,也是诗人不可让渡的自由;是他唯一应该遵从的内心律令,也是他作为公民行使其合法权利的最高体现。"但这是否可行呢?一方面,这一"内在的公共性"并不是一条新的路径,因为诗人面对那场古老敌意的审判,它的辩护词始终与"内在的公共性"大同小异,但结果仍旧遭受更深的质疑;另一方面,从某种程度上讲,"内在的公共性"因为其过于含混和模糊而不具有真正的公共性。所以才会有唐晓渡所疑惑的变形:在经历了1980年代持续的"向内转"之后,从1990年代起,不少先锋诗人都在考虑并尝试如何处理个人写作和公共经验、公共视野的关系,然而,这种事关公共性的新的转向,在公共视野中却完全变了形(如西川、欧阳江河、廖亦武)。

"内在的公共性"最终多半导致米沃什在阐述他的那位远亲的诗观时所提到的结果:诗歌"退出所有人共有的领域,而进入主观主义的封闭圈",或者诗歌因为是一种"内在活动的表述"而变为"小小的孤独练习"[1]。这种情况在中国当下的诗歌生态中还不够显著吗?唐晓渡所乐观想象的诗人与读者之间的"创造性"互动更像是一个陈旧的美学乌托邦,因为这样的读者是缺席的,或者只是所谓"无限的少数人",公共性从何而来呢?所以,"内在的公共性"很难满足中国当下所亟须的那种公共性渴求,正如阿伦特在解释"公共的"时候所指出的:"它(公共的)是指,凡是出现于公共场合的东西都能够为每个人所看见和听见,具有最广泛的公开性。对我们来说,表象——即不仅为我们自己、也为其他人所看见和听见的东西——构成了现实。"[2]而艺术的私人性,或者所谓的"内在的公共性"根本上做不到这一点,或者也不需要一定做到这一点,这就涉及了艺术的私人性与人的公共性之间的矛盾了。

---

[1] [波兰]切斯瓦夫·米沃什:《诗的见证》,黄灿然译,广西师范大学出版社2011年版,第34-35页。

[2] [德]汉娜·阿伦特:《公共领域和私人领域》,见《文化与公共性》,汪晖、陈燕谷编,生活·读书·新知三联书店1998年版,第81页。

汉娜·阿伦特在论述"公共领域"的时候已经深刻解析了艺术的私人性与公共性之间的矛盾关系[1]，而唐晓渡所言的"内在公共性"及其功能的预设，某种程度上讲也是属于这样一个范畴。在阿伦特看来，"个体经验的艺术转化"关涉"个人生活的最强大的力量——如心灵的激情、大脑的思想和感官的愉悦"，这些"不确定的、朦胧的"心理现实必须被加以"非私人化、非个人化"的变形，才会具有适合"公共表现的相状"，也就是艺术的转化。这种变形所呈现的"私人生活的隐私性……总会极大地强化和丰富人的全部主观情感和私人感受，但这种强化向来都是以失去对世界和人的现实性的保证为代价的"。也就是说，尽管艺术对个人经验的转化已经让它具备了某种公开性，但这种公开性仅仅是"照亮我们的私人生活和隐私生活的微光"，仍然严格区别并屈服于公共领域的那种"刺目的光芒""那道无情的亮光"。艺术更多的是一桩"私人事务"，它关心和维护公共领域认定的那些"无关紧要的东西"，由于艺术的原因，这些"无关紧要的东西具有一种异乎寻常的、感染人的魔力"，其中的"关爱和温情甚至可能代表着世界的最后一个富于人情味的角落"，"因此整个民族都可以将它作为自己的生活方式来加以接受"，但这并不会也不应该"改变它那基本的私人性质"，"整个民族私人的东西、着迷的东西的这种扩大并未使这种东西成为公共的，并未构成一个公共领域；相反，它仅仅意味着公共领域已经彻底退缩了，从而在一些地方，宏伟都被魔力取而代之了。因为尽管公共领域可以是宏伟的，然而它却不可能是迷人的，之所以如此，恰恰因为它不能容纳无关紧要的东西"。对于当下的诗歌语境而言，每个诗歌主体（无论是诗人还是诗歌的想象性读者）都很直接地体会到，艺术的私人性受制于当下公共领域里诸多形态的政治的、经济的、文化的公共话语，其私人性的艺术特征被多种喧闹、混杂的"宏伟"的公共性、公开性影响甚至取代，而这一切又往往并不是真实的、现实的和公共性

---

[1] [德]汉娜·阿伦特：《公共领域和私人领域》，见《文化与公共性》，汪晖、陈燕谷编，生活·读书·新知三联书店1998年版，第81—83页。

的"宏伟",它恰恰是一种"魔力"。这一"魔力"(类似于"内在的公共性")表面上是一种美学的或艺术的屏障,实际上是一种无处不在的政治障碍,构成了对真正的公共性的消解。在哈贝马斯论述公共领域的时候,本来存在着一种"文学公共领域"作为通往"政治公共领域"的中介,在他看来,"虚构"文学作品中的私人个体的主体性和公共性密切相关,私人性的经验关系开始经由文学公共领域的"人性"而进入政治公共领域,并把组成公众的私人一起"共同推动向前的启蒙进程"[1]。但在我看来,这种所谓的"文学公共领域"带有某种社会学想象的色彩,即便这种想象的文学机制在西方市民社会的公共领域的建构过程中有过积极的功能,但前提仍然是后者也即"政治公共领域"的基本要素要先于"文学公共领域"建构起来,才能让一种私人性中的人性得到公共空间的现实认可。简单来说,哈贝马斯也要强调这种"文学公共领域"是要以新闻检查制度被废除为政治前提的,而且"文学公共领域"的交往过程要超越社会和政治的特权,有自明的法律规范的普遍性和规范性标准作为保障。

总而言之,公共性即便作为一个诗歌美学的前提被提出来,那它本质上也仍旧是一个"政治问题",而不是一个"艺术问题";与其追求诗人或诗歌的公共性(无论是内在的,还是外在的),都不如先追求公民或政治的公共性,后者具有毫无疑问的优先权。从某种程度上讲,中国现代以来的诗歌在追求"公共性"方面的任何形式的努力都失败了,诗人们在中国公共领域的健全和成熟方面毫无建树,无论是投入政治漩涡中,还是逃逸到私人性的审美王国,都没能改变自身在政治变革中"无关紧要"的尴尬位置。类似于"内在的公共性",美国学者玛莎·努斯鲍姆曾经提出过"诗性正义"的概念,她以狄更斯的小说《艰难时世》等文学作品为材料,对经济学及功利主义的种种弊端进行了揭露和批判,认为文学主体可以通过"畅想"(fancy)和文学想象扩展个人经验的边界,建构一种旁观者的"中立性"、一种在

---

[1] [德]哈贝马斯:《公共领域的结构转型》,曹卫东等译,学林出版社1999年版,第54—59页。

文学和情感基础上的正义和司法标准[1]。正如《纽约时报书评》对她的论著的评价：乌托邦式的理想。我们一定要通过把政治领域"审美化"（aesthetization）来弥补中国当代公共性的缺失吗？幸好除了诗人和理论家做这种徒劳的"想象"之外，任何其他的阶层都从未对诗歌和诗人寄予如此厚望。"诗歌崇拜"或文学崇拜、审美崇拜是1980年代的一项难以清理的政治遗产，它导致我们在思考中国亟待解决的政治问题——比如公共性——的时候，总是试图开辟一个诗学的路径。这一思维显现的不是诗人们的政治关切，相反，显现的是康德所说的"不成熟状态"："懒惰和怯懦乃是何以有如此大量的人，当大自然早已把他们从外界的引导之下释放出来以后（naturaliter maiorennes），却仍然愿意终身处于不成熟状态之中，以及别人何以那么轻而易举地就俨然以他们的保护人自居的原因所在。处于不成熟状态是那么安逸。"[2]换句话说，诗人和诗歌值得我们信任吗？唐晓渡构建"内在的公共性"试图解决公共性渴求与诗歌之间的矛盾，或者回答诗歌、诗人值不值得信任的质疑，但正如我们前面分析的，"内在的公共性"的实现缺乏必要的前提，或者说缺乏一个"中介"或"纽带"，正如齐格蒙特·鲍曼所分析的："倘若在私人生活与公共生活之间的纽带不复存在，或者永远无法再建这一纽带，换言之，倘若没有简便易行的方式，将私人忧虑转换为公共问题，以及反过来，从私人麻烦中洞悉并指示其公共问题的性质，那么，个人自由与集体无能将同步增长。"[3]

原载《郑州大学学报》（哲学社会科学版）2014年第1期

---

[1] [美]玛莎·努斯鲍姆：《诗性正义：文学想象与公共生活》，丁晓东译，北京大学出版社2010年版。

[2] [德]康德：《答复这个问题："什么是启蒙运动？"》，见《历史理性批判文集》，何兆武译，商务印书馆1990年版，第22页。

[3] [英]齐格蒙特·鲍曼：《〈寻找政治〉导言》，洪涛、周顺、郭台辉译，上海人民出版社2006年版，第2页。

关于"介入的诗歌"的谈话

1.

对于诗人而言,什么是"介入"?怎样才算"介入"?什么样的诗歌是"介入诗歌"?什么样的诗歌是"非介入诗歌"?对于一个诗人而言,他是应该写"介入诗歌",还是应该回避?"介入诗歌"是好的,"非介入诗歌"是坏的吗?……这样的问题还能罗列很多,看似我们这个讨论涉及的是一个诗歌或诗人的问题,实际上它宏大或空洞到无边无际,这些问题没有一个问题可以轻易讨论出结果。萨特的"介入文学"不是一项突出的、意外的文学主张,很明显,就是一项针对作家或艺术家的"政治主张",在现代以来的艺术思考中,这种冲动太普通了。但我们能从历史上清楚地看到,真正介入政治的艺术家要么蜕变为政客,彻底背弃艺术;要么歪曲了自己的艺术,成为政治的注脚或牺牲品。另外那些靠作品介入政治的,譬如所谓"介入小说""介入诗歌"等,则一如奥登在悼念叶芝的时候的感伤喟叹:"诗歌没有让任何事情发生。"难道不是吗?对于政治而言,一个艺术家如果以艺术的面目与它对峙,那无疑自取其辱,没有一项政治运动或政治变革是靠艺术家发动和引导的,艺术家最多起到一些推波助澜、"煽风点火"的蛊惑作用,最终,政治是靠权力、财富、力量、庸众等外在因素主导的。艺术的作用是可怜而卑微的。当然,我不否定艺术家的社会责任感,但这种社会责任感不是因为他是艺术家,而是因为他是一个"公民"。作为一个公民,从政治权利的基本常识角度，你必须介入政治，因为我们生而是"政治性"的，回避这一点往往是因为愚蠢和怯懦；作为一个艺术家，从艺术的自律和自主性来看，或者从艺术的起源来看，介入政治不是它的天职，真正伟大的艺术没有多少可以放到"介入文学"中去，除非我们过于宽泛地解释"介入"。因此，我认为一个诗人在思考"介入诗歌"的时候要弄明白，所谓的"介入诗歌"不过是一个诗人在没有勇气真正面对政治的时候的一种策略性的"权宜之计"。如果你真的关心政治，关心现实，为什么要走一个艺术的弯路呢？直接面对它才更有推动变革的力量。一个诗人写一万首诗的价值都不如他在做政治抉择的时候大声说："我拒绝""我不要""你们这样做是错误的""这是一个公民的基本权利""我需要的是自由"……如果一个诗人写诗也是为了达到这样一个政治效果的话，干吗要写诗？如果拒绝写"传声筒"式的诗，那隐喻的"晦涩"只会让诗很不"介入"。一个忠诚于艺术的诗人千万不要在写诗的时候考虑这首诗是不是介入的，所以，一个诗人要区分自己的两个身份：公民和艺术家。前者必须介入，后者则未必介入。当我们讨论"介入文学"的时候，如果采取一种艺术的或历史的那种引经据典、罗列事实的方式，那本身就是非介入的，因为这种方式没有"透明性"和"公共性"，而往往是隐晦的、虚与委蛇的，这恰恰是艺术性介入的虚妄性。当然，我不否认艺术的诗性价值对于塑造和引导某些社会性正义的积极功能，比如美国学者努斯鲍姆在研究"文学想象与公共生活"的时候所提出的"诗性正义"，但这种"诗性正义"只是政治性正义的一种辅助，其现实功能是很有限的，因此迪克斯坦在《纽约时报》"书评"版上发文说："这是乌托邦式的理想，让人振奋和鼓舞。"但也仅此而已，"诗性正义"的塑造恐怕也只是更适合个体，而难以扩展为一种社会性的、公共性的效应。

2.

有人说："中国知识分子和诗人（作家）几十年来的文学现实告诉我们：逃避。"我想反问，如何做才算不是逃避呢？写怎样的作品才算不是逃避呢？我不反对这种判断，但我不认为这是一个"文学现实"，而认为这是一个政治现实或社会现实。从这个角度来看，不仅仅是知识分子和诗人在逃避，所有的人都在逃避，你我在这里讨论"介入文学"或"介入诗歌"不是在逃避吗？当这个社会的现实残酷、丑陋到令人发指的程度的时候，我们在讨论诗歌是否应该介入，这是不是很荒唐呢？有人反对"深度介入"，主张"浅度介入"，这和反对"传声筒"是一样的，但拒绝了"深度介入"和传声筒式的简单明了之后的诗歌，如何才能实现"对文学禁区、对禁言之物的挑战"，或者"'介入'当下的生存环境，敢于直面他们所处的'那个时代'"，难道"浅度"才是"直面"，"深度"反而成了背对了吗？或者说什么样的诗歌写作才算是这种"浅度介入"呢？这些作品要多到什么程度才能起到改变或推动社会的作用呢？我们总是习惯性地抱怨我们的作品、我们的作家和诗人都不够"介入"，但他们"介入"深了的话就被批评为"传声筒"，"介入"浅了或干脆不介入又被批评为逃避责任、不够勇敢，那到底怎样才是合理的"介入"呢？我估计没有人能说得清楚。在我看来，中国作家的作品无论是何种形式、何种程度的"介入"都已经很充分了，很多了，多到让人生厌了，但仍然避免不了这么多人的抱怨，这实际不是对文学的抱怨，而是把对现实生活的抱怨无奈地转移到艺术思考中来了。有人主张坚守"文学岗位"，不做"危险分子"，有人则认为"诗人应该有一种与历史'瞬间'永恒搏斗的勇气"，都很对，但也很矛盾。毫不危险的"介入"是没有任何真实的"介入"影响的，而与历史瞬间的搏斗远不及与现实时刻的搏斗那么紧迫。1990年代以来，我们一直在强调艺术、学术的"岗位意识"，但"思想家淡出，学问家凸显"的结果是几乎每个人都成了滔滔不绝的"知道分子"，而那种同仇敌忾的、体现集体意志的"知识分子"功能却越来越没有希望。我们不缺优秀的艺术作品，也不缺乏高质量的学术专著，即便我们缺乏，那也可以借他山之石来弥补，但漏洞百出的时代谁来弥补呢？说白了，我们对现实的不满不应该，或者起码是不应该首先思考我们的艺术出了什么问题。肯尼斯·伯克在1931年就说过："一个人不能把艺术当成治疗牙疼的良药，从而否认对牙医的优先选择。"谈"介入"只适合政治性地谈，任何艺术方式地谈论都只是证明我们的虚与委蛇和怯懦。从艺术的角度来看诗歌的力量，我倒倾向于史蒂文斯的观点，艺术不过是一种"内在的暴力"，最终"与我们的自我保护"有关，这一观点在希尼的分析中被扩充为一种"诗歌的纠正"：把诗歌纠正为诗歌。希尼强调："诗歌不能承受失去其基本的自娱的独创性，它成为一种语言历程的欢乐以及对世上万物的表现力。用W·H·叶芝的话说就是，意志不可篡夺想象力的工作。"反过来同样，想象力也不能篡夺意志的工作，中国诗人的问题是在现实意志或政治意志应该起作用的领域被错误地赋予了诗歌，那种现实焦虑与诗学焦虑被错误地纠缠在一起。

3.

尽管我是柔刚诗歌奖的评委，但我对于当下的诗歌荣誉向来是不抱肯定的态度的，在这样一个严峻的时代，任何一项诗歌荣誉都构成了诗人、诗歌与现实之间的某种最大程度的"反讽"。此次柔刚诗歌奖颁给白桦和沈苇的原因不外乎是我们这些评委们面对现实的一种特殊的"自我安慰"，或者说是弥补道德残缺和政治残缺的一种策略性的"逃避"，既彰显了所谓的责任感、关怀，又似乎没有什么"危险"。略萨说："词语即行动……通过写作，人可以改变历史。"但我们很清楚，写作改变不了历史，略萨做不到，白桦和沈苇也做不到。我们希望他们做到，但这不过就是我前面谈到了那个"诗性正义"的乌托邦。如果我们认为《从秋瑾到林昭》和《安魂曲》是一种恰当的、典范的"介入诗歌"，那这种类型的诗歌在当下可以找出几百上千首，当然艺术成就上有一些差异，即便如此，那与这两首诗有相当艺术水准的诗歌也不在少数。我认为，这两首诗歌恰恰证明了"介入诗歌"观念的虚妄性。无论是白桦诗歌中的"林昭"所涉及的极"左"政治的背景,还是沈苇诗歌中的民族冲突背景,以及一些相关的历史时刻,在我看来都是可怕的、极端罪恶的历史"黑洞",在这些黑洞中,人性之恶已经达到了谷底,在这个底端已经没有什么是非、善恶的区分了,也没有研究、阐释的必要了,只有目睹恶的痛苦失语。因此,这两首诗歌与他们所涉及的时刻相比较,对于黑暗和罪恶的呈现尚不足事实之万一,而对于改变现实的黑暗和罪恶则没有任何积极的作用。因为这两首诗歌不足以阻挡某些人继续的牢狱之灾、某些民众无辜的惨死,此时我们享受那诗歌的荣誉、鉴赏那诗歌的美岂不是愈发地显现我们的虚荣和世故吗?因此,这两位诗人的获奖仅仅是"姿态"的肯定对"姿态"的肯定。原谅我的说法的偏激,但这是现实明确"告诉"我的。

4.

我们无法定义"纯诗",也无法定义"纯文学",现代以前人们是不会讨论纯诗或不纯的诗的,也不会讨论什么"介入文学"或"介入诗歌"的。因为那时候人们几乎不要求也不渴望艺术能推动和改变现实,从古希腊到文艺复兴,古代人文教育所讲的"七艺"中算得上艺术的也就只有"音乐",而且始终地位是最低的。意大利最早的人文主义者弗吉里奥认为"七艺"中最重要的是:历史、伦理学和雄辩术,把诗歌作为一种"消遣性的科目"。赋予诗歌或艺术以介入甚至改变现实的强大功能则是文艺复兴之后的事了,尤其是现代以来,这种梦想是随着资本主义的兴起而兴起的。龙根巴赫在研究现代诗歌时谈到诗歌的社会责任感:"对诗歌力量所抱有的这种希望,既是现代主义的一个梦想,也是现代主义的一个噩梦,它发端于浪漫主义,发展成了后现代主义"。或者说,现代之后谈论诗歌或艺术的"纯粹"就是一种梦想、一种"失乐园"。我们是无法和古典以前的时代比艺术的纯粹性的,我们能与之相比的只有科学,而恰是科学毁灭了艺术的"伊甸园"。这恐怕也是一个不可逆的历史潮流。瓦雷里提出"纯诗"也不过是在艺术的边界变得混乱、艺术的功能越来越泛化的时候,提出一种明确的艺术的界限、诗人的自治。但这显然是不合时宜的了,抽象了的、形而上学化了的"语言"也建立不了牢不可破的边界,当然这一点瓦雷里也很清楚,因此他说这是一种"达不到的类型"。而能达到的类型就成了"介入的类型",现代之后,任何的艺术类型从宽泛的角度看都避免不了"介入",只是介入的方式和功能不同而已。我们谈论的"介入诗歌"或"介入文学"是其中最理想化的一种方式,但定义起来仍然是很困难的。但我个人认为一种理想化的"介入"应该是不可避免的"介入"中那种最"不介入"的。有人谈到希尼的"诗歌的纠正",但希尼的"纠正"实际上是超验的,也即某种程度上是极其内在的、远离现实的。他引用薇依在《重力与神恩》中所说的"屈从重力,是最大的罪恶",从而指出诗歌的纠正无非是一个"将现实的天平倾向于某种超验的平衡"。虽然希尼不反对在种族、社会、性别和政治生活中的问题方面发出诗歌的声音,不过他强调:"在释放这一功能的过程中,诗人面临着轻视另一规则的危险,这种规则将诗歌纠正为诗歌,为它创设自身的范畴,清楚的通过语言手段建立威严并行使威力。"因此这种纠正是非常"不介入"的,甚至接近于瓦雷里的"纯诗",当然也可以解释为另一种所谓的更高介入。但我们很清楚,诗人们的介入冲动都是"屈从重力"的表现,都是严酷而丑陋现实的压力所致,因此正如我前面强调的,这种冲动是一种现实创伤下的政治冲动,应该用政治的方式解决,而不是寄希望于什么诗歌或艺术。"介入诗歌"的观念虽有存在的可能,但实在没有什么存在的必要。

2011年8月

浮游的守夜人
——从北岛《午夜之门》谈起

不知道被北岛引为知己的苏珊·桑塔格如何评价北岛的散文。她曾这样描述诗人们的散文："诗人的散文，主要是关于做一个诗人。而写这样一种自传，写如何成为一个诗人，就需要一种关于自我的神话。被描述的自我是诗人的自我，日常的自我（和其他自我）常常因此被无情地牺牲。诗人的自我是那个真正的自我，另一个自我则是承载者；而当诗人的自我死了，这个人也就死了。"

关于自我的神话？从《午夜之门》（也包括《时间的玫瑰》《失败之书》《青灯》和《蓝房子》等）我看到的是一个诗人自我的消散，消散在世俗生活里、历史里和各种各样的国际版图的文学事件里。琐碎的、絮叨的"见闻杂记"罗列出一个漂泊的诗人绝对的漂泊生活，一个本应在流浪中被抛掷的"日常的自我"并没有在北岛的散文中消隐，而是经常显得极其庞大。无论是苏珊·桑塔格所认可的诗人散文的"使命感""激情"还是"特别的味道、密度、速度、肌理"，在北岛散文的整体风格里都并不显著，它们作为某种可贵的品格会在某些篇什中闪现，但仅是吉光片羽，这里面有"挽歌"，有"回顾"，但却既不悲壮也不坚硬，甚至连忧伤也显得那么无力、犹疑。

北岛对布罗茨基"自以为是的劲头"（《蓝房子》）颇为反感，也许，当布罗茨基阅读了北岛的散文之后，他的自以为是就更加鲜明了。布罗茨基认为，诗人转向散文写作，永远是一种衰退，散文是一个相当懒惰的学生，他甚至在《诗人与散文》中认为诗人将会在自己的散文写作中一无所获。北岛不会一无所获，他会获得赞誉，获得激赏，获得他坦诚表露的"养家糊口"，还有那种避免疯狂的放松。但他同时也获得了衰退与懒惰的表征，他的散文是老人的散文，弥漫着苍老的暮气和冗长乏味的时光之流。似乎，后革命时代，精神与肉体的双重放逐让一切当有和不当有的柱石都烟消云散了，让一个曾经怀揣匕首的人茫然无措。空间的闪躲挪移仅仅留下一些散乱的足迹，而空间的诗学意义已经被"丰富"的生活缝补得严丝合缝。

我不知道孟悦是如何找到这些文本标识的，她认为北岛"和许多以其他方式介入当代生活痛痒的创作一道，成为走到后现代人狭小的心灵之外，寻找家园、寻找亲友、寻找生命和自由的先行者"。而我找到的则是一个失魂落魄的诗人，在拼命填充自己的"孤独"，漂泊异乡，孤独感被分化和混淆，为了弥合孤独的裂痕，北岛走得无疑愈来愈远，他在不停地奔波交际中损害着自己宝贵的、属于诗人的孤独感，而属于中产阶级的生命逻辑却日益地明显，这种逻辑在欧洲或美国有可能成为一种积极力量，但在中国无疑显得无足轻重。可这并不影响北岛散文在中国知识界的风靡，这也许要归功于某种身份。

我们有很多这样的读者，他们是迟钝又懒惰的猎犬，有能力经由想象生产出骨头，他们可以经由身份的关联放大一个个符号，以获取文本本身无法传达的快感。北岛留有某种历史的印记，他残存的身份标识成为读者认领或冒领的辨别障碍，可是这与北岛无关，身份背后的语言迷宫由"聪明"的读者自掘坟墓，而北岛只是得到一种不断被重复的或悲或喜、亦悲亦喜的"追认"。也许布罗茨基是有道理的：如果有人要将流亡作家的生活划入某一体裁，那么，这便将是悲喜剧。

当然，北岛的散文无疑是素朴的，易亲近，易辨识，但我们不缺乏素朴的行吟，反而它们的过量变成了某种危险。我不知道，在这样模糊而混杂的现实生活之内、在肉体附累变得愈来愈"亲切"的时代，庄重、严肃的思想该如何呈现，尖锐、奇崛的精神向度该怎样支撑呢？真的为午夜守门的人在哪里呢？

"关于死亡的知识是钥匙，用它才能打开午夜之门。"（《午夜之门·题记》）北岛，一个曾经的守夜人，把希望寄托于关于死亡的知识，而在苏格拉底那里，当肉体存在的时候，人的灵魂和知识无法充分地接触，便得不到纯粹的知识，必须走向死亡，在灵魂对前世的回忆中寻找对事物的真实认知。北岛散文传达的真实自我的死亡趋势，是一种消极的堕入死亡的危险，而不是勇敢赴死的决绝。因此，把死亡知识化的北岛恐怕找不到那把打开午夜之门的钥匙，甚至于作为一个守夜人，他都已经离开了自己的位置，既非流浪，也非漂泊，而是在浮游，而这里的"浮游"不是那个共工的臣子，那个反叛失败后自杀的怨灵，这里的浮游没有任何不祥的征兆……

原载《北京青年报》2009年4月17日

革命：招魂与驱鬼的仪式
——谈周理农《被诅咒的诗人》

当文学被各种明目张胆的势力圈养之后，孤独而诚恳的写作者就会变成游走在边缘的孤魂野鬼。倘若我们对文学还有所期待，那必定只能寄希望于文学生产的繁荣图景所不能映照的黑暗缝隙，那里远离权力和荣耀，那里总在寂寞的暗夜上演招魂与驱鬼的仪式——一种虚妄的革命性。

1990年代末，当"民间"的硝烟在南京如火如荼地发生时，文学的那些值得期许的"缝隙"突然张开，大纛林立下，黑暗被驱走，光明却并未到来。在正午的黑暗那里，"民间"并没有真的留存，它变成了一个可耻的印记。当那些被命名为"民间"写作的革命家们，在兜售自己的立场时，没人知道一个传说中曾靠贩卖"保健用品"生存的写作者，正冷冷地观察着文学的炎凉世态。此人就是自称社会理论工作者和诗歌批评实践者的周理农。

批评者周理农、诗人路东和小说家赵刚，作为一种奇特的聚集形式，始终徘徊在南京文学圈的边缘地带，属于那种"愚蠢"的特立独行者，他们被绅士般地尊重，但基本上属于可有可无的"可怜人"。可怜人维持文学尊严的最有效的方式是孤立、永远的孤立，是寂寞，像黑夜一样难以抗拒的寂寞，因此，他们发出的任何声响都是无意义的，都是某种程度的自取其辱。

《被诅咒的诗人》的出现是合理的，它的出版却无疑是一种浓烈的反讽、一个"自取其辱"的展示，是周理农靠博取最后的一点点虚荣心以自娱的顽童心态。一个奇异的理想主义者操持着一个更奇异的文本，这一文本充斥着清醒而睿智的断言，它们在真诚而深刻的艺术思索的雄伟逻辑里张牙舞爪、旁逸斜出。这一书写形式无法被时代认领和认可，它是一个畸形的产品，既不属于诗人，又不属于学者，在极成熟和极不成熟之间摇摆。它只是披着诗歌和艺术的外衣，是各种涉及真理的知识范畴挤压后所能达到的最好的方式之一，是这个时代真正合法的书写方式的一种。这一方式的精神核心是革命，它的寒光指向的是令人生厌和绝望的现实。

在周理农的言说动机和言说边界那里，革命的冲动使得言说方式变得无从选择，是命定的、唯一的。在他对艺术省察的洞明那里，忠实地、信誓旦旦地投身于一种艺术门类的创作之中是徒劳的、可笑的（也许除了掌握一件适合的乐器）。"但在今天，从现实中斩除那些根基的努力已经失败，除了保持清醒，思想和艺术很难再有所作为。"他本质上是一个革命者，而且是一个瞻前顾后、首鼠两端的、矛盾的革命者，因为他过于清醒，而无法得到革命者那鲁莽但却激烈的力量。表面上他在为波德莱尔、洛特雷阿蒙、兰波、马拉美等超现实主义者招魂，但事实上他的目标与超现实主义艺术没有本质的关联，超现实指向针对的却是最现实的问题，是对现实世界的抵抗，是针对真理世界的一次驱鬼仪式。

"超现实主义为黑夜对之吝啬的人们打开一扇扇梦幻的大门，超现实主义是诸多魅力的交汇点……它击碎了桎梏枷锁……革命……革命……现实主义，是修剪树木；超现实主义，则是修剪生活。"（《超现实主义革命》第1期）近百年前的那群超现实主义者是一群才华横溢的艺术家，这就注定了他们根本上并不真的理解生活的重量。他们的伟大幻想修剪了怎样的生活？严酷的历史和现实昭示的是他们如何被生活所修剪。正如布勒东、艾吕雅、阿拉贡、查拉和达利等人纠结始终的政治斗争一样，超现实主义革命的艺术层面是单薄的、阶段性的，艺术永远只是政治的"笑柄"，它更多的时候只是负责点燃革命的火炬。

周理农认为："革命是可以改变现实的唯一真实的力量，它一下子抹去了所有在生活思考时的阴霾。在一个无能为力的人那里，革命当然是神话，但在今天，当革命甚至作为一个念头都是不可能的时候，在艺术中出现的就是更加孤独的声音，就是更多地与神秘结盟的东西，就是把艺术手段当作一场残局，使自己在它旁边枯坐一生的寂寞的事业；在这时，艺术的逃离并不更加凄厉，它甚至纹丝不动，只是在不断地变换背景，直至语言耗损殆尽，就像一台故障百出的机器，而在它上面长出了坟头的青草，在这里，人和自然终于和解了，但不是与历史和解。"显然，周理农企盼革命，但同时也知晓革命从根本上无法改变艺术需要继续逃离的噩运。

革命，最后的渴望，而不是最后的希望。当你觉得无能为力，却又幻想有所作为的时候，耐心就不堪一击了，对未来的信任简直就是对智力的愚弄，此时，革命是唯一的可能性，即便它在历史上被证明为可怕、无效。无论对于政治而言，还是对于艺术而言，声言禁绝革命的人们倘能制造出一个可以说服清醒者的预言，那革命可以滚蛋了；但更多的情况是，禁绝革命的人们已经不可避免地成了需要被革命的对象，他们无论以何种托词反对革命，都无法掩饰他们对现实的本质性的满足和那个事实上又无法满足的胃。但又能如何呢？这场靠思想唤醒的革命意识不过是一场招魂和驱鬼的仪式，结果是既招不来魂也驱不走鬼，因为他们自身就是被弃如敝屣的鬼魂。如今，艺术只是最卑微的权贵们的最无耻的勾当，连最本质的恶它们都无法染指。

这就是周理农和一切革命者的永恒悲剧，也是他们的合理性。诗人们大可不必担忧诅咒的噩运，因为他们早已被遗忘。周理农又何尝不知道呢，他的清醒是那些声名显赫的艺术家和学院研究者们所无法企及的，但清醒阻碍了革命的发生——哪怕只是一个人内心的革命，这使得革命没有成功，魂灵出窍的可能却被禁止了。他是一个清醒地质疑堂吉诃德的人，但他质疑的方式有时就是大战风车，既可爱，又可怜。

"依旧是那样的生活！——罚入地狱莫不是永生永世！——人欲自毁自伤，必下地狱，是不是？我信我已落下地狱，所以，我就在地狱。"（兰波语）既然在地狱里，招魂和驱鬼还有何意义？加缪在评价兰波的时候说："他同时说出了反叛的胜利和焦虑，说出了相离于世界的生活与不可逃脱的世界，向着不可能发出的疾呼和应该扼住的不平的现实。在这个时刻，他自身既包含着醒悟又包含着地狱，既侮辱又颂扬着美，把不可消除的矛盾变成双重的和交错的歌。"（《超现实主义和革命》）周理农似乎也处于这种不可消除的矛盾之中。《被诅咒的诗人》是周理农的睿智但过于优雅的"檄文"，他有权利、才智和道德上的优势，指责由愚蠢、伪善和胆怯一手制造的绝望的艺术现状，但在"活在这样一个时代"的基本事实面前，他又必然哑口无言，或者就是一个街头贩夫走卒式的平庸人物，因为没有比真诚、洞明更可笑、更廉价的了。革命，权且当作是一个不断返场的仪式吧！

原载《南方都市报》2010年10月11日

知识者的倦怠之书
——我看《春尽江南》

出于对"实力派作家"格非的某种信任，在阅读《春尽江南》的时候，我始终在寻觅布鲁姆在谈论阅读时所说的"有难度的乐趣"，但无奈这部小说根本就没有挑战读者的野心，也没有培育"读者的崇高"的热情，它只不过是一个暮年的知识者站在某一代际立场上的无力的自我辩护，没有难度，也没有乐趣，到处都是拖沓的经验漩涡里的无力和倦怠。这让我想起格非在其《小说叙事研究》中评价"新写实小说"时所讲的一段话：

"但是从整体上来看，这一类小说由于过分沉醉于琐屑的日常生活经验的陈列，从而丧失了个人对存在本身独特的沉思。他们所描绘的烦恼虽然带有某种普遍性，但只是早已为大众所熟知的概念化的烦恼。这是一种沿袭和借用，而并非源于作家自身的生命体验，更谈不上灵魂对于存在终极价值的反思。从某种意义上说，作家一旦放弃了对自身人格的塑造，放弃了对自身行为方式的自信与执着，不仅对于现实的深切把握无从谈起，就连想象力本身也必然受到有力的扼制。"

这段话用来说明《春尽江南》的问题似乎再贴切不过了。譬如"过分沉醉于日常生活经验的陈列"在这部长篇小说中已经到了让人匪夷所思的地步了，几乎呈现了一种宣泄经验的偏执。格非在谈到这部小说的创作时曾经讲到"经验对我不是问题，甚至是太丰富了"，这种过度丰富在作品中表现的最明显的是带有"广告"性质的物品罗列,几乎每一个物品出现都是要带着"商标"的。当然有一些是交代小说背景所必需的,但同时有大量的物品信息根本就没有必要交代得那么清楚:馄饨要是湾仔的、盖笔筒的是《都柏林人》、化妆品是兰蔻古奇香奈儿CD、超市是家乐福、汽车是奇瑞的、咖啡是星巴克的、超市是Seven-eleven、翻毛皮靴是UGG……就连谭端午的儿子睡觉时压的那本书都要告诉我们是曹文轩的《青铜葵花》,真的有这个必要吗?即便读者需要了解谭端午是一个喜好古典音乐的文人,那也似乎不需要到处塞满相关的音乐、文学信息:胆管、古尔德、鲍罗丁、唱片版本信息、《荒原》、荷尔德林……这种叙事之中毫不克制的经验陈列不就是所谓的"过分沉醉于琐屑的日常生活"吗?为了罗列的便利,格非甚至屡屡把大段大段的QQ聊天记录、对话,以及环保、食品安全、法制事件等社会问题连篇累牍地塞进小说,这种"投机取巧"除了证明作者在叙事技巧上的懒惰和贫乏之外,也许还可用来对应小说封底的一句"广告语":这部小说,信息量大。在一个信息过量、媒介发达的消费主义时代,这恐怕算不得是一个优点吧。

在人物塑造上,格非也没有摆脱"经验陈列"、信息传递的窠臼,端午、冯延鹤、陈守仁、王元庆、庞家玉、绿珠……几乎每一个人物都要"承担"作者对时代精神的不同"透视",因此在叙事中他们都拖曳着太多或文化,或历史,或现实,或哲理的说教,就连诗会上那两个偶尔出现的"首都师范大学的教授和社科院社会学所的研究员"都要连篇累牍地谈上十几个社会话题。这些信息无论算作毛尖在评价《山河入梦》的时候所说的"警世钟",还是"芙蓉诔",都未免太符号化、太直白了吧,以至于其中的很多人物都经常显得过分戏剧化、脸谱化。通过《春尽江南》我们知道格非对于"时代精神疼痛的症结"的确做了一些思考,但其"切中"的方式也太简单了,就像104页出现的那个单独被特殊强调的黑体字:钱——太像标语口号了,与苏童的《河岸》中那些同样被强调的"文革"标语有"异曲同工之妙"。这是否就是格非所说的:《春尽江南》是我站在地上写的,树都被砍掉了没有遮挡,我要挣扎着直面这些现实问题……但这些直面根本看不出"挣扎",所描绘的烦恼虽然带有某种普遍性,但只是早已为大众所熟知的概念化的烦恼,几乎谈不上什么独特性可言,唯一可以称得上独特的也许就是端午这样一个诗人形象所折射的1980年代知识分子的颓废的、没落的、酸腐的集体怀旧。

格非说:"我觉得端午实际上是一个很有勇气的人,他实际上是在做反抗,他有勇气抛弃掉那些世俗的东西,然后在一个正在腐烂的办公室,拿2000元钱的工资坚持写诗,我觉得很不容易。在妻子眼里,他是一个无能的人,但他其实有丰富的内心世界,只是他不说。他知道1980年代已经过去不会再回来,他很清醒地认识到这一点。我现在还有朋友会像端午那样,虽然境遇不是太好,但永远是高兴的。他有他的原则,他保留着1980年代的精神。我非常尊敬这种人。"这段话意味深长,格非对端午的肯定即是他们这一代人的绵延不绝的、隐秘的自我辩护、自我安慰,前提是建立在对"勇气""反抗"这两种立场的有意曲解之上。新世纪以来,思想文化界对1980年代的怀旧情结日甚一日,一代人的衰老势不可挡、触目惊心,斗志全无的他们也许已经到了需要为自己树碑立传的时候了。虽然他们深切地体会到自身在俗世生活中的那种奢靡、颓废、无助、堕落,但又不愿意浃沦肌髓地反省和否定自己,反而通过一些文学书写、思想史的价值虚构来彰显一些疲惫不堪的、死气沉沉的知识性睿智和文化性趣味。这在端午的身上体现得尤为明显,也无不渗透于《春尽江南》的文本肌理之中。一个稍具常识的人都清楚,这个时代,文化趣味、文学情趣习惯性地维系着与权力和财富的密切关系,他们所谓的勇气和反抗无非仍旧周旋在体制性利益的边缘地带,若即若离,端午不就是这样的吗?还有那些现实中诸多的文人情怀、文化趣味、文学交际不也只是凸显了知识者的怯懦和虚荣吗?如果端午都值得尊重的话,那这个时代值得尊重的知识者就太多了。

因此,《春尽江南》就有了一层让人哀伤的悼亡色彩,当然这和格非试图表达的那种哀伤非常不同,这是属于读者的哀伤:"从某种意义上说,作家一旦放弃了对自身人格的塑造,放弃了对自身行为方式的自信与执着，不仅对于现实的深切把握无从谈起，就连想象力本身也必然受到有力的扼制。"（《小说叙事研究》）格非在写《春尽江南》的时候真该好好看看他自己的《小说叙事研究》，该更深入、更无情地反思一下一代人如何"放弃了对自身人格的塑造"，是什么在扼制着他们在小说书写中应该具备的想象力。

对于《春尽江南》而言，"江南"只是一个文化凭吊中无处安顿的象征，一个古典主义的憔悴身影，格非的惋惜和哀叹是不难体会的，但真正应该哀叹的又怎么会是"江南"这样一种封闭的地理文化记忆、文化符号呢？历史上，江南不仅意味着富庶和文化繁荣，同时江南文化在精巧、优雅之外也往往是堕落的、颓废的（参见孔飞力《叫魂：1768年中国妖术大恐慌》），而格非所哀叹、惋惜的当代江南文化不也纠缠着诸多知识者和文人的堕落和颓废吗？诗人柏桦在其论述"诗歌风水在江南"的观点时，曾经以杨键的这样一句诗证明"吴声之美"，证明江南诗人的敏锐的想象力和"神来之笔：'一阵风吹过肛门上的毫毛，/风好干净'"。这样一个纠缠着过度的文化趣味的狭隘的江南情怀又有什么价值呢？"春尽江南"并不怕，怕的是"冬尽江南"，我们更需要面对一种凛冽的严酷。

米兰·昆德拉在其《生命中不能承受之轻》中说道："我们常常痛感生活的艰辛与沉重，无数次目睹生命在各种重压下的扭曲与变形，平凡一时间成了人间最真切的渴望。但是我们却不经意间遗漏了另外的一种恐惧——没有期待、无须付出的平静，其实是在消耗生命的活力与精神。"《春尽江南》不过是一个当代知识者的极尽倦怠的书写，一个一流小说家盛名下的三流作品，如今却得到了那么多的称赞，这一现象似乎才真正切中了"时代精神疼痛的症结"：我们集体性地有意遗漏了另外的一种恐惧。

原载《南方都市报》2011年10月23日

关于政治和诺贝尔文学奖
——文学成就本身并不能使一个作家摘取桂冠

我的这篇小文的题目"盗用"自1985年10月美国的《新闻周刊》，那篇文章用来揭发和嘲讽瑞典皇家文学院院士们的政治倾向和政治偏见，因此它也屡屡被国内那些随时准备"讨伐"诺奖的人用来泼污水。可这是污水吗？不，这是荣耀。

这个世界上从未有一个文学奖是没有政治性的，因为凡是有人群的地方就有政治，只是表达的方式和理念不同。也许上帝会设置一个完全公正的、没有政治偏见的文学奖，但我们知道上帝最关心的不是艺术。

刚刚结束的"茅奖"号称"公开、公平、公正"，你信不信？反正我不信；中国作协讨伐诺奖惯用"政治偏见"，我们的"茅奖"没有政治偏见，你信不信？反正我信！"茅奖"从里到外都是政治"正见"，放心，不会偏。瑞典人如果想揪"茅奖"的政治"偏见"恐怕很难，当然他们也不会关心中国的"茅奖"，因为即便中国人也只是很少的一部分人在关心它。为什么呢？原因很简单，因为政治。当然我们的政治太复杂、太深奥，一时也说不清楚，似乎也"不需要"说清楚。

一个文学奖项到底应不应该关心政治？如果有一天诺贝尔文学奖没有它独特的政治倾向了，那我也就放弃对它的尊重和关注了。这不是因为我不关心艺术，而是因为我太关心艺术，才不得不更关心政治，或者说，更关心人。

我们有更多关心艺术的人，他们的动机不明，但表象一致，就是不关心政治，或者只是在书写和言谈中"隐晦"地关心。一个艺术家的冷漠从未有过如今这样的合法性、豁免权，他认为自己的作品在表达自由、美、善、人性……足够了，他已经用自己的方式尽力了，没有，他实际上什么都没做。在一个由各种经典艺术作品结构的宏大"圣殿"之下，为什么还有那么多重复性的、日甚一日的灾难在发生？为什么艺术不能感化人类向善，或者阻止恶的频频发生？

卡佛说："艺术是一种奢侈，它不会改变我和我的生活。我想，我终于痛苦地认识到艺术不会改变任何东西。"同样的话，奥登也说过，而卢梭说得更恶毒，俄国的虚无主义者说得更坦白：宁愿成为俄国的鞋匠，而不愿成为俄国的拉斐尔。

也许你会嘲笑我把艺术工具化了，但艺术不是工具吗？它是使人成为人的工具，而且是众多工具中最"无关紧要"的。"无关紧要"是阿伦特说的，她认为艺术是一桩私人事务，虽然它具有一种异乎寻常的、感染人的魔力，但这种魔力的扩大将损害公共领域的建构。"艺术在历史上创造了美，从而阻碍这唯一合理的努力：将历史本身转化为绝对的美。"（加缪语）

最有政治觉悟和政治敏锐性的中国人为什么总是反对别人的文学奖项带有政治性呢？这并不证明我们更爱艺术，这证明我们的伪善和胆怯，证明我们对艺术的理解是多么的无知和褊狭，证明我们对我们自己的历史多么不负责任。

我们是否需要诺贝尔文学奖？或者，对于当下的中国人，文学需不需要荣誉和桂冠？我搜肠刮肚，也找不出给我们的艺术家、文学家一顶桂冠的理由。或者就是我文章副标题所阐明的：文学成就本身并不能使一个作家摘取桂冠。

我把诺贝尔文学奖勉强视作一个桂冠的原因是它的"政治偏

见",是它拒绝颁奖给现在的某些中国"著名"作家,如果今年它把奖颁给了这些作家中的任何一个,我就再也不把它当作桂冠了。

也许我也是一个有政治偏见的人。

2011年9月

回到尼采的质问
——1990年代以来中国历史意识的症候

一 历史·历史意识·行动

"此外,凡是仅仅教诲给我、不增进或者直接振奋我的行动的东西,都让我感到厌恶。"[1]

这是歌德给席勒的信中所写的一句话,在《历史学对于生活的利与弊》一文的开始,尼采通过引用它来开始自己的"历史学有无价值"的思考。对于那些习惯于在概念的界定中思考问题的人们而言,这种含混的开始显然不符合历史哲学的基本要求。但尼采认为这句话已经足够了,一切过去的经验,包括知识、观念乃至各种形式的记忆,都成为尼采的"历史"所笼统涵盖的内容,它不确定,但它的无从把握的庞大却又比任何确定的概念更能表达尼采的"痛恨"。因为,在尼采的观念之中,过去或历史是如何定义的并不重要,如果它是"仅仅教诲给我、不增进或者直接振奋我的行动的东西",那我们以知识和理性的形式包裹它又有何种意义呢?他对过去的经验的要求很简单——"增进或直接振奋我的行动",但这也是最艰难的。

在尼采作品Pütz版的注释中,编者这样解释"历史学":"历史学(Historie),希腊语;在13世纪德语化:对种种事件的研究和阐述。原初的意义是:经验;黑格尔曾经在这个意义上使

---

[1] [德]尼采:《历史学对于生活的利与弊》,见《不合时宜的沉思》,李秋零译,华东师范大学出版社2007年版,第133页。

用它。与此意义相似的有'历史学的'（historisch）和'经验性的'（empirisch）。"[1]那黑格尔是如何解释"历史"的呢？"历史这一名词联合了客观的和主观的两方面，而且意思是指拉丁文所谓'发生的事情'本身，又指那'发生的事情的历史'。同时，这一名词固然包括发生的事情，也没有不包括历史的叙述。"[2]综合以上两方面，我们所得出的"历史"的"定义"仍然是模糊的、宽泛的，但这恰恰就是尼采所指的"历史"——过去的经验，或发生的事情。如果选择一种更具学术性的表达的话，我们可以借鉴约恩·吕森的解释："在人类文化的人类学共性的层面上，历史可以理解为人类为了理解其现在、预见其未来而用以诠释过去的那些文化实践的方式、内容和功能的整体。简而言之：历史是时间经验的意义形成。"[3]这一解释一方面进一步强调了"历史"衔接"现在"和"未来"的时间意识，另一方面也突出了其文化实践的意义。此外，我们需要摒弃的是关于历史的"客观化"的偏执而空洞的要求，无须跟随"新历史主义"的解释，其实在尼采那里关于历史的"客观化"就被他形象地描述为"冷酷的知识精灵"的"幻觉"与"神话"（坏的神话），现代人无权因为自己对"客观性"的追求而自认为"强大"和"公正"，因为这种"客观性"或"客观化"所指向的"真理"往往是无关紧要的，那些自称"为真理效力"的人实质上缺乏正义的德行、缺乏高贵的真理冲动。总而言之，客观性与真理毫不相干。[4]摒弃"客观化"的目的并不是否定历史的客观的预设性价值，而是要把这种价值从知识的虚假权威中解救出来，强调历史的主体性和"意义"，强调那种捍卫

---

[1] [德]尼采：《历史学对于生活的利与弊》，见《不合时宜的沉思》，李秋零译，华东师范大学出版社2007年版，第133页。

[2] [德]黑格尔：《历史哲学》，王造时译，上海世纪出版集团2006年版，第56页。

[3] [德]约恩·吕森：《历史思考的新途径》，綦甲福、来炯译，上海世纪出版集团2005年版，第11页。

[4] [德]尼采：《历史学对于生活的利与弊》，见《不合时宜的沉思》，李秋零译，华东师范大学出版社2007年版，第184－190页。

正义、实践真理的"行动",也就是本文标题中的"历史意识"的问题。

仍旧回到尼采思考历史有无价值的起点,他(或歌德)为什么厌恶那些不增进或直接振奋人的行动的东西?这些东西在历史经验中占有多大的比例?指导甚至占有我们所有历史性思维的那些经验,有多少是振奋我们的行动的?如果不能向好的方向影响我们的行动,不能真正关涉到我们的生活、我们的心灵,那这些历史经验是否有意义、有价值?对这些问题的思考就是"历史意识"的活动,"历史意识是将时间经验转化为生活实践导向的精神(包括情感和认知的、审美的、道德的、无意识的和有意识的)活动的总和。"[1]如果经验转化为生活实践的结果是情感和认知的麻木、审美的衰退、道德的堕落,那我们有没有理由对这种历史意识产生厌恶的情绪呢?或者说,如果这些时间经验只是"客观化"的堆积,而对我们的生活实践毫无积极意义,那这种历史意识不是应该舍弃的吗?我们应当坦诚面对的是:思想与行动在脱节,同时导致"历史"或经验的不断累积失去意义,仅仅是一些知识和时间琐屑的尸骸,但我们的历史意识熟视无睹,或者进而依赖于、寄生于这种经验的废墟。"历史是从知识的化学中演化出来的最危险产品。……历史就将证实一切。它的确不教导什么,因为它包含一切,为一切提供例子。……上一次战争造成的最大毁灭莫过于预言的矫饰。但这不是由于历史知识的缺乏吧?"[2]瓦雷里的质问同样触及了现代历史意识衰败的实质,战争、暴力、死灭……一切"恶"的发生都有足够的历史反思在前,有足够的历史知识提醒人们什么是"恶",如何避免"恶",但"恶"还是循环发生着,与此相应的是历史内容的不断填充,历史反思的不断开始,经验没能解决问题,反而繁衍了自己的体积。这是一种怎样的病症呢?

---

[1] [德]约恩·吕森:《历史思考的新途径》,綦甲福、来炯译,上海世纪出版集团2005年版,第63页。

[2] [德]海登·怀特:《后现代历史叙事学》,陈永国、张万娟译,中国社会科学文献出版社2003年版,第45页。

二 历史学热病

"尼采一生的基本思想在《不合时宜的看法》之二，题为《论历史对生活的利弊》的论文中已然完整无缺地超前形成了，尽管还披着一领特殊的批判外袍。这篇值得赞赏的论文其实只是'论断的本来面目之上涂了一层惨淡的思想的病容'这一哈姆雷特名言的一种伟大的变奏而已。此文的标题不尽确切，因为几乎谈不上什么历史的利，更谈不上什么历史对生活、对忠诚、神圣、因审美而具有存在之合理性的生活的弊。"[1]托马斯·曼的这一观点在福柯和哈贝马斯那里得到了共鸣，后者把尼采作为现代向后现代转折的标志，"尼采选择了后者——他放弃对理性概念再作修正，并且告别了启蒙辩证法。特别是现代意识的历史变形（Verformung），亦即无聊内容泛滥成灾，一切本质都变得空洞无物，使得尼采怀疑现代性是否还有能力独立自主地创造其自身的准则，'因为我们对现代性已无可奈何'。虽然尼采又一次把启蒙辩证法的思维框架运用于历史启蒙，但他的目的是为了打破现代性自身的理性外壳。"[2]而福柯则走得更为深远，他既是尼采思想的坚定的继承者和卓越的阐发者，同时也是一个特殊的"背叛者"。所谓"知识考古学"和"谱系学"对"知识"深层的挖掘、对起源的考察，尽管揭示了世界那饱受欺瞒的隐秘结构，但也同样陷入了别样的一种"历史学热病"——历史在这种"解构"性拆解中变得更为臃肿、庞大和可怖；权力、语言、欲望等新的概念笼络的新的历史的总体性依然无法促使"正义"的行动，反而让思想继续向"自我"的惰性中沉溺。如福柯认为："它（谱系学）紧盯着伴随着每个开端的细枝末节和偶发事件；它将一丝不苟地注意它们的小奸小恶；它将等待着它们的出现——有朝一日露出真正面目——以他者的面目出现。无论它们在哪儿，都是无所顾忌地通过'挖掘下面'……他必

---

[1] [德]托马斯·曼：《从我们的体验看尼采哲学》，见《人类困境中的审美精神——哲人、诗人论美文选》，刘小枫主编，东方出版中心1994年版，第322页。

[2] [德]于尔根·哈贝马斯：《现代性的哲学话语》，曹卫东等译，译林出版社2004年版，第99页。

须能够认出历史的诸多事件，它的跌宕、它的意外、它并不牢靠的胜利和难以承受的失败，说明开端、返祖和遗传。"[1]显然，福柯把"历史"从整体性瓦解为偶然和断裂之后，重又陷入了"历史"不断吞噬思考的巨大漩涡，从这一结果来看，他与那些乐观主义的、唯恐历史不够庞大的历史学家们并无二致，这一点实际上福柯比我们更清楚。

反对尼采的狄尔泰是这样解释历史的："有关每一种历史现象、每一个人、每一种社会状况的有限状态，以及有关任何一种忠诚的相对性的历史意识，走向人类解放的最后一个步骤。通过这个步骤，人类就可以获得充分享受所有各种经验、不受任何牵挂地沉溺于经验之中的绝对的主动权——就好像任何一种约束他的哲学体系或者忠诚都不存在了那样。生命通过各种概念而摆脱了知识，精神变成了处理教条思想所具有的各种陈腐和混乱状态的最高主宰。所有各种美的东西、所有各种神圣的东西、所有各种牺牲都重新焕发出活力，并且得到了人们的解释——它们打开了各种视角，而这些视角则把实在的某个部分揭示出来。而且，我们也同样把邪恶的东西、令人毛骨悚然的东西、丑恶的东西当作这个世界上具有存在的合理性的东西，当作包含着某种实在——就这个由各种事物组成的系统而言，这种实在必定是具有充分的存在理由的——的东西、当作无法通过魔法加以驱除的东西来接受。此外，与相对性形成对照的是，各种创造性力量所具有的连续性，是作为具有关键性意义的历史事实而发挥作用的。"[2]狄尔泰的巨大胃口让人感到恐怖，如此宏大的历史似乎是万能的，主体置身其中不是一种重压与负担，而是只需等候意义的显现，可见他对知识和经验的信仰一样到了丧失"理性"的地步。相对于历史本身，关于历史的叙事方式和阐释工具在某些历史学家那里也是永无止境、

---

[1] 刘小枫、倪为国编选：《尼采在西方——解读尼采》，上海三联书店2002年版，第284-285页。

[2] [德]威廉·狄尔泰：《历史中的意义》，艾彦、逸飞译，中国城市出版社2002年版，第149-150页。

无法满足的。"我确实认为,如同人类史一样,文明史正徘徊在十字路口。不论它愿意与否,它必须吸收新旧各门社会科学在无穷无尽的人生中实现的所有新发现。这是一项困难而又刻不容缓的任务,因为只有坚定地沿着这条路走下去,历史才能站在各门社会科学的前列,推动对当今世界的认识。"[1]布罗代尔不仅要"吸收新旧各门社会科学"的"新发现",还要"邀请其他各门人文科学的所有专家,一起检验文明的范围;最后提出确切的任务和做出必要的结论"[2]。历史学家自身对于历史内容、历史知识和历史功能的狂热,对于时间遗留的各种经验的越来越不加选择地痴迷,使得历史学的发展、历史意识的进步始终无法摆脱"历史学热病"的困扰,因此,尼采之后的历史学思考和历史意识从根本上并没有真正回答尼采的质问,而是沿着尼采一再申斥、否定的方向前进。尼采的可贵之处可以参考福柯的评价:"同学院的哲学话语比起来,尼采代表了外层的界限。当然,在尼采身上能找到整个西方哲学的全部线索。柏拉图、斯宾诺莎、18世纪哲学家、黑格尔……这一切都交织在尼采身上。但是,在与哲学的关系中,尼采最具有局外人、一个山地农民式的粗粝和质朴,这使得他能够耸耸肩,响亮地说出我们无法忽视的话来:'好啦,所有这些都是胡说八道……'""要让自己摆脱哲学,就必须摆脱顺从的态度。如果呆在哲学里面,努力进行阐释和界定,不停地围着它转,那是摆脱不了哲学的。不,那是不行的。要用一种令人震惊的欢快的愚鲁,爆发出一种令人不可思议的大笑,这样才能达到最终的理解,或者说,破坏。是的……它破坏,而不是理解。"[3]这种方式虽然直接、有效,但却总是不合时宜的,因为他将触怒那些躲避在历史和哲学的虚假话语之中的多数人,他将使那些多数人苦心经营的复杂、空洞的话语网络暴露在生活的阳光下。

---

[1] [法]布罗代尔:《资本主义论丛》,顾良、张慧君译,中央编译出版社1997年版,第150页。

[2] 同上,第151页。

[3] [法]福柯:《权力的眼睛——福柯访谈录》,包亚明主编,严锋译,上海人民出版社1997年版,第91页。

这一沉思之所以是不合时宜的，乃是因为我把这个时代有理由为之骄傲的某种东西，即它的历史学教育，试图在这里理解为这个时代的弊端、缺陷和残疾，因为我甚至认为，我们所有的人都患上了一种折磨人的历史学热病，而且至少应当认识到我们患有这种病。

我期望能够说服我的读者们，像我一样认识到[认出]这种历史学教育是这个世纪的一种危险的[最危险的]疾病。……而且我想证明的一切就是：我们用我们的'历史感'培育了我们的错误。[1]

尼采在《历史学对于生活的利与弊》之中还把这种"历史学热病"简称为"历史病"，这种病症来自于"历史学的过量"或"历史教养"的过量，它既是"知识"崇拜、知识生产的结果，又是它们得以繁衍的原因。而对于现代社会来说，一个最为显著的镜像就是这一知识图景的不断延伸，裹挟着知识主体"求知欲"的巨大热情滚滚而来，与知识的洪流一同到来的是那些无法或来不及赋予其知识形式的各种经验，它们互相依附、互为支撑。而历史知识的过量似乎危害更大，因为它监管了解释和塑造文化的权力。

三 知识庸人还是人吗？

"不加选择的知识冲动，正如不分对象的性冲动——都是下流的标志。"[2]事实上，虽然知识冲动的蔓延的确从本质上表现了人性的那些不敢示人的下流的意愿，但是他们却拥有和享受着不应属于他们的"赞誉"，或者说一个滥用知识的人决少遭受一个滥情者、嫖客所遭受的那种道德逼问和声讨，因此，我们说"不加选择的""自私的"知识冲动因其虚伪更加让人厌恶。"在这一沉思中应当阐释，为什么缺乏振奋的教诲、为什么使行动疲软的知识、为什么作为昂

---

[1] [德]尼采：《历史学对于生活的利与弊》，见《不合时宜的沉思》，李秋零译，华东师范大学出版社2007年版，第136页。

[2] [德]F.W.尼采：《哲学与真理——1872—1876年笔记选》，田立年译，上海社会科学院出版社1993年版，第9页。

贵的知识过剩和奢侈的历史学,必定让我们真正地用歌德的话感动厌恶——之所以如此,乃是因为我们还缺少最必要的东西,而且是因为多余的东西是必要的东西的敌人。毫无疑问,我们需要历史学,但我们需要它,却不同于知识的花园里那爱挑剔的闲逛人之需要它,尽管后者也会骄傲地俯视我们粗鄙的、平淡无奇的需求和急迫。这就是说,我们是为了生活和行动,不是为了舒适地离开生活和行动,或者根本不是为了美化自私的生活与怯懦和糟糕的行动而需要它。"[1]但是"知识庸人"恰恰就是为了美化自私的生活与怯懦和糟糕的行动而贪恋着历史,历史对于"知识庸人"的存在而言仅仅是一个躲避质询的避祸所,而且他们会为此而骄傲、会因为自己是理性的而充满自信,尽管他们实际上什么有意义的事情都没有做、什么有效的行动都没有完成。他们相信知识、相信历史甚于相信自己的本性和"常识"。正如别尔嘉耶夫所认为的:"施予人的最大的诱惑与奴役,关联于历史。对历史过程中所显示的历史的沉重和巨大,人最容易肃然起敬。其实,正是历史的这种沉重和巨大挤压历史,把历史的功绩铸成工具,使历史服务于理性的狡计(即黑格尔说的(List der Vernunft)。"[2]那么这种理性的狡计尚未被我们察觉吗?显然不是。那屈从于这种诱惑与奴役的知识庸人们作为一个个体,他所深爱的自由、所标识区别的独立的个体人格都逃逸到何处去了呢?他们在历史之中所试图实现的各种"意义"是否得到了回报?或者他们的回报能否说服他们的内心呢?"知识虽然极力地抖动翅膀,却不能挣扎出来,自由飞翔,一种深刻的绝望感留了下来,接受了那种历史学涂色,现在一切较高的教育和教养都被这色彩阴沉沉地笼罩住

---

[1] [德]尼采:《历史学对于生活的利与弊》,见《不合时宜的沉思》,李秋零译,华东师范大学出版社2007年版,第133–134页。

[2] [俄]尼古拉·别尔嘉耶夫:《人的奴役与自由》,陈维政、冯川译,贵州人民出版社2007年版,第190页。

了。"[1]沉溺于历史知识对人的最大伤害就是"自由"感和"自由"热望的丢失,"'历史'(Geschichte)是个单数名词,但它表示集体。"[2]"集体"(国家、传统、意识形态、体制等)给予个体以隐匿的场所,安全、舒适,它使得个体在尖锐的对抗中得以幸免,知识和理性是这一集体温床的支柱,它们提供合理性和躲避神圣拷问的话语形式,以塞满自由逃遁后的心灵。在这一过程之中,人有了新的习惯和新的本能,即尼采所说的"第二本性",它反抗人天生的"第一本性",或者永远准备僭越后者。

历史知识总是从永不枯竭的源泉中重新涌出来又注进去,陌生的和毫无关联的东西蜂拥而至,记忆力敞开其所有的大门,但毕竟敞得还不够宽,本性尽最大的努力款待这些外来的客人,安排他们,尊敬他们,但这些客人自己却彼此争斗,于是就显得有必要制服和战胜他们,以便自己不因他们的争斗而沦亡。习惯于这样一种混乱的、狂暴的和战斗的家政,逐渐成为一种第二本性,尽管与第一本性相比,这个第二本性毫无疑问孱弱得多,不安分得多,而且彻头彻尾地不健全得多。现代人最终随身拖曳着一大堆无法消化的知识石块,它们一有机会就也在体内拼命嘎嘎作响,就像童话中所说的那样。通过这种嘎嘎作响,暴露出这个现代人的最独特的特性:一种没有外表与之相应的内心、一种没有内心与之相应的外表的奇特对立,一种古代各民族尚不知道的对立。[3]

本性倒置的现代人如此奇特,难怪尼采要赤裸裸地发问:这还是人吗?"对于每一个别的人来说,他们都是别的东西,不是人,不是神,不是动物,而是历史学的教养产物,完全是教养、图片、没有

---

[1] [德]尼采:《历史学对于生活的利与弊》,见《不合时宜的沉思》,李秋零译,华东师范大学出版社2007年版,第206页。
[2] [德]于尔根·哈贝马斯:《现代性的哲学话语》,曹卫东等译,译林出版社2004年版,第6页。
[3] [德]尼采:《历史学对于生活的利与弊》,见《不合时宜的沉思》,李秋零译,华东师范大学出版社2007年版,第167页。

可证明的内容的形式，可惜只是坏形式，而且还是千篇一律的形式。这样就可以理解和考虑我的话了：历史只被强大的人格承受，它把屠弱的人格完全消灭。原因在于，在情感和感觉没有足够的力量去按照自己度量过去时，历史就搅乱了情感和感觉。不敢再信任自己，而是不由自主地为了自己的感觉而求教于历史……这种人将逐渐由胆怯而变成戏子，扮演着一个角色，多数情况下甚至扮演着多个角色，因而每一个都扮演得拙劣平庸。"[1]在这里，历史学热病催生的知识庸人又把时代推向了一个末世的死亡场景，即尼采所谓的"末人"时代，或者说是我们前文引述的福山的"最后之人"的时代——以兽性互相搏斗的"最初之人"。只是我们对于历史的终结一说将会产生疑问，是历史终结了才产生"最后之人"，还是历史的过量产生"最后之人"？福山的"历史"与尼采的"历史"有无本质区别呢？实际上，在尼采看来，在那些强大的人格那里历史是不会终结的，他们有能力面对历史；而对于那些知识庸人或末人的屠弱人格而言，历史随时在终结之中——它终结了人性自由的本性和行动的能力。所以，福山的历史的终结是成立的，也是不成立的，成立在于人性的确愈来愈失去合理处理自己与历史之间关系的能力，历史应有的作用在消失；不成立则在于，作为时间的必然形式，它持续地成为人性的"福祉"和"梦魇"，持续地让人性不断上演"末人"的沉沦。那么我们如何才能逃脱呢？

四　非历史

兴高采烈、善的良知、欢快的行动、对未来者的信赖——这一切，无论是在个人那里还是在民族那里，都取决于有把一目了然的、明朗的东西与无法弄清的、隐晦的东西分离开来的一条线，取决于人们知道及时地遗忘，就像及时地回忆一样，取决于人们以强有力的

---

[1] [德]尼采：《历史学对于生活的利与弊》，见《不合时宜的沉思》，李秋零译，华东师范大学出版社2007年版，第167页。

本能感觉出，什么时候有必要历史地感觉，什么时候有必要非历史地感觉。这恰恰是读者被邀请来沉思的命题：非历史的东西和历史的东西，对于一个个人、一个民族、一个文化的健康来说，是同等必要的。[1]

尼采羡慕那些吃草的羊群，它们幸福地缄默着，也许是在最高境界上实现着维特根斯坦的要求：对于不能谈论的事情应当保持沉默。"'我在回忆'，并且嫉妒动物，它立刻遗忘，看着每一个瞬间真正地死去，落回到浓雾和黑夜里面，并且永远消失。这样，动物就是非历史地生活的。"[2]还有那些孩子，他们无忧无虑地玩耍，尽管迟早有一天他们会被从"遗忘"中生硬地唤醒。当然，每一个人都是在不断的"遗忘"中活着，但对于尼采而言，我们记住的还是太多了，关键是那些由记忆繁衍的历史内容成为有害于人性的阻碍，或者说，"过去的东西成为当下东西的掘墓人"。这让我们想起"奥卡姆的剃刀"，一种思维的经济原则："如无必要，勿增实体。"简单来说，非历史即是那些永恒之物、持存之物，包括艺术和宗教等，[3]它们通过已知不断遗忘无用之物、重复之物，通过未知唤醒发现与创造的活力，而不是被过多的历史压垮。"我们将必须把在一定程度上非历史地感受的能力视为更为重要的和更原初的能力，这是就在它里面有能够让某种正当的、健康的和伟大的东西，某种真正人性的东西在上面生长的基础而言的。非历史的东西类似于一个裹在外面的大气层，生命唯有在它上面才能诞生，随着这大气层的毁灭而又消失。"[4]然而，事实上对于现代的生命而言，不是"非历史"而是"历史"才是

---

[1] [德]尼采：《历史学对于生活的利与弊》，见《不合时宜的沉思》，李秋零译，华东师范大学出版社2007年版，第142—143页。

[2] 同上，第138页。

[3] "我们用'非历史'这个词来表示能够遗忘并把自己封闭在一个有限的视阈里面的艺术和力量；我称之为'超历史的'，乃是把目光从生成移开，转向永恒和意义相同的品格赋予存在的东西，转向艺术和宗教的强势。"同上，第236页。

[4] 同上，第143页。

这一大气层,生命往往诞生于斯,生长于斯,毁灭于斯。对于他们而言,只有历史地活着才是安全的,只有历史地存在才是理性的,只有积极地进入历史,才能隐藏那卑微、无创造力的个体人格。"积极地进入历史,称作历史的个体人格。实际上,历史本身不能发现个体人格,不能发现个体人格的不可重复性、独特性和不可置换性。历史即使朝向个别的事物,也仅对'普遍的'事物感兴趣。历史为中档次人和大众谱写。对于历史,他们仅是抽象的单位,而不是具体的生存。为了中档次的人类,每一个中档次的人都被转换成工具。人即使在历史中发挥作用,历史也并不实现人的目的,而是匍匐在'普遍的'统治规律下面,以共相的事物凌驾个别和部分的事物。于是,人被迫承担历史的全部重荷。人不可能脱出历史,而是在历史中实现自己的命运。"[1]而非历史就是要通过遗忘摆脱这一困境,遗忘的方式就是不再依赖于毫无生机的废墟,不再浪费生命纠缠那些没有价值的历史经验,不再费尽心机思考那些无用的确定性。非历史不是否定历史,而是要超越历史,或者说对于那些高于"中档次人和大众"的优秀而高贵的人而言,历史的价值和意义才会显现。

"历史学在三个方面属于生者。它属于作为行动者和追求者的人,属于作为保存者和敬仰者的人,属于作为忍受者和渴求解放者的人。"[2]在这三个方面里,尼采把"行动者"与"追求者"放在第一位。对于知识庸人和普通大众而言,历史无疑也是有效的,甚至有时也是有益的,但他们的存在不会促使时代进步,他们的裹足不前只是把历史的沉思当作口舌之欲和牟利工具,他们庞大的基数是历史的"行动者"和"追求者"永远的敌人,他们的存在本身成了"渴求解放者"的隐形的囚笼。"唯有从当代最高的力量出发,你们才可以去解释过去;唯有在你们最高贵的品性的最强烈的紧张中,你们才将

---

[1] [俄]尼古拉·别尔嘉耶夫:《人的奴役与自由》,陈维政、冯川译,贵州人民出版社2007年版,第190页。

[2] [德]尼采:《历史学对于生活的利与弊》,见《不合时宜的沉思》,李秋零译,华东师范大学出版社2007年版,第150页。

猜出，在过去的东西中什么是值得知道和值得保存的，是伟大的。同类相知！否则，你们将使过去的东西低就你们。如果一种历史著述不是从最罕见的英才的头脑中涌现出来的，你们就不要相信它；但你们将永远觉察到，如果它不得不说出某种普遍的东西，或者把某种尽人皆知的东西再说一遍，它的精神将是什么品质：真正的历史学家必须有力量把尽人皆知的东西铸成闻所未闻的东西，把普遍的东西如此简单而又深刻地宣告出来，以至于人们在深刻之上忽视简单，在简单之上忽视深刻。"[1]尼采的要求显然"过高"了，将会毫不留情地把寄生在历史之中的专家们驱逐出境，将会摧毁懦弱的专家、学者和蒙昧的大众赖以逃遁的历史网络。然而，是否真的存在这样的"行动者""追求者"和拥有最高力量的伟大的人：他们彻底摆脱历史的困扰，他们超越并战胜了历史，他们取其精华、弃其糟粕？如果存在，为什么他们不带领我们走出历史的围攻，站在精神最高处来俯视它呢？"现在在精神上面笼罩着层层的云；直到最后，疯狂来说教：'一切都在消逝，因此，一切都应该消逝！''时间必须吞吃自己的孩子，时间的这条规律，本身就是正当的。'疯狂这样说教。'任何行动都无法取消：怎能由惩罚使行动停止！生存必然是行动和负罪的永远反复，这，这就是生存之惩罚的永恒性！除非意志到后来拯救自己，意欲变成无意欲——'：可是，我的弟兄们，你们知道这乃是疯狂者的虚构之歌。"[2]被尼采寄予厚望的"意志"最终连他自己都没有"拯救"，而艺术被他当作是重要的非历史力量，但它是帮助我们超越了历史还是同样患上顽固的历史病呢？

五 中国"大历史"

无眠、反刍、历史感都有一个度，一到这个度，生存者就受到伤

---

[1] [德]尼采：《历史学对于生活的利与弊》，见《不合时宜的沉思》，李秋零译，华东师范大学出版社2007年版，第193页。

[2] [德]尼采：《查拉图斯特拉如是说》，钱春绮译，生活·读书·新知三联书店2007年版，第161页。

害，并最终走向毁灭，无论它是一个人，还是一个民族，还是一种文化。[1]

而现在，快来看一看我们的时代吧！我们惊愕，我们逃回来，生活与历史学的任何关系的所有清晰、自然和纯洁都到哪里去了，现在，这个问题多么混乱、多么过分、多么不安地涌向我们眼前！这罪过是在于我们这些沉思者吗？或者，确实是生活和历史学的星位被改变了，乃是因为一颗有强烈敌意的星辰走进了它们之间吗？即使其他人指出我们看错了，我们还是想说出我们认为看到的东西。当然，是有这样一颗星辰，一颗明亮的、美丽的星辰走进了它们之间，星位确实被改变了——由于科学，由于历史学应当是科学的要求。现在，再也不仅仅是生活在统治并约束着对过去的知识：而是一切界桩都被推倒了，一切曾经存在过的东西都向人袭来。它再现一种生成达到多远，一切远景也就被移到多远，以至于无穷。还没有一个世代观看过像如今关于普遍生成的科学、亦即历史学所展示的这样一出无法概览的戏剧；但当然，历史学是以其格言的危险胆量来展示的：fiat veritas, pereat vita（要有真理，哪怕生活沦亡）。[2]

尼采即便是一个"恶"的预言者，他仍旧无法预知这个世界的末世图景会把"历史病"演绎得多么丑陋。"还没有一个世代观看过"的戏剧正在1990年代以后的中国愈演愈烈，或者说，自中国进入现代以来，这场戏剧就开演了。尼采在《历史学对于生活的利与弊》中对历史有无价值的思索与批判，在中国现代以来的历史语境中得到了印证，甚至超出尼采的想象，进入一个让人更加绝望的"历史网络"（整个世界亦是如此，只是中国的语境有着更为触目的惰性）。

1990年代以后，历史从宏大场景中失重，我们没能从所谓后现代的解构之中摆脱历史的奴役，反而割断了历史与生活、与心灵的那种碰撞——即便它是莽撞的，从而彻底沉溺于历史经验和历史知识的

---

[1] [德]尼采：《历史学对于生活的利与弊》，见《不合时宜的沉思》，李秋零译，华东师范大学出版社2007年版，第141页。

[2] 同上，第166页。

虚假权威之下。"一切界桩都被推倒了,一切曾经存在过的东西都向人袭来",随着科技的发展,它对速度的崇尚把媒介革新与信息传播推向了一个拥挤而迅疾的轨道,语言、文字、图片、影像、网络……人们比以往任何时候都更加看清历史,比以往任何时代都知道更多的历史内容,比以往任何时代都更有所谓的"历史修养",也比以往任何时候都患有更加严重的"历史学热病"。知识庸人掌握了整个时代的历史话语权,他们的主要作用就是编织网络。"启蒙""现代性""现代化""现代""后现代""后殖民""全球化""民族""国家""民族主义""自由主义""新左派""市民社会""人文主义""激进""保守""五四"……这些不断被创造、不断被阐释、不断被批判的各种话语拥有一个自我繁衍、自我确定的"场",它们通过语言的不透明状态制造虚妄的知识图景和"历史"图景,它们大都只有"能指"没有"所指",最终指向一种虚弱、虚伪的生命体并伤及主体的"良心"。

海德格尔在其《关于人道主义的书信》中曾经如此慨叹:"语言到处迅速地被荒疏,这就在一切语言应用中损害了美学的与道德的责任。不仅如此,语言之愈来愈厉害地被荒疏还是由于人的本质之被戕害。只注意保养语言的应用,还不证明我们已免除这种本质的危险。只注意保养语言的应用,在今天也许毋宁说明我们还完全看不见而且不能看见这危险,因为我们从来没有注意过这危险。近来常被论及而已为时过晚地被论及的语言的堕落,却不是一件事情之出现的缘由,而是这件事情之出现的后果,这件事情是:语言在新时代的主观性的形而上学的统治之下几乎是无可遏止地脱出它的基本成分了。语言还拒不向我们承认它的本质:它是存在的真理之家。语言倒委身于我们的意愿与驱策一任我们作为对存在者进行统治的工具使用。"[1]对于这一切,1990年代以来的中国知识群体不可能没有感知,但却只是顺

---

[1] [德]海德格尔:《关于人道主义的书信》,见《海德格尔选集》,孙周兴选编,上海三联书店1996年版,第363页。

从着充当这一统治并"解救"自身的工具。于是，由知识生产构成的各种历史话语，以及借此形成的潜隐的、宽泛的、无孔不入的"历史意识"逐渐蔓延成为一种障碍，这一障碍使得"历史"与"主体"之间涉及行动和价值实践的各种交流开始变得艰难，也正是这一艰难的表象，罗织成一个怪异的网络，在这个庞大而丑陋的网络之内，最基本的生存形态是蠕动。主体成为网络的一个点，它的任何行为都由知识和历史的各种形式来传达，以达到隐藏自己然后自私自利的目的。这种不知疲倦的缠绕往复只是主体妥协退让、失语式自我辩护的一个华丽而颓败的遮羞布，只是些虚假的"教诲"，"不增进或者直接振奋我们的行动"（歌德语）。这些历史话语与外在于它们的社会生活和大众形成了质的同构，共同形成一个混乱、庞大的历史图景，不断把一个个"未来"堕落为"现在"，然后再不断裹挟"现在"进入它的漩涡。与1990年代以前那个存在了大半个世纪的动荡的"大历史"相比较，新的"大历史"更让人绝望，因为它更加严重地剥夺了我们的爱、我们的创造、我们的希望与幻想，它昭示了一个无奈的真理：让我们堕落于现实、丢失了未来的唯一原因是我们拥有一个庞大的"过去"。

在近代，封闭的传统中国被剧烈的外来力量打破之后，中国的历史便进入了一个充满动荡的"大历史"的语境，在这个无限延伸的起伏跌宕的历史图景之中，衰败、屈辱成了最初的原罪，而激烈地对抗传统、对抗古老历史遗留的文化成了国家、民族，乃至个体最为执着的选择。这一选择并非是反历史和超越历史的，它摧毁的那个衰朽的、充满"罪恶"感的过去并没有烟消云散，而是变成历史的碎片，与此之后产生的由战争、解放、奴役、专制主义灾难等不断循环的历史纠结在一切，后者并没有从那些历史的碎片中获得启示，而是不断加剧着自己的"恶"感。

"摧毁了充满惯例、又缺乏反思的无可争辩的世界，在这个'原罪'之后出现的所有的确定性，必定是一个矫揉造作、粗制滥造的确定性，是一个肆无忌惮、公然'捏造'的确定性，是一个承负着人为决定的所有天生脆弱性的确定性。确实，正如德勒兹(Giles Deleuze)和加塔利(Felix Guattari)坚持认为的：像古老雕塑的碎片一样，我们只是在等待最后一个碎片被找到，以便我们可以把所有的碎片黏合在一起，创造一个与最初的整体完全相同的整体，我们不再相信这个碎片存在的神话。我们也不再相信曾经存在一个最早的整体，或者最后会有一个整体在未来的某一天正等着我们。被分割的东西是不能黏合到一起的。放弃对整体的所有希望，未来就像过去一样，你就进入了这个流动的现代性的世界。"[1]这个碎片化的现代世界愈来愈纷繁，愈来愈让人感到恐慌，我们无法从历史中得到自己所需要的那一块碎片，但我们拒绝放弃寻找。人们对流动性、非连续性或断裂性的恐惧是合理的，它源于一种对"根"的丧失的恐慌，连续性在时间上体现为历史、传统等所提供给个体的确定性的庇护。在这种庇护之中，人们感到满足、安全，他们才不会顾及这种确定性是否是虚假的，不会理会这种"历史"的挖掘和阐释是否是有意义的。难道我们就不能从随时变为历史的当下之中直接汲取智慧和选择行动吗？事实上，我们越来越缺乏直面世界、直面生活和直面自身局限性的勇气。

"文革"是中国现代化进程寻找整体性、重建乌托邦实验的峰，它无情地戏谑了这一进程的反历史、反理性的本质，把在此之前的所有的历史经验归为零。人们不是去思考为什么我们已有的历史经验和历史智慧，已经接受的所有的历史修养和历史教育，没能阻止我们的人性堕落到那样互相残害的地步，反而使得"文革"和之前一切政党意识形态的专制主义灾难成为又一个可以不断挖掘和不断获取"智慧"的历史"资源"。此后的各种历史反思在政党意识形态允许的范围内成为一个个有效的发泄渠道，把人们对政治的关注和怨恨转移到谋求物质进步的轨道上来，与此相应的新启蒙也更像是另一个粗率图解、重构历史、重寻确定性和完整感的企图。"托古改制""重估一

---

[1] [英]齐格蒙特·鲍曼：《流动的现代性》，欧阳景根译，上海三联书店2002年版，第32页。

切价值"仍旧是对历史的粗暴肢解,启蒙大旗阴影下的各种历史资源仍然是一些削足适履的知识的堆砌,自由、民主的口号绚丽又空洞,支撑着人们"走向未来"的信心。这也就是《河殇》诞生的背景。在《河殇》之中,知识分子在暂时摆脱了政治专制灾难后的知识输入和理性觉醒中,重新获得了主宰历史走向的动力和热情。如苏晓康的"历史选择了中国,中国却不能选择历史"的说法,金观涛冲决历史循环论的豪言壮语。《河殇》本身就是意识形态默许和利用下的政治浪漫主义与简单化的知识文明思索的混合体。它让知识分子误以为重新获得了"五四"时代的历史主动性,粗制滥造了中国知识分子最后一份公开的意识形态宣言书。《河殇》一方面并没有独立于当时的政治结构,另一方面作者群的知识结构也存在致命的缺陷,使得文化思索的鼓动性大于建设性。自由、民主的呼吁只是成为文明焦虑症宣泄的知识符号载体,而不是成为个体认同基础上的价值选择和制度思维。《河殇》的价值指向仍然是知识者作为启蒙主体的高高在上的专断,仍然是用文化文明的宏大叙事促使个体认同、个人主义向群体认同、集体主义屈服,因为在《河殇》所谓的文明衰弱症分析后面是想象的共同体——民族主义寻求强大的欲望,与当时改革开放的政治主宰者不谋而合,如此才能借助当时的媒体形成一股强烈的文化冲击。联系到近期的《狼图腾》等粗暴专断的文明剖析,我们不难发现后现代民族国家始终无法摆脱的民族衰弱屈辱和民族强大的欲念,这并不是一种健康的现代性思索,除了制造民族主义的愤青和浅薄之外,并不能完成现代性主流方案的自由主义民主化。所以说,即便没有随后的政治动荡,《河殇》的文明革新方案仍然不可能实现它预期的乐观主义目标,只是证明我们向历史索取智慧的一次又一次的失败。即便如此,人们并不能从这种狂热的"历史病"中苏醒,而是把每一次挫败匆忙写进历史,然后钻进里面淘洗新的反思与新的智慧的期许。

1989年被认为是一个特殊的转折性的年份,但它并不是一个伟大的时代,也没有开启什么伟大的时代。无论我们是否愿意承认,

1990年代以来文化的各种转型裂变的实验都彻头彻尾地失败了,因为除了物质以外,我们没有什么是进步的,甚至在一些基本伦理和自由方面,我们不停地下滑,已经到了不可逆转、不可遏制的地步。此时"历史"在何处?正如本雅明在《历史哲学论纲》中所描摹的历史"进步"的风暴:

> 他凝视着前方,他的嘴微张,他的翅膀张开了。人们就是这样描绘历史天使的。他的脸朝着过去。在我们认为是一连串事件的地方,他看到的是一场单一的灾难。这场灾难堆积着尸骸,将它们抛弃在他的面前。天使想停下来唤醒死者,把破碎的世界修补完整。可是从天堂吹来了一阵风暴,它猛烈地吹击着天使的翅膀,以致他再也无法把它们收拢。这风暴无可抗拒地把天使刮向他背对着的未来,而他面前的残垣断壁却越堆越高直逼天际。这场风暴就是我们所称的进步。[1]

而我们自认为的进步就是退回书斋,退到历史知识的最深处,被弹压之后的知识分子又开始反思了,刚刚成为"历史"的新启蒙被认为"趋新骛奇,泛言空谈",知识分子应当改变学风的"浮躁"和"空疏",[2]退出公共知识界或公共空间,回到书斋,甘于边缘。一个思想家淡出,学问家凸显的时代被呼唤而至。如果我们当时还勉强可以把这一选择称为"带有理性反思色彩的战略性退却"[3],那如今回头再来"反思"这一退却,我们难道不感到退得有些太"深"了吗?从"尊德行"到"道问学",不就是从"道德实践"转入"知识主义"吗?不就是以历史考据取代义理吗?被迫退场造成了历史与生活的脱节,它使得1990年代成为一个充满现实悖论与知识合理性的怪

---

[1] [德]本雅明:《启迪:本雅明文选》,阿伦特编,张旭东、王斑译,生活·读书·新知三联书店2008年版,第270页。
[2] 陈平原:《学术史研究随想》,见《学人》(第1辑),陈平原等编,江苏文艺出版社1991年版,第3页。
[3] 许纪霖:《公共性与公共知识分子》,见《知识分子论丛》(第1辑),江苏人民出版社2003年版,第34页。

异的时代,"退回学术",从"宏大"历史现场的虚妄中抽身而出是建立在这样一种假设之上:新的选择代表着新的使命,它能让我们生活得更好!以此说服自己沉默着投身于种种狂热、麻木的历史的考古式开掘,说服自己认同学术的成熟与规范、历史的反思与重述可以拯救我们!当现实提醒我们这一切落空了,甚至说更糟了的时候,我们宁愿选择"不许调头",忍受着"如沐春风"般的屈辱前行!忍受着"那种由来已久的为使进步成为可能而以历史来奴役人的符咒"(列维-斯特劳斯语)!因为我们没有勇气从这一苦心经营的历史之帷中走出,走出即是行动,走出就需要进一步的行动,虽然像尼采那样认为"行动者是没有知识的"过于偏激了,但我们有理由相信"行动"比"延宕"和"沉溺"拥有更少的知识。

"历史学热病"在知识分子和大众那里有着不同的体现,最终他们还是走向了合谋。学院知识分子的各类学术生产在教育体制划定的逻辑内疲倦地奔跑,他们曾经把自己预想为体制的、意识形态的逆子,却最终还是成了言听计从(偶有怨言)的孝子贤孙。那些皓首穷经、寻章摘句的知识考古和历史考古拥有自己的"意义"生产机制,这一机制显而易见越来越与"历史"无关、与"行动"无关、与心灵无关,与之有关的一切都是自由的敌人和欲望的战利品。在故纸堆里、在那些陈旧和重复使用的知识里面淘洗出来的"历史"真的让我们对正义、对善、对艺术有了新的认识和提高了吗?如果没有,那我们有什么理由再在这种工作上面浪费时间和生命。由连篇累牍的文章、书籍和滔滔不绝的言谈构成了1990年代以来日益繁茂、庞大的"历史"的网络,出版业的逐步发达、传播媒介的多样化让这一图景更显其"欣欣向荣"的表象。我们这里所使用的"历史"并非是狭隘的历史学的概念,仍然是前文一再说明的尼采意义上的历史——经验,这一定义将使主体真正面对所有"发生的事情"和"发生的事情的历史",各类历史叙事把不断生成和延伸的历史撕裂、重构、再撕裂、再重构提供给我们"使用",所有的东西都向我们袭来。在"新文化史"和"微观史学"的发展中，更是在消费社会对历史消费的巨大渴求之中，历史突然变得更大了，因为一切都有了自己的历史，政治、经济、饮食、语言、身体、建筑、空气、植物、动物……连"屎尿"的历史（如多米尼克·拉波特的《屎的历史》）都要和人的主体发生关联，知识者的历史迷狂在编织这样一个网罗一切"过去"的盛世的历史景观，无人知晓我们到底想从历史中得到什么。

这里不得不提到的是1980年代延续下来的、对当代历史创痛的反思，主要是那些距离我们较近的"反右""文革"等事件的痛定思痛，尤其是1990年代后期以来，包括回忆录、传记、日记、历史随笔、研究性著作等层出不穷。无论《往事如烟》（梅志著）还是《往事并不如烟》（章诒和著），我们回顾那些沉痛的历史的目的无非是避免历史重演这样通俗而简单的目的。"前世之事，后事之师"，为了避免后世遗忘，我们通过文字的方式把历史留存下来警示后人，与建立所谓"文革"博物馆的方式一样，我们希望通过历史谋求进步。但我们是否因为读了这些著作进步了呢？历史"错"了，我们因此而做"对"了什么了吗？在历史的梦魇通过知识的形式不断再现和重演之后，那些作为永远铭刻在心的历史的见证者和那些通过了解历史而深刻认知了那些灾难的人们又做了些什么呢？在这个过程中，我们狭隘地理解了历史性创痛的真正原因，把那些罪过扣在个别人、个别团体、一代人的头上是不合理的，那个真正作恶的隐秘而又显著的权力机器并没有任何实质上的进步，而我们仍旧生活在其中，且对此熟视无睹地隐忍着。我们庞大的"历史知识"的胃口，造成的仅仅是一个食古不化、消化不良的结果，从某种程度上讲，我们仍旧生活在"文革"的阴影之中，"文革"的时候没有"历史"吗？是因为那时有太多虚构的、虚假的"历史"压倒了人性的常识，包括道德、良知和基本的正义感、负罪感。

其实，已知的，甚至于一个世纪以前"已知的"就能让我们满足我们真实的历史需求，而此后繁衍的所有的没有意义的历史内容的填充、阐释和挖掘无非就是为了满足我们这一点点"眼前的"简单需求。我们所知道的"历史"已经足够多了，可是我们仍然狂热地不停开掘着历史的角角落落，生怕落下什么"真理"的美味以供知识的饕餮之徒们享用。我们无法像尼采那样去要求每一个面对历史的人都能是"最罕见的英才""真正的历史学家""行动者和追求者"以及"渴求解放者"，但我们似乎也不应该为了单纯的名利欲望去迎合消费社会的大众日渐迷失的历史索求吧？即便知识分子的动机和初衷未必是恶意的，但他们是否想到过量的历史知识和被媒体滥用的历史传播于人性意味着什么吗？1990年代后期开始，很多知识分子从书斋中走出，他们没有走向"广场"，他们也没有走向"庙堂"，他们委身于"学校"，现身于"公共媒介"，这种选择的策略性又该如何考量呢？是不是又一个"带有理性色彩的战略性的"由守转攻呢？当下，易中天、于丹、阎崇年等学院知识分子以专家的身份，通过电视、网络、书籍等媒介所掀起的一轮高于一轮的"历史热潮"，与那些现身同样媒介的讲股票、讲政治、讲法律、讲道德伦理、讲两性情感等等的专家们，还有那些娱民和愚民的历史题材影视剧没有本质性区别，从一个广泛的场域来讲，他们都是在贩卖经过删改、扭曲、拼贴的"大历史"，一个历史或各种经验需要减肥的时代迎来的却是不知餍足的胡吃海塞。他们信誓旦旦的所谓"还原历史真实""让历史通俗化"的结果是什么呢？让大众更接近知识分子的过量的"历史修养"吗？事实上，即便这样，我们并不期待的目的都不会在这个瞬间即逝的、野蛮的消费社会中实现。1990年代以来，随着经济的迅猛发展，历史——容纳了所有已逝时光中的所有事物、观念及彼此盘根错节的关联——为一个崇尚丰盛的消费社会准备了诱人的筵席，历史空前地符号化，比以往任何时候都丰富且空洞。最终，历史的即是现实的，历史的狂欢也就成了"现在"的狂欢，历史不断吞噬"现在"，使之成为自己空洞的一部分，而未来是缺席的，当乌托邦和浪漫主义被逐渐放逐之后，我们缺乏对未来的想象；当如磐的历史与现实重重压在当代人的心灵之上时，我们缺乏超越它们的智慧与勇气。顺从着前进吧，"不许调头"！这就是1990年代以来愈来愈严重的我们的历史意识的病症，"历史意识是将时间经验转化为生活实践导向的精神（包括情感和认知的、审美的、道德的、无意识的和有意识的）活动的总和"（约恩·吕森语），而我们转化所得的竟是一个历史学热病控制的"最后之人"的狂欢时代。

真理之柱也是政治秩序之柱，而且世界（与居住其中和在其中自由活动的人们相比）需要这样一些柱石来保证其连续和持存性，没有它们，世界就无法向终有一死的人们提供他们所需要的相对安全和持久的家园。毫无疑问，人类的人性可以丧失其活力到这样的程度，亦即放弃思考，将他的自信押在古老或时髦的真理之上，然后把这些真理像硬币一样抛来抛去，以此衡量所有的经验。但是，如果对人类来说可以这样的话，对世界来说却不能这样。当世界被粗暴地卷入一种在其中不再有任何持存性的运动之中时，对人或终有一死者的需要而言，世界就变得非人性化和不宜居住了。[1]

可事实上，我们不但居住着，而且抱着自己简单的幻想和欢喜快乐地活着。持存性，也许可以看作尼采所寄予希望的"非历史"或超历史，我们是否可以通过"转向艺术和宗教的强势"来拯救这个"丧失活力""放弃思考"的非人性化的世界呢？"历史主义把世界布置得如同展览一般，并且把贪图享乐的当代人统统变成自命不凡的旁观者；相反，只有现实中受尽折磨的艺术的超历史力量才能把'现代人从真正的苦难和内心的贫困'中拯救出来。"[2] 尼采说过："我们现在用艺术来反对知识：回到生命！控制知识冲动！加强道德和美学本

---

[1] [美]汉娜·阿伦特：《黑暗时代的人们》，王凌云译，江苏教育出版社2006年版，第8-9页。

[2] [德]于尔根·哈贝马斯：《现代性的哲学话语》，曹卫东等译，译林出版社2004年版，第101页。

能！"[1]他早在《悲剧的诞生》里就已经赋予了艺术以超越一切抽象智力之上的能量，尽管他清楚时代的顽固，但他充满信心。"我们的时代仇恨艺术，正如它之仇恨宗教。它不想和解，不管这种和解是通向彼岸，还是通向艺术的美化世界。它把这一切当作毫无用处的'诗情'和消遣。我们的'诗人'倒是证明它看得没错。但是艺术何其严肃！新形而上学何其严肃！我们要用形象重新安排世界，而你将在它面前发抖。你就等着瞧吧！即使你掩上耳朵，你的眼睛也会看到我们的神话，我们的诅咒将降临于你。"[2]对于中国的语境而言，宗教性诉求是不可行的，而1990年代以来的艺术能否担当起这种战胜历史、超越历史的作用呢？显然并不乐观。以中国文学的具体面貌而言，在我看来，1990年代以来的文学不但未能成为一种"非历史"或超历史的精神"强势"，它与转型剧变时代的纠缠同构反而把它拖进了历史的罗网之内。"诅咒"降临了，耳朵和眼睛也早已安全地掩上了……

原载《山花》2013年第5期

---

[1] [德]F.W.尼采：《哲学与真理——1872—1876年笔记选》，田立年译，上海社会科学院出版社1993年版，第22页。

[2] [德]F.W.尼采：《哲学与真理——1872—1876年笔记选》，田立年译，上海社会科学院出版社1993年版，第32页。

大时代的死亡与再生
——1990年代以来的精神困境

一 "不许调头"的大时代

1989年2月5日上午11时左右,在刚刚开幕的"中国现代艺术展"上,传出两声锐利的枪响,肖鲁用左轮手枪和两发子弹完成的《对话》装置作品,不仅给自己和一旁怂恿开枪的唐宋带来短暂的牢狱之灾,也把一个命名为"枪击事件"[1]的艺术行为留在了现代艺术史和文化史上。在场的艺术家还没有从突如其来的事件所带来的兴奋感中醒来,特种部队和防暴警察就接管了这一刚刚萌动的艺术的狂欢之地,国家机器的政治敏感与"85新潮"的自由解放形成了某种悖谬的"默契",就像猫捉老鼠的游戏一样。此时,艺术展的展标——那面铺在美术馆门口的黑布——被仓促地收了起来,但那个展标所蕴含的历史含义却突兀地形成了某种隐喻与谶语的功能。由杨志麟设计的《不许调头》作为展标传达了某种"前进"的坚定信念,似乎一个属于艺术的无主之地就在前方,画面是一个庞大的交通指示牌——"不许调头",激进的艺术表意鲜明而羸弱。这是1980年代的新启蒙所催生的艺术热情、自由解放与理想主义的一个缩影,也是最后一次大规模的合法展示,这个艺术展不仅是属于美术界的,它的协办单位有"文化:中国与世界"丛书,也有《读书》杂志社,整个1980年代

---

[1] 详细参考吕澎:《20世纪中国艺术史》(下),北京大学出版社2006年版,第793-795页。

精神自由与艺术理想都在此汇集碰撞。但它同时也是粗糙的，充满了各种哗众取宠的极端行为，到处是"虚无"情绪的宣泄和达达式的捣乱，可它还是为那个转折性的年份留下了一面值得追悼的影子，1990年代以来日益焦虑的当代艺术的狂欢能从那里寻到自己的来源。

几个月之后，"不许调头"的呼喊被迅速湮没。但时代是否因此改变方向了呢？1989年世界的政治格局和意识形态发生的重大变化，在思想界和艺术界留下了足够大的反思和回味的震荡，但即便是伯恩斯坦在"最后的柏林墙"边把贝多芬第九交响曲的《欢乐颂》改为《自由颂》、罗斯特罗波维奇在柏林墙的废墟边演奏了一整天的巴赫……都不能改变艺术与政治事件之间的看似密切却隔膜的巨大悖论。艺术借以生发激情与创造力的那个宏大的"政治"背景，都是最终以吞噬艺术为结果的，在政治的"暴政"之后还有理性的"暴政"，还有消费的"暴政"。曾经被信若神明的各种理性的构想，在各类异己的"暴政"之前都是孱弱而可疑的。1989年11月，在华盛顿的一次会议上，一个中国的天体物理学家、持不同政见者缺席提交了一篇讲稿——后来发表时题为《坚持信仰》，他认为，"一个国家要赶上现代世界就必须通过吸收现代文明的这些方面来改变自己，特别是科学和民主，这二者已经被证明是进步的、普遍的"。这一切，符合宇宙的基本特征，"让宇宙祝福我们"[1]！然而宇宙是一种偶然性的集合，它不会祝福任何事物！那些"祝福"一个民族国家的民主实践的西方立场，实际是在做一项实验，或者说，他们在"纵容"一些现代恐惧的移植与繁衍。中国从"五四"就开始的这种高昂的"宇宙论"，就是时时被那些让艺术和心灵处处被动的"恐惧"所缠绕着。同年3月26日，海子在冰冷的铁轨上自动结束了自己的生命，在那一刻他与宇宙无关，与民族、国家无关，与自由、民主无关，与诗

---

[1] [美]保罗·费耶阿本德：《征服丰富性——抽象与存在丰富性之间的斗争故事》，戴建平译，中国人民大学出版社2007年版，第243页。费耶阿本德从科学哲学的角度对方励之的观点提出了自己的批评意见。

歌无关，人的存在被还原为一种瞬间的偶然性，它无法阐释、无须悲悼，他自由了，一切使之看起来无法"自由"的各种行为都是不道德的。喧嚣过后，囚禁的仍然是那些狂热的青年，作为突兀的历史事件的注脚慢慢被历史的记忆隐藏起来，与一切"重大的"历史事件雷同，它缺乏"伟大之处"，即不具备尼采所说的使事件伟大化的那两个东西——"完成它的人的伟大意识和经历它的人的伟大意识"。[1] 时代仍然在某种缓慢而不可逆转的巨大洪流中滞重地前行，"不许调头"？实际上并未真正地调头，历史"事件"化的后果无非只是形成一种主体借以慰藉自身的"精神空间"，它以突兀甚至血腥的事实刺激思想的火花，但却不能促使人们"行动"。"在1990年代初，知识分子进入冬眠状态，但精神和思想的自我反思却由此开始。这一反思实际是新启蒙运动的必然结果，即使没有突发事件，迟早也会发生，不过如今是以如此痛苦和尖锐的方式来临。反思的结果使得原来蛰伏在新启蒙运动中的分歧表面化了，思想界的分化从此一发不可收拾。"[2] "冬眠"是无疑的，但"反思"的后果是什么呢？各种话语论争最后的结果是什么？可以肯定的是，痛苦和尖锐已经不是那次突发事件，而是一直延伸至当下的我们的精神处境。如同那次重大的突发事件一样，希望了解真相的都了解了，然而"真相"给我们带来的什么呢？"真相"已经太多了，但它们无法促使这个疲惫不堪、疲于奔命的时代"调头"。同样，那次偶然的"枪击事件"也仍然被不停地"阐释"，2006年11月22日，《对话》这个作品在中国嘉德秋拍"中国当代艺术二十年"专场上以231万的价格成交，而且由于当事人肖鲁与唐宋情感的终结与著作权的诉讼，使得"枪击事件"更加扑

---

[1] [德]尼采：《瓦格纳在拜雷特》，见《不合时宜的沉思》（第四篇），李秋零译，华东师范大学出版社2007年版，第345页。

[2] 许纪霖、罗岗等：《启蒙的自我瓦解——1990年代以来中国思想文化界重大论争研究》，吉林出版集团有限责任公司2007年版，第12页。

朔迷离[1]，欲望置换了自己的影子，"经济"从"政治"的手中接管了艺术的囚禁权，从中我们能清楚地感受到1990年代以来艺术与自由所深陷其中的"艺术的阴谋"，也痛切地意识到"历史事件"的孱弱与易逝。"中国现在是一个进向大时代的时代。但这所谓大，并不一定指向可以由此得生，而也可以由此得死。"[2]鲁迅的判断似乎适合中国现代以来的任何时刻，"不许调头"！

二 自由的怨恨与怨恨的自由

1990年代以后，市场经济迅速构建了一个商品化、世俗化的社会，群体性的焦虑形成了一个物的依赖性无限扩大的精神世界，知识主体被体制牢牢捆绑在谋求"经济独立"的现实困境中，由知识和理性生产出来的各种话语缠绕成为最后的遮羞布，以此伪装而成的名目繁多的"自由"话语无非是在削弱人们追求真正自由的勇气。因为对于日渐失控的欲望而言，"免于匮乏的自由是一切自由的具体实质。随着这种自由逐渐增大其成为现实的可能性，属于较低生产力阶段的各种自由相应地失去其先前的内容。当一个社会按照它自己的组织方式，似乎越来越能满足个人的需要时，独立思考、意志自由和政治反对权的基本的批判功能就逐渐被剥夺。这样一个社会可以正当地要求接受它的原则和制度，并把政治上的反对降低为在维持现状的范围内商讨和促进。"[3]高的生产力却维系着一个精神匮乏的时代，人性在其中的挣扎和沦落每时每刻都在发生，但却"不许调头"，或者也"不愿调头"。"政治"这一最为典型的公共空间被放弃了，或者就是那种"维持现状"的商讨。"历史形成的各种文明与文化开始同

---

[1] 参考栗宪庭：《栗宪庭关于〈枪击事件〉与部分当事人的访谈录与再解读》，《今日美术》2006年第1期；刘溜：《1989年的爱情：中国美术馆枪击事件》，《经济观察报》2007年8月10日；等。

[2] 鲁迅：《〈尘影〉题辞》，见《鲁迅全集》（第三卷），人民文学出版社1981年版，第554页。

[3] [美]赫伯特·马尔库塞：《单向度的人——发达工业社会意识形态研究》，刘继译，上海译文出版社2006年版，第4页。

自己的根源相脱离，它们都融合到技术—经济的世界中，融合到一种空洞的理智主义中。"[1]这些理智主义开始不停地制造批判和反思的对象，但是这种反思仅仅是学术化维持着的冠冕堂皇的话语争执与利益分割，人文精神讨论、新左派与自由主义、民族主义、现代性与后现代、公共知识分子……蔚为大观、不亦乐乎，可反思来反思去，只是让反思形成了齐格蒙特·鲍曼所说的"路边旅馆模式"（caravan site）："这种地方对它的每一个成员和付得起房租的任何一个过客开放。旅客来了又走了；没有人会太在意这个房子是怎么来的……"[2]因此，我们的社会可以不停地接收批判，然后消耗批判，不会因此动摇自己的根基。"如果社会同化它所接触的每一件事物，如果它吞并对立面，利用矛盾，那是在显示它的文化优势。"[3]那是在宣告"新型的顺从主义"时代悄悄来临，"它之所以是新型的顺从主义，是因为其合理性达到了前所未有的程度。它对这样一个社会起着支持作用，这个社会是一个已经减少了（而且在其发达地区已经消除了）先前那些历史阶段所具有的、更原始的不合理性的社会；是一个比以前更有规律地延长和增加其寿命的社会"[4]。"原始的不合理性"是什么？也许我们的时代与那些赤裸裸的杀戮、掠夺等原始野蛮的告别，无论如何都是进步的，无论如何都是合理的，似乎没有什么"细小"的伤害可以再鼓动起革命、反抗等激越的斗争方式，因为其"合理性"的"文化优势"可以允许我们以不同的方式发泄不满。于是，各种怀疑、虚无、愤恨、暴力通过不同的媒介制造出来，然后又陷入理论与知识繁衍的"蜘蛛网"中，体制再随心所欲地改造主体的反抗精神与自由热望，不断复制各种类型的"制度化人格"，使得进步缓慢得似乎可以忽略。从那个"路边旅馆"走出的是一个个

---

[1] [德]卡尔·雅斯贝斯：《时代的精神状况》，王德峰译，上海译文出版社1997年版，第73页。
[2] [英]齐格蒙特·鲍曼：《流动的现代性》，欧阳景根译，上海三联书店2002年版，第35页。
[3] [美]赫伯特·马尔库塞：《单向度的人——发达工业社会意识形态研究》，刘继译，上海译文出版社2006年版，第79页。
[4] 同上，第78页。

食客与嫖客，他们的满足感与忧愤感一样的浓烈和刺眼。但"反思"的脚步仍然是一如既往的迅疾与热烈。"正如安东尼·吉登斯经常提醒我们的，现在，我们每个人都在从事生活政治（life-politics）；我们是这样一个'反思性的存在'（riflexive-being），我们每天都在密切关注我们的每一个行动，我们对行动的结果几乎总是不满意，并总是迫不及待地去希望改正它。然而不知怎么的，这种反思并不是足够的深远，以致我们不能看清那些把我们的行动和结果联系在一起并决定它的结果的复杂的机制，更不用说去看清使得这些机制正全力运行的条件。"[1]但对于中国的现实语境而言，1990年代以来是一个什么都看清楚的时代，而且看得过于清楚，只是我们已经学会"看不清"了，语言与知识的迷宫实现了主体与一切异己之物的和解，在这种和解内部是主体蹂躏自身的软弱的、连绵不绝的、肆无忌惮的"暴虐"。尽管如此，我们的迷惘与痛苦也无法被真正隐瞒和遮掩，喧闹背后是一片骇然的死寂，是各种呼号、挣扎、妥协、沦落的泥淖，知识者充当的角色愈来愈暧昧不明。鲁迅对中国没有真正的知识阶级的判断，越来越像是一种预言，甚至是一种善意的诅咒，而对1990年代以来文化境遇的诅咒也成了我们这个时代蔓延的"表象"。

"不只是工厂倒闭、失业人口增加，更是教育败坏、生态恶化，是一部分执法机构的逐渐流氓化、社会的信用体系日趋瓦解，是道德水准的普遍下降……一旦这些因素汇聚起来、交叉感染，社会整体性的破产也就为期不远。令人担忧的是，在今日中国的若干地区——绝不仅是乡村，你确实能看到上述那些因素正在蜿蜒交颈、互相激发，而且，这一类地区的数量还在与日俱增。"[2]这只是我们这个时代貌似洞明的诅咒的一个微小的例子，各种媒介每天都在主体的内心催生着这些建立在经验与知识基础上的诅咒，它们的数量远远超过对时代

---

[1] [英]齐格蒙特·鲍曼：《流动的现代性》，欧阳景根译，上海三联书店2002年版，第34页。
[2] 王晓明：《在新的意识形态的笼罩下——90年代的文化和文学分析》（导论），江苏人民出版社2000年版，第13页。

的赞美与希望。批判,甚至是羞辱自己的时代成为如今知识分子彰显立场的重要手段,但"焦虑"和"恐惧"把这种批判与各种涉及道德质询的逼问弱化了,主体巧妙而可悲地把一切控诉与反思的情绪编织成一张大网,以保证自己随时可以隐藏起来,而不是逆流而上地反抗这种不断下滑的社会处境。与此相应的是,人们开始缅怀那些被日益理想化的年代,或者是一些绚烂而空洞的价值观念。相对于当年对1980年代的批判与反思,如今各种类型的文本所构成的所谓1980年代的回望,越来越构成为对1990年代以来反思的对立面;1980年代重新成为一个由追慕和知识想象完成的虚妄的历史场域,以完成知识者对现实处境的宣泄从而促成新的话语繁衍。在那本名为《八十年代访谈录》的著作之中,那些曾经深刻体验1980年代文化情境且仍然是当下文化言说的重要力量的几个人,都从不同方面、不同程度地表现了这一情绪。"八十年代是在如此悲壮辉煌中落幕的,让人看到一个古老民族的生命力,就其未来的潜能,就其美学的意义,都是值得我们骄傲的。"(北岛语)[1] "当九十年代的性格出来后,返回去想,八十年代那种集体性、那种骚动——如果不追究品质,那十年真的很有激情,很疯狂,很傻,很土——似乎又可爱起来。"(陈丹青语)[2] 无论那个时代有多"可爱",无论它彰显了何种"潜能"和"生命力",似乎都无法让我们"骄傲"起来,因为那个时代没有提供智慧帮助我们解决1990年代以来的精神困境,或者我们也可以疑问,哪个时代能帮助我们呢?是"五四"吗?关于"五四"的追慕和阐释、赞扬与研究已经构成了1990年代以来一个臃肿而乏味的文化现象,各种异己的势力对它的利用已经到了令人生厌的地步,因为我们同样要发问:它带给我们什么变化了吗?"社会生活全面市场化了,商品化了,而这个时候你发觉整个中国知识界、中国知识分子是完全没有力

---

[1] 查建英:《八十年代访谈录》,生活·读书·新知三联书店2006年版,第81页。
[2] 同上,第97页。

度的……"[1]（甘阳语）"可是二〇〇〇年回来一看，体制内的情形甚至比过去更糟糕：过去集体生活的保障和安全感都消失了，自由、自主，更谈不上。所谓竞争机制进来了：西方的竞争是无情，中国式的竞争是卑鄙，是关于卑鄙的竞争。那些成功者的脸上都有另一种表情，关起门来才有的表情。他根本不跟你争论，他内心牢牢把握另一种真理，深刻的机会主义的真理。""生活的动机变得非常单面、功利。"（陈丹青语）[2]仍旧是这些尖锐的批判，它们锐利且充满了攻击性，得到了自由的公开出版，与此类似的言论比比皆是，尚且还不包括那些口舌之娱、那些被禁止的文字与声音。如果总结一下的话，我们会丧失生活下去的信心和应有的尊严感，但我们能够"幸福地"活着本身就是一个显而易见的悖论，如萨特所言，荒诞感在每一个街角抽打人的耳光。在这种荒诞感不停的产生然后失效地过程中，批判、诅咒、反思等情绪开始以"怨恨"为内容充斥着我们的道德思考与文化认知。仅以"怨恨"为例，1990年代以来的精神困境再次证明了一切真理领域必是道德领域，触目惊心的事实不断提醒我们：一切在正义和自由面前拥有思考、判断能力却丧失了合理"行动"能力的人都是道德上的"残缺者"。

继今以往，国人所怀疑莫决者，当为伦理问题。此而不能觉悟，则前之所谓觉悟者，非彻底之觉悟，盖忧在惝恍迷离之境。吾敢断言曰，伦理的觉悟为吾人最后觉悟之最后觉悟。[3]

陈独秀近百年前的一个有意无意的论断一针见血，或者一语成谶。1990年代以来中国精神困境的根本仍然被归结到道德伦理建构的缺失，甚至可以说我们的伦理底线已经接近谷底，因为我们无时无刻不在容忍那些有违基本伦理判断、正义思考的虚假权威控制着我们的

---

[1] 查建英：《八十年代访谈录》，生活・读书・新知三联书店2006年版，第242页。
[2] 同上，第98页。
[3] 陈独秀：《吾人最后之觉悟》，载《青年杂志》第1卷第6号。

生活，羞辱着我们的智慧。对知识者而言更是如此，德行之后的伦理言说几乎穷尽了道德的一切内容，现代以来的道德伦理悲剧也有了足够的警醒，但仍然无法阻止知识者躲在虚假的理性帷幕下苟且。回到我们分析的"怨恨"（Ressentiment），它是舍勒认为的现代市民社会伦理的起源、形成机制和基本原则，这一观念来源于尼采在《论道德的谱系》中对"怨恨"的批判，即它是无能之辈对不能采取直接行动的敌对之物的隐忍的、卑躬屈膝的复仇冲动，舍勒据此认为"怨恨"是一种绝对的否定性价值，其消长涉及他始终忧心忡忡的现代伦理意识的品质问题。"怨恨是一种有明确的前因后果的心灵自我毒害……形成确定样式的价值错觉和与此错觉相应的价值判断。"[1]他认为"怨恨"在不断从事着"价值伪造活动"，其中的"价值的主体化"，让无法单独拥有判断的虚弱的怨恨之人拥有了小孩和奴性具有的自我原谅的习性，即我做的事，别人不也同样在做吗？[2]这难道不也同时切中了1990年代以来中国伦理境遇的现状吗？就是大家心有灵犀又讳莫如深地沉默着作恶，同时拒绝做"单身鏖战的武人"，"怨恨之人于是越聚越多，把他们的团伙意识看作取代起初被否定了的'客观之善'的替代品。在理论上，具体的善也被'人类意愿的一个普遍有效的法则'（康德语）置换，或者更糟，将'善'等同于'与族类相应的意愿'。"[3]也即蒂利希所说的作为自我而存在的勇气（the courage to be as oneself）的丧失，同时丧失的是舍勒所认为的"羞感"，简单来说就是越来越不知羞耻、寡廉鲜耻。另一方面，"怨恨"还造成"有用价值凌驾生命价值"，这符合了马尔库塞对发达工业社会的描述，即分不清楚自己的真实的需要与虚假的需要。"对于任何意识和良心，对于任何不把流行的社会利益作为思想和行为的最高准则的经验，已确立的各种需要和满足都应以它是真实的还

---

[1] [德]马克斯·舍勒：《价值的颠覆》，林克等译，生活·读书·新知三联书店1997年版，第7页。

[2] 同上，第128—131页。

[3] 同上，第131页。

是虚假的这一尺度来加以检验。这些尺度是完全历史性的，它们的客观性也是历史性的。"[1]但这些历史性的尺度对人的欲望的约束远远不够。价值的多样化在中国1990年代以后越来越显著，主体似乎拥有了更多选择的自由，但混淆了真实与虚假之后的需要实际是别无选择的，也即无法实现真正的自由。"不是工作的自由就是挨饿的自由，它给绝大多数人带来了艰辛、不安和焦虑。假如个人不再作为一个自由的经济主体被迫在市场上出售他自身，那么，这种自由的消失将是文明的最大成就之一。"[2]但实际上，不断强化的恰恰是这种"自由"——披着自由面孔的枷锁，1990年代以来随着中国经济的所谓腾飞，这一枷锁越套越牢靠，人们一边怨恨一边把自己的头伸进绳套，一边批判一边在享受着异己之物带给自己的实惠。"发达工业社会的显著特征是它有效地窒息那些要求自由的需要，即要求从尚可忍受的、有好处的和舒适的情况中摆脱出来的需要，同时它容忍和宽恕富裕社会的破坏力量和抑制功能。在这里，社会控制所强求的正是对于过度的生产和消费的压倒一切的需要；对于实际上已不再必要的使人麻木的工作的需要；对于抚慰和延长这一麻木不仁状态的缓和方式的需要；对于维持欺骗性自由的需要，这些自由是垄断价格中的自由竞争，审查制度下的出版自由，以及商标和圈套之间的自由选择。"[3]

　　如此看来，马尔库塞的发达工业社会仍然是专制的，因为专制不仅是限制人的肉体和行动，更是对人的精神自由的巨大伤害。马克思在《评普鲁士最近的书报检查令》一文中如此来认识"专制"下的"自由"："没有色彩就是这种自由唯一许可的色彩。每一滴露水在太阳的照耀下都闪耀着无穷无尽的色彩。但是精神的太阳，无论它照耀着多少个体，无论它照耀着什么事物，却只准产生一种色彩，就是官方的色彩！精神的最主要的表现形式是欢乐、光明，但你们却要使

---

[1] [美]赫伯特·马尔库塞：《单向度的人——发达工业社会意识形态研究》，刘继译，上海译文出版社2006年版，第7页。

[2] 同上，第4页。

[3] 同上，第8页。

阴暗成为精神的唯一合法的表现形式；精神只准披着黑色的衣服，可是自然界却没有一枝黑色的花朵。"[1]

三 最后之人与历史的终结

唉！这样的时辰到了，世人再不会生出任何星。唉！这样的时辰到了，最该轻蔑的人不能再轻蔑自己。瞧！我指给你们看末等人。'爱是什么？创造是什么？渴望是什么？星是什么？'——末等人这样问着，眨眨眼睛。这时，大地变小了，使一切变小的末等人在大地上跳着。他的种族像跳蚤一样消灭不了；末等人寿命最长。[2]

查拉图斯特拉如是说，尼采如是说，结合1990年代以来的中国语境，重返被俗世喧闹幽闭的心灵，我们不难感同身受地体验到"末人"时代的来临，我们的爱，我们的渴望，我们的创造，我们的星在哪里？各种"事实"足以让我们轻蔑自己，可我们多是在轻蔑"他者"；大地因为各种人为的切割、划分、探究而变得越来越细密，越来越小。在中国，末人时代逐渐与马克思向往的"自由的王国"合而为一，使得自由向着它无法感知、无法操控、无法认同的方向前进！在这一前进的迅疾之中，所谓的传统的、现代的、后现代的、专制的、自由民主的、中国的、西方的等等，由归类、分期、总结等各类范畴构成的"确定性"，在不断地繁衍话语、知识及相关的欲望、利益，那这一切与我们的"智慧"是怎样的关系呢？

用理查德·罗蒂的观点来解释的话，如今是一个确定性寻求对智慧寻求的胜利的阶段，人们热衷于理性提供的各类确定性，而无暇考虑这些乏味的确定性是否有"智慧"。对理性的批判也是由来已久，尤以福柯为甚，所谓后现代主义就是以此为起点的，但这一切并没有

---

[1] [德]马克思：《评普鲁士最近的书报检查令》，见《马克思恩格斯论新闻》，新华出版社1985年版，第17页。
[2] [德]尼采：《查拉图斯特拉如是说》，钱春绮译，生活·读书·新知三联书店2007年版，第12—13页。

改变人们滑向末人的现状，似乎理性与非理性的界限重又模糊起来。我们是越来越理性吗？1990年代以来中国每天上演的活剧有多少是理性的？掌握了知识的理性的人每天做了多少非理性——违背基本良知——的事情？"明知其不可为而为之"岂不是最大的非理性？事实证明，非理性事件在以各种各样理性的借口加剧着这个社会的衰朽。韦伯所言的理性的"祛魅"如今看来不过是另一个"魅化"的过程而已，尽管中国自"五四"以来就高举启蒙的科学理性价值的大旗，进行了诸多文化实践和政治实践，而且屡屡受挫却乐此不疲，但实际上韦伯本人却没有把这一过程看作是一个理想价值实现的有效方式，中国语境中的不断的文化创伤可以证明。他曾经这样预想未来："没有人知道将来谁会生活在这个牢笼之中，或者，在这场巨大发展告终时，是否会出现面貌一新的先知，或者是否会出现旧观念、旧理想的大复兴；或者如果两者皆非，是否会出现病态的、以自我陶醉为粉饰的机械僵尸。因为就这种文化的最后发展阶段而言，确实可以这样说：'专家没有灵魂，纵欲者没有肝肠，这种一切皆无情趣的现象，意味着文明已经达到了一个前所未有的水平。'"[1] 有先知，有旧理想的大复兴，与"机械僵尸"一样，它们最大的症候不是"两者皆非"，而是两者皆是。"专家没有灵魂，纵欲者没有肝肠"，即便像广告牌一样频繁出现，也无法唤起这个末人时代多少羞辱感了。

"自由民主国家最典型的公民是'最后之人'，一种由现代自由主义缔造者塑造的人，他把自己的优越感无偿献给舒适的自我保存。自由民主创造了由一种欲望和理性组合而成但却没有抱负的人，这种人经过对长远利益的算计，很巧妙地以一种新的方法满足了一大堆眼前的小小需求。'最后之人'没有任何获得比他人更伟大的认可的欲望，因此就没有杰出感和成就感。由于完全沉湎于他的幸福而对不能超越这些愿望不会感受到任何羞愧，所以，'最后之人'已经不再是

---

[1] [德]韦伯：《新教伦理与资本主义精神》，彭强、黄晓京译，陕西师范大学出版社2002年版，第176-177页。

人类了。"[1]1990年代中国的物质进步在超越政治制度、文化差异，而在精神困境上与"全球化"接轨了，甚至可以说，我们所进入的"不再是人类的'最后之人'"更加让人绝望。福山"沿着尼采的思路发问"，"人会不会因为害怕成为可悲的'最后之人'而用一种全新的或无法预知的方式来自我肯定，甚至再次沦为在血腥的名誉之战中使用现代武器相互搏斗的兽性的'最初之人'？"[2]那种全新的方式实际上并不新鲜，"过去"给了我们太多"自我肯定"的理由，这种"自我肯定"成为我们隐藏兽性的温床或牢笼。"最后之人"在兽性的肆无忌惮上超越了"最初之人"，因为这是理性暴政之后的"兽性"，它是潜隐且庞大的，是可以利用合理性逃脱惩罚的。

在对福山"历史终结说"的反驳之中，很多人显然误解了福山的本意，这种情况在中国的语境中尤为突出。福山这样一个典型的文化悲观主义者，在许多论者那里竟成了一个对自由民主制度抱有绝对信心的乐观主义者，"福山对自由民主制的完全甚至独一认可非常显见"[3]诸如此类的论断比比皆是，似乎他们忘了福山《历史的终结及最后之人》的第一章就是"我们的悲观"，他们忘了福山认为"历史终结的问题实际上是一个精神的前途问题"，"历史终结的论点扎根于欧洲文化悲观主义的传统，它是福山从科耶夫和施特劳斯那里继承来的……它是深刻的反自由主义和反民主的……它的使命是，把这个世界从不断的美国化中拯救出来，也把美国从它自身中拯救出来"[4]。一个被简单化的福山后面是我们对"历史的终结"的简单化，无论是出于对未来的蒙昧乐观，还是对资本主义的不屑，在我们的眼里，"历史的终结"是很可怕的，那样岂不是默认了我们是"不

---

[1] [美]福山：《〈历史的终结及最后之人〉代序》，黄胜强等译，中国社会科学出版社2003年版，第13页。
[2] 同上，第14页。
[3] 思竹：《历史的终结与当代人的危机》，《浙江学刊》2007年第1期。
[4] [加]莎蒂亚·德鲁里：《亚历山大·科耶夫——后现代政治的根源》，赵琦译，新星出版社2007年版，第304页。

再是人类的最后之人"？这也并不是说我们承认了"历史的终结"就获得了新生，无非是承认了"绝望"是合理的，承认了我们摆脱了历史纠缠之后的堕落和平庸，但历史是那么容易摆脱的吗？在对中国1990年代的认识上，有论者认为："历史、社会、集体……这些曾经与中国民众息息相关的宏大事物，曾经别无选择，也不留余地地把中国人裹胁于其中的'场'，现在可以外在于人们的生活而自行其是，而个人可以有选择地（alternation）开辟自己的生存之道。九十年代的历史和社会就这样作为一个他者之物疏离个人而存在，在它行将结束的时候，人们才突然发现，他已经离我们而去。比起其他的历史时期，这真是一个平静自在的年代。"[1]陈晓明的这一观点只是表明了他对人们离开历史后的自在和虚空的惋惜，并不表明他是认同历史终结说的[2]，但他历史化与非历史化并置于中国语境的判断并非更为客观，而仅仅是一种概念混乱基础上的骑墙。因为他所谓的"历史"仍然过于宏大，所谓"不留余地地把中国人裹胁于其中的'场'"的存在形态，如何轻松变为"可以外在于人们的生活而自行其是"？这其中失重的历史是否能够消失？"实际上，对于中国这样的国家来说，历史并没有真正终结。一切传统以及制度化的力量依然在起支配作用，历史及其意识形态还有被重述的可能，"[3]还有什么"地缘政治和文化本土主义""地缘异质文化和民族主义情绪"等等诸如此类的"历史"内容存在着？是不是以上这些"历史"都消失了那历史就真正终结了？历史有终结之时吗？我们希望终结的历史是什么呢？历史的终结是我们的灾难还是福祉？

福山的历史终结说固然来源于科耶夫和列奥·施特劳斯，但正如他在序言中要"沿着尼采的思路发问"，所以历史终结说的最伟大的精神来源仍然是尼采。作为尼采精神后裔的福山与科耶夫、海德格

---

[1] 陈晓明：《自在的九十年代：历史终结之后的虚空》，《山花》2000年第1期。
[2] 陈晓明：《表意的焦虑——历史祛魅与当代文学变革》，中央编译出版社2002年版，第491页。
[3] 陈晓明：《自在的九十年代：历史终结之后的虚空》，《山花》2000年第1期。

尔、福柯、德里达、巴塔耶、哈贝马斯等人，继承了尼采对现代性的反思与批判，但他们的理论与话语实践并没有帮助我们摆脱现代性和后现代的梦魇。他们沿着尼采的思路发问了，但却无法解决问题，反而使得问题变得更为庞大和顽固。当我们真正回到尼采对"历史"的怀疑与思考时就会发现，无论后继者怎样努力地佐证和修正尼采，都无法超越他———一种朴实、简单又激情澎湃的怀疑方式，他直指心灵和纯粹的精神领域，极力避免抽象、空洞、陌生化的杂交的概念怪物[1]来破坏他一再推崇的简朴的写作方式。追溯尼采思想在中国的传播和影响将会是一个漫长的接受史，这是尼采所深恶痛绝的方式，因为这一历史并未使得尼采的思想变得"合时宜"，变得具有催生创造性的"悲剧意识"。以理性的方式反对理性，以知识的形式反对知识，以历史的观念反对历史，这些不知疲倦又毫无结果的精神劳作已经把1990年代以来的中国文化思想界拖入了一个自身繁衍意义的功利场，自信、荒诞、疯狂、冲动、骄傲、忧虑等情绪交织、罗列。世界在变小，也在变大，一切过去的事物成为我们身边的聚拢之物，而且越聚越多……这种由过去，或曰历史提供的末世景观已经催生了越来越多的绝望和悲观，一个越来越大的"大时代"在一切真诚的沉思者的内心唤醒着终结与死亡的意识，在一种永恒轮回的历史观念中循环着死亡，也循环着再生。"在我们今天，并且尼采仍然从远处表明了转折点，已被断言的，并不是上帝的不在场或死亡，而是人的终结……那时，上帝的死亡与末人显得是局部相联系的：难道不是末人宣告自己已杀死了上帝，并由此把自己的语言、思想和笑声置于已死的上帝的空间中，但也把自身呈现为是已杀死上帝的凶手并且其存在包含有这个谋杀的自由和决定吗？这样，末人既比上帝之死要古老，又比上帝之死要年轻；由于末人杀死了上帝，所以，正是末人自身应该对它自己的限定性负责；但正是由于末人是在上帝之死中谈话、思

---

[1] [德]尼采：《历史学对于生活的利与弊》，见《不合时宜的沉思》，李秋零译，华东师范大学出版社2007年版，第237页。

考和生存的,所以,末人的谋杀本身注定是要死亡的;新的、相同的诸神早已使未来的海洋上涨了;人将消失。"[1]设定尼采作为对1990年代以来的精神困境进行反思的起点,可以把过多的知识包裹的哲学思考恢复"常识"的简朴力量,也可以避免一些无意义的缠绕往复的话语堆砌,更重要的是,能让我们从这个世界愈来愈混沌的表征之中找寻到再生的希望——尽管它最终仍旧指向新的死亡……

原载《山花》2013年第1期

---

[1] [法]米歇尔·福柯:《词与物——人文科学考古学》,莫伟民译,上海三联书店2001年版,第503-504页。

"历史是精神的蒙难"
——对当下文学史思维的思考

在我们这个时代,所有的智性、艺术或道德活动都为历史化这一意识掠夺性地占有。……一百多年来,历史化观点一直占据着我们理解一切事物的中心。也许它一度不过是意识的边缘抽搐,现在却变成一种巨大而无从控制的姿态———一种让人类得以不断保护自己的姿态。[1]

"假如没有文学史……",陈平原先生做出这一假设的目的是为了"认真思考'文学史'的生存处境和发展前景",进而"直面如何进行有效的'文学教育'这一难题"[2]。但这一目的是否可以实现呢?正如他苦心孤诣地追怀古往今来的"文学课堂"[3]也不可能为文学找到恰当的教育方式一样,"假如没有文学史"的假设也绝不可能让我们真正反思我们的文学史思维的弊端和困境,因为这样的假设以及由此展开的学术路径仍旧在"历史化"的巨大阴影中。对于一个文学研究者而言,甚至对于所有和文学相关的主体而言,"假如没有文学史"是一个根本无法直面的根源性问题,这一假设的后果绝不会仅

---

[1] [美]苏珊·桑塔格:《"自省":反思齐奥兰》,见《激进意志的样式》,何宁等译,上海译文出版社2007年版,第293页。

[2] 陈平原:《假如没有"文学史"……》,生活·读书·新知三联书店2011年版,第44—45页。

[3] 陈平原:《"文学"如何"教育"——关于"文学课堂"的追怀、重构与阐释》,见《作为学科的文学史》,北京大学出版社2011年版,第151页。

仅是陈平原先生归纳总结的"知识破碎""误入歧途""固执己见"等浅表性的困境，而是很可能从根基处摧毁这个看起来庞大、合理的文学学术体系及其建构的各种形式的认同机制。毋庸讳言，假如没有文学史，我们很可能就一无所有了，因为我们已经习惯了在历史有选择的庇护下发言，离开这种庇护我们就会失语，或者我们根本不具备离开这种庇护的勇气……

一

自1980年代"重写文学史"、1990年代文学研究的文学史转向以来，关于文学史书写的问题就一直是现当代文学研究界一个聚讼不已、争论不休的焦点，整个过程纷乱、迅疾和嘈杂，各种文学史著述和文学史理论模式层出不穷，但争论的结果却不是一个清晰又多元的文学史共识的形成，也缺乏真正典范性的文学史书写模式的确立，暴露的更多的是权力、意识形态、制度和话语的诸种动机的交错和纷争。当然，百舸争流的多元化趋向的确激活了文学史想象的空间，也激发了更多的创造活力对文学史的梳理和阐释，但众声喧哗、动情互喊的背后却是日益严重的文学史想象与文学认同的危机，而且这一危机又是以陈陈相因、机械重复的文学史写作、文学学院化和学术化生产的虚假繁荣为表象。究其缘由，似乎是"颠覆""重写""重建""重构""重返"等文学史思维还没有实现它反复阐释和标榜的目标，似乎已有的文学史观、文学史理论、文学研究的范式及其相应的"成果"还远没有穷尽文学"历史化"的可能性。而实际上在笔者看来，迄今为止的文学史思维仍然严重地受制于单一的、干瘪的、抽象的"历史意识"才是造成目前混乱局面的最大原因；或者更明确地说，文学史作为一种试图兼顾"历史"和"文学"的书写形态和思维方式，其臃肿的"历史"（包含各个领域、学科的多种历史话语，它们仍旧处于不断的膨胀和扩大中）早已构成了对"文学"的绝对性的压制、不可逆的伤害。文学史的历史动机对艺术本能的压抑已经形成了一种不可遏制的宏大态势,而且确立了牢不可破的合法性和话语权力,结果所造就的"文学的人"多是一些塞满了客观化知识、对艺术缺乏必要的感应能力而对各种虚假的确定性越来越狂热的"知识庸人"。1990年代以后,随着知识生产的膨胀和历史再现功能的强大与多元,它们对文学的缠绕形成了主体表达观点和立场的合法性障碍,更"谨慎"、更"规范"、更有"学理性"、更符合"历史事实"等历史化束缚,表面上是一种学术建构的合理性渴求,实际上完全可以归结为主体在"行动"和言说上的怯懦与延宕。文学史研究激发的对历史的考古冲动,把福柯的知识考古学彻底表面化和庸俗化了。所谓重新再现和挖掘的文学的历史细节、片断、断裂性,及其对它们的重读、重述都没能成为揭示权力压迫的破坏性力量,仅仅构成一种空洞、抽象和宏大的知识图景,反而成为主体与文学本能的创新意志和反抗冲动的消解性力量。

文学史从最初民族国家想象的继承物,到知识分子价值选择的隐匿形态,再到学科知识整合的虚妄的建构模式,它所形成的文学史思维越来越成为文学的异己化、敌对化力量,越来越显现成为人的"行动"和文学创新的政治障碍。之所以是一种政治障碍,乃是它作为一种障碍根本上来源于一种政治性限制;作为特殊的权力形态,它根本上也是政治权力的世俗模式的复制与延续[1]。因为文学史早已不仅仅是一种文学研究的范式,它所激发的文学史思维作为尼采或桑塔格所说的人的"第二本性"的显现,已经固化为整个文学创作、文学传播和文学研究的精神基础;它与历史的过度关联也已经把主体从文学的虚假在场那里更逼真也更隐晦地凸显出来了,新的主体密切关联着赤裸裸的现实"政治";文学史不仅仅是某一学科或学院文学的

---

[1] 对历史权力的屈从与对政治、经济等世俗权力的屈从是一脉相承的,在尼采看来,"谁先学会了在'历史的权力'面前点头哈腰,卑躬屈膝,谁最后就像中国木偶一样对任何权力点头说'是',不管这权力是一个政府,还是一种舆论,还是一个数量上的多数,并且准确地按照某个'权力'用线牵动的节拍运动自己的肢体。"[德]尼采:《历史学对于生活的利与弊》,见《不合时宜的沉思》,李秋零译,华东师范大学出版社2007年版,第211页。

话语繁衍的场域，同时兼顾着世俗利益再生产的巨大功能，那些不断累积、重复的文学史思维催生的所谓学术成果，经过诸如"文学史价值""学术价值"或"文学价值"等的虚妄认证之后，成为学术群体在世俗法则面前心照不宣的甘于堕落、甘于日益"愚蠢"化的集体"游戏"的遮羞布。文学史思维的蔓延在文学的自由追求的层面上导致了一场场灾难，但在另外的更多的层面上也成了庸碌和麻木的栖居之地，成为多少人追求现实利益的"福祉"。正如尼采的"咒骂"一般："我受不了那些研究历史的充满欲望的阉人，禁欲理想的娼妓；我受不了那些编造生活的苍白的坟墓；我再也受不了那些萎靡不振的疲惫东西，他们卖弄聪明，带着一种客观的眼光。"[1]

文学史写作产生于现代大学制度的建立过程中文学课程的知识需求，在其诞生之初就深深地植根于现代性的民族国家想象和启蒙的宏大诉求之上，其建构基础往往是一种明确的历史观和历史态度，而这就导致它不可避免地受制于这一历史观背后的意识形态，也不可避免地使之成为一种权力话语。在新文学之初，其历史还较为短暂，虽然"五四"建构了明确的历史态度和进化论的历史观，但它没有提供足够多的"历史"为新文学史的书写提供材料、建立基础，只能以类似为白话文寻找历史源流等方式来建构自己的文学史想象空间。所以，虽然表面上看新文学是自由的、开放的，但却不能忽视它的文学想象与生俱来的坚定的历史视角和建构历史权力的动机。胡适当时有一段话现在看来意味深长："中国新文学运动的历史，我们至今还不能有一种整个的叙述。为什么呢？第一，因为时间太逼近了，我们的记载与论断都免不了带着一点主观情感的成分，不容易得着客观的、严格的史的记录。第二，在这短短二十年里，这个文学运动的各个方面的发展是不很平均的，有些方面发展得很快，有些方面发展得稍迟。……所以在今日新文学的各方面都还不会有大数量的作品可以

---

[1] 刘小枫、倪为国编选：《尼采在西方——解读尼采》，上海三联书店2002年版，第298页。

供史家评量的时候,这部历史是写不成的。"[1]从这段话里我们不难看出,胡适非常明显的文学史的表意焦虑,因此他要以绝对"历史"的态度处理文学史写作的基础问题,也即避免"主观情感的成分",作为"客观的、严格的史的记录",这与后来的文学史写作力求还原历史、再现历史真实的冲动一样,在文学史写作的原初动机上置"历史"于"文学"之上,而"大数量的作品"只是任史家宰割的鱼肉。所以说,洪子诚先生在书写当代文学史时的疑问并不构成一个真问题:"当代文学史研究,我们一开始就会遇到几个相互关联的问题,一个是对'历史'的理解。文学史是历史的一种分支,首先要面对的是对'历史'的理解。第二是文学史究竟是文学还是'历史'?这个问题是文学史研究难以回避的。"[2]事实上,文学与历史的关联在文学史的内在结构中根本不是回避不回避的问题,文学史严格地受制于历史,而且最终实现的效果往往既不是"文学的"也不是"历史的",既无法成为绝对的"非历史"的审美对象,又无法成为一部纯粹的历史。或者就如阿瑟·丹托所断定的:"艺术史就是压制艺术的历史。"[3]如果说胡适在新文学之初还因二十年的历史太短而无法建构一种文学的历史体系的话,那1980年代中后期至1990年代以来,文学史书写和文学研究所面临的"文学的历史"则可以提供足够多的"历史"和"文学"了;当然,把它们结构成为一种新的文学史思维的冲动也仍然首先是知识者的历史冲动,也即新时代知识分子价值立场的新的历史性定位,只是他们摆脱原有的文学依附于政治意识形态的旧的"宏大叙事"之后要建构起来的新的叙事还要更宏大、更顽固。

---

[1] 胡适:《〈中国新文学大系·建设理论集〉导言》,上海良友图书印刷公司1935年版,上海文艺出版社2003年影印本,第10页。

[2] 洪子诚:《问题与方法——中国当代文学史研究讲稿》,生活·读书·新知三联书店2002年版,第16页。

[3] [美]阿瑟·丹托:《艺术的终结》,欧阳英译,江苏人民出版社2001年版,第4页。

二

"所谓'二十世纪中国文学',就是由上世纪初开始的至今仍在延续的一个文学进程,一个由古代中国文学向现代中国文学转变、过渡并最终完成的进程,一个中国文学走向并汇入'世界文学'总体格局的进程,一个在东西方文化的大撞击、大交流中从文学方面(与政治、道德等诸多方面一道)形成现代民族意识(包括审美意识)的进程,一个通过语言的艺术来折射并表现古老的中华民族及其灵魂在新旧嬗替的大时代中获得新生并崛起的过程。"[1]显而易见,"二十世纪中国文学"的文学史观与"新文学整体观"相同,都有一个宏大的历史观念作为支撑,都试图整合一切过去被遮蔽的历史内容,以此来建立一种新的文学史想象和新的文学史权力机制。其所期待的文学的历史关联可谓包罗万象,不可避免地构成一个庞大的历史表象,它们对文学的本质上的压抑是不言而喻的,由此重新建立起来的文学的新的阐释语境将同时获得新的选择、删改、评判等权力功能。如果说中国文学自现代以来面临着一个严峻的"过度历史化"的语境,导致绑缚在政治之上的文学的自主性遭到了沉重的打击和伤害,那么新时期之后的文学史想象则承续了一个"追加历史化"的功能,把原来的单一意识形态的历史压制变成了多重意识形态和历史内容的压制,它在恢复某些文学判断的自主性的同时追加了更多的对自主性的束缚。"研究者精神世界的无限丰富性,必然导致文学史研究的多元化态势。文学史的重写就像其他历史一样,是一种必然的过程。这个过程的无限性,不仅表现了'史'的当代性,也使'史'的面貌最终越来越接近历史的真实。"[2]"重写文学史"和很多新的文学史思维都强调一个共同的"历史"目的,也就是恢复所谓"历史的真实",这几乎成为一切文学史研究的神学式前提。他们从未把单纯地恢复文学的艺术性真实或艺术自由作为想象的最终结果,而总是有着更多的、

---

[1] 黄子平、陈平原、钱理群:《论"二十世纪中国文学"》,《文学评论》1985年第5期。
[2] 陈思和、王晓明:《关于"重写文学史"专栏的对话》,《上海文论》1989年第6期。

更突出的文化目的和复杂的文化重构的意图。但所谓"研究者精神世界的丰富性""研究的多元化态势""过程的无限性"并不能如他们承诺的那样"越来越接近历史的真实",因为历史的真实本身也是一种知识的叙事。用新历史主义的观点来说,历史叙事带有文学性质,那文学的历史叙事也就是双重的文学叙事,根本上无法也没有必要去承担再现历史真实的历史任务。"二十世纪中国文学""新文学整体观"和"重写文学史"都建立在宏大的历史叙事之上,它们试图以"现代性"的整合价值笼统地打通近代、现代和当代的文学史分期结构,而"现代性"本身作为一种历史叙事和知识结构就是不稳定的,用一个抽象的概念来整合复杂的文学状况注定是削足适履的,尽管它能一定限度上释放原有的被压抑的想象机制和空间;但另外一方面,在新的概念构筑的二元对立的模式下,又会有另外的文学史空间被压制、被放逐。不过,我们的文学史思维已经形成了对"一个无生命的、但却极为活跃的概念和词语工厂"的依赖,"用概念就像用龙齿一般播种,产生出一些概念龙",文学研究者们往往"对于自己任何没有盖上语词之戳的感觉都没有信赖"[1]。"民间""潜在写作""底层""打工文学""新世纪文学""重返八十年代""非虚构"等都是这一"概念和词语工厂"的产品,它们固然能够发掘新的历史阐释和文学阐释的空间,但本质上仍然是一种历史性的空间结构,本身是动态的、莫衷一是的。对这些概念的解读、阐释,以及由此滋生的学术生产和学术论争,都不可能是一个知识的清晰和简化的过程,而最终是文学的历史关联和知识关联无限膨胀的过程,也即历史性经验越来越庞大,而文学的自主性也就越来越被一个巨大的网络束缚住,日益陷入阐释的知识化缠绕之中。

1990年代以后,随着文学史书写形态的进一步多元化,文学建立历史性关联的机会和可能在无限增大,历史空间被文学史叙事进一步地分隔、抢占,诸如期刊、报纸、社团、作家、作品等等的文学

---

[1] [德]尼采:《不合时宜的沉思》,李秋零译,华东师范大学出版社2007年版,第234页。

"开矿"行为,或者说是"历史补缺主义"盛行,触及的历史之广、之深已经逐渐到了匪夷所思的境地,通过各种抽象的理论建立起的文学的网络生态也几乎穷尽了文学与世界发生关联的一切可能性。文学处于历史的夹缝之中,用"历史事实自身说话"的结果多半是尼采所谓的"扎实的平庸",根本无法对文学的自由属性构成什么建设性的力量,反而是遮掩了它。因为"真正的文学研究之所关心的并不是死板的事实,而是价值和质量"[1],但"价值"和"质量"在文学史叙事中也往往被粗俗地历史化为一种客观的、知识性的虚假言说了。比如,有的论者提出"恢复真正的文学'原生态'":"所谓的'原生态'并不是那种'凡是存在的都是合理的'逻辑的延伸,而是尽可能地贴近文学的本来面目。用'文学的'定语来限定'原生态'的内涵,即指文学史不是用来叙述非文学因素强加于文学之上的一种'暴力'的生态,而是文学自身的自由生长的生态系统。虽然在特定的环境下,这种'自由状态'通常也是要打引号的,毋宁说是文学为争取自由生长的状态更确切些,只有在争取自由的状态下,文学才显示其本来的意义和应有的魅力。这种'叙述'讲述的是文学发展(包含了文学为了发展自身而必要的抗争非文学暴力)的故事——在这个意义上,文学才呈现出一种'原生态'"。[2] "文学的"的"原生态"就和文学的"本来面目""本来意义""应有的魅力"一样是模糊不清、众说纷纭的,最终的结果往往仍旧是"叙述"的叠加及历史经验的扩张,或者就如引文所说的,再次成为"强加于文学之上的一种'暴力'"。在这种暴力的"引诱"和威慑下,文学的自由生长不过是一个叙事的"梦境"。文学的即历史的,这就是1990年代以来文学史书写的最终结果,尽管它们仍然处于一个"创新"语境的不断更新之中,但其最终的效果仍然只是关联域的进一步扩大和文学本体的进一步迷失。虽然也有学者试图为文学史写作找寻出路和"新"的可能

---

[1] [美]R.韦勒克:《批评的诸种概念》,丁泓等译,四川文艺出版社1988年版,第274页。
[2] 陈思和:《恢复文学史的原生态》,《南开学报》(哲学社会科学版)2005年第4期。

性,但往往都是重复性的、含混的,缺乏有效性和建设性,最终也不过仍旧深陷历史化的知识性缠绕之中。"事实上,文学史写作只是一种研究的类型,它是综合审美研究和历史知识以后达到的一种新的理论高度和学术境界,它可以为教学服务,但其功能与价值指向远远超于教学……它是在一个更为宏观的意义上引导文学研究工作者来把握个人、文学与时代之间的关系,以探求文学的社会使命与发展规律。所以我想,应该有各种各样的文学史进入大学的讲堂,应该有一种激情,引导我们探索文学发展规律,探索我们今天的文学究竟能表达些什么?应该怎样来表达?"[1]这样的一种文学史想象与陈平原先生在"文学如何教育"的范畴中所做的思考一致,都设想了一种理想化的文学史和文学教育的图景,但这一期许何时能够实现呢?或者说有无实现的可能呢?在目前这样一个庞大的历史化的文学境遇里,真正源出于自由渴求的"激情"或"精神境界"(陈平原语)还有容身之处吗?

三

"历史家与诗人的差别不在于一用散文,一用'韵文';希罗多德的著作可以改写为'韵文',但仍是一种历史,有没有韵律都是一样;两者的差别在于一叙述已发生的事,一描述可能发生的事。因此,写诗这种活动比写历史更富于哲学意味,更被严肃地对待。"[2]亚里士多德已经无法想象我们当前的文学态度了,如今,没有"历史"视野我们恐怕已经很难来判断文学的价值了,知识结构而成的"历史"经验的丰富程度已经把文学湮没了。我们对历史的"热爱"远远超过了对"诗"的热爱,这无疑是一种文学观念的巨大倒退。这也许就是尼采所说的,我们在用我们的历史感培植"错误"。"历史感如果不受约束地起支配作用,并且得出它的一切结果,就会把未来

---

[1] 陈思和:《漫谈文学史理论的探索和创新》,《文艺争鸣》2007年第9期。
[2] [古希腊]亚里士多德、贺拉斯《诗学·诗艺》,罗念生等译,人民文学出版社1997年版,第28-29页。

连根拔掉。因为它破坏幻想，夺去现存事物的氛围，而这些事物只能存活在这氛围中。历史学的正义，即便它真正地并且在纯粹的意向中得到实施，也是一种可怕的德行，因为它总是销蚀活生生的东西并使之衰亡：它的裁判永远都是毁灭。如果在历史学的冲动背后没有建设的冲动在起作用，如果破坏和清除不是为了一个已经活在希望之中的未来在腾出的地基上建造起它的房屋，如果只是正义在起支配作用，那么，创作的本能就会失去力量和勇气。"[1]1990年代以后不可遏制的文学史思维的历史冲动就是这样一股历史学热病的愈演愈烈，它们很难真正促进人们对文学的自由属性的本质认同，甚至不会促使人性向审美世界的主动地亲近，更多的是把他们引导向一种拥有知识的傲慢和生产知识的无尽的欲望。此一病相关涉到文学研究主体的诸多"非文学"欲望对文学的主动压制，而且这种压制的合法化过程也就是主体从对时代精神和社会生活所负有的责任中逃离的过程，文学史书写则成为这一逃离的隐匿之地。为什么许多中国文学学者的最后志愿是写一部满意的中国文学史？或者把写作可以作为教材的文学史当作"毕生的追求"？陈思和先生是这样判断的："文学史写作正是因为触及现代知识分子价值取向转换以后的潜在欲望与动机，才能对研究者来说成为一件让人魂牵梦萦的'壮举'。"[2]什么是那些"潜在的欲望与动机"呢？显然比陈思和先生想象的还要复杂和隐晦，它们无疑深深地关联于学院学术生产的体制化背景和1990年代以后退回学术之后的主体性怯懦，这一切已经逐渐演化为一种福柯所说的"沉重的政治障碍"。当然，打破这一政治障碍的基础并不能单纯地依赖文学，而是关联于整个社会的"政治环境"，但文学史书写和文学史思维的自我反省却可以通过减少文学的历史关联、恢复文学的自由和创造的本能，来为主体建构"非历史"和"历史"的自由空间减少障碍。

总而言之，1990年代以后的文学史思维及其相应的历史化路径

---

[1] [德]尼采：《不合时宜的沉思》，李秋零译，华东师范大学出版社2007年版，第195页。
[2] 陈思和：《漫谈文学史理论的探索和创新》，《文艺争鸣》2007年第9期。

已经走到了极限，在主体无法实现本质自由的前提下，它只能是历史、知识及其阐释化后果的重复累积；作为当前文学学院化和学术化的基础，它甚至已经到了思考有无必要继续"创新"、继续存在下去的地步了。这并不是否定文学史写作以及文学研究的必要性，也不是否认历史和历史化的合法性，而是要强调它们必须给予主体和文学的自由存在以积极的支撑，而不是消极的抑制和束缚。1990年代以来，"思想家淡出、学问家凸显"的结果就是制造出无数靠钻进故纸堆寻章摘句以谋生的"冷酷的知识精灵"，而"整个学者和研究者团队都变成这样的精灵"将会导致我们的时代"苦于缺乏严格而伟大的正义"，"缺乏所谓真理冲动的最高贵的核心"[1]。毕竟，按照尼采的分析，"历史学在三个方面属于生者。它属于作为行动者和追求者的人，属于作为保存者和敬仰者的人，属于作为忍受者和渴求解放者的人"[2]。所以，我们必须在文学史思维中确立这样的目标，即让我们的研究指向"严格而伟大的正义"，围绕着"真理冲动的最高贵的核心"，努力成为行动者、追求者和渴求解放者，而不是洋洋自得地满足于成为一个靠历史和知识的腐尸谋生的"知识庸人"。也许我们应该牢记别尔嘉耶夫在论述"历史的诱惑与奴役"时的警告：历史是精神的蒙难，上帝王国不出现在历史中。[3]

原载《东吴学术》2016年第1期

---

[1] [德]尼采：《不合时宜的沉思》，李秋零译，华东师范大学出版社2007年版，第186页。
[2] 同上，第150页。
[3] [俄]尼古拉·别尔嘉耶夫：《人的奴役与自由》，徐黎明译，贵州人民出版社2007年版，第196页。

智慧的劫掠与死者的狂欢
——从鲁迅说起

　　二，赶快收敛，埋掉，拉倒。
　　三，不要做任何关于纪念的事情。
　　四，忘记我，管自己生活。————倘不，那就真是糊涂虫。
　　五，孩子长大，倘无才能，可寻点小事情过活，万不可去做空头文学家或美术家。[1]

　　我们违背了鲁迅的"遗嘱"，同时严重玷污了一个死者的自由，这一趋势在1990年代以后愈演愈烈。"外面的进行着的夜，无穷的远方，无数的人们，都和我有关。"[2]鲁迅在死前的这一呓语，成为一个让他无法感知但却在死亡的深处不断受辱的谶言，在他死后他本欲人们忘掉他，却成为无数的"空头文学家"口舌之虞的谈资、标榜立场的旗帜和遮掩怯懦的帷幕。夜，无穷的远方，无数的人们，他们建构起来的与鲁迅的关系仅仅是一种善意的纪念和身体力行的行动吗？"啊，要违背一个死者的意愿是多么的容易。如果说有时候人们服从于他的愿望，那也不是出于恐惧，出于被迫，而是因为人们爱他，人们不愿意相信他死了。假如一个奄奄一息的老农求他的儿子不要砍掉窗前的那棵老梨树，那么，只要儿子还能在心中怀着敬意回忆

---

[1] 鲁迅：《死》，见《鲁迅全集》（第六卷），人民文学出版社1981年版，第618-619页。
[2] 鲁迅：《"这也是生活"》，见《鲁迅全集》（第六卷），人民文学出版社1981年版，第608页。

起父亲,梨树就不会被砍掉。"[1]可是,对于鲁迅而言,情况却是不同的,人们一边奋力地砍树,一边倾诉着对鲁迅的爱,这种虚伪的纪念方式也就成了那些詈骂鲁迅的人的口实了。一个无法更改的现实是,人们以纪念鲁迅的方式"绑架"了他,且再无赎身的可能,定是只能等着"撕票"的惨状了,还好,他被撕的时候仍旧是"富丽堂皇""流光溢彩",那"尸体"的碎片不知被多少庙宇的佛龛供奉着,且永远香火不断。我们希望鲁迅还活着,乃是因为我们知道他已经确确实实死了,所有"假如鲁迅还活着"的假设和"鲁迅仍旧活在我们中间的"臆断类似,都不过是一种毫无意义的语言游戏。"如果孔丘、释迦、耶稣基督还活着,那些教徒难免要恐慌。对于他们的行为,真不知道教主先生要怎样慨叹。所以,如果活着,只得迫害他。待到伟大的人物成为化石,人们都称他伟人时,他已经变了傀儡了。有一流人之所谓伟大与渺小,是指他可给自己利用的效果的大小而言。"[2]变成了傀儡的鲁迅已经无法感知自己所受到的羞辱了,于是也就无法让那些教徒们恐慌,鲁迅显然已经预见到自己死后的这种尴尬的境遇,所以他在遗嘱中一再告诫"忘掉我,管自己的生活",否则就是"糊涂虫"。但这种"警告"的态度显然无法阻止后人们掘墓的冲动,即便是如克尔凯郭尔那般谦卑也不能阻挠虔诚信徒们的"劫掠":"不,我要跪在每位一丝不苟的洗劫者面前;这不是那个体系,它与那个体系毫不搭界,我祝那体系万事如意……因为那体系几乎不可能变为高塔。恭祝他们永交好运,永远发达。"[3]但对于智慧的洗劫者而言,没有一个神圣的口号他们如何才能好运、发达呢?如何才能掩饰自己的虚弱呢?鲁迅与1990年代以后出现在中国文学场域和公共思想界的一切"伟大的人格"一样,必须被剥夺掉死亡之后的"自由"与"宁静",必须复活为知识狂欢队伍里的历史符号。

---

[1] [法]米兰·昆德拉:《被背叛的遗嘱》,余中先译,上海译文出版社2006年版,第291-292页。
[2] 鲁迅:《无花的蔷薇》,见《鲁迅全集》(第三卷),人民文学出版社1981年版,第263页。
[3] [丹麦]日兰·克尔凯郭尔:《〈恐惧与颤栗〉序言》,一谌等译,华夏出版社1999年版,第6页。

"中国的人们，遇见带有使自己不安的朕兆的人物，向来就用两样法：将他压下去，或者将他捧起来。"[1]除了"压"和"捧"之外，还有那些中庸的犬儒主义者们，还有那些围观者的冷眼和笑脸，这样才能构成话语的争论与思想上的风波。但是这些不尽的风波给我们带来的是什么呢？鲁迅预见了他人死后的"惨状"，而自己将会面临的傀儡式的死亡境遇也是同样"值得悲哀"的：

> 文人的遭殃，不在生前的被攻击和被冷落，一瞑之后，言行两亡，于是无聊之徒，谬托知己，是非蜂起，既以自炫，又以卖钱，连死尸也成了他们的沽名获利之具，这倒是值得悲哀的。[2]

自鲁迅去世之后，他就被20世纪的中国思想史和文学史放到了一个不断政治化、历史化、知识化甚至神话化的语境之中，七十几年来，关于他的争论、研究和阐释就从来没有停止过，几乎每一次的思想文化界的重大风波都要涉及鲁迅。尤其在1990年代以后，社会转型导致了价值失范和精神迷失，鲁迅便被时时从死亡的必然性中"解救"出来，被贴上各种价值的标签，参与到时代性的精神纠葛之中，回顾这样一段历史，将会是一个缠绕着无数的赞誉、羞辱、评判、争论、阐释、分析、记载、出版、刊载、演讲、教育等的浩繁的知识的海洋和历史的涡流，除了纷至沓来的"事件"与"争吵"，我们并没有看到那些关涉到鲁迅的可贵价值的普及，以及借此促使的进步；相反，它们在争论之中不断地沦陷。因此，本文无意于梳理这样一段毫无价值实现的聒噪的历史，也无法清晰地辨识各方真实的价值立场，更不愿意把鲁迅置入一个关联着诸如启蒙、革命、道德理想主义、自由主义、新左派等抽象的价值纷争之中，因为那只能是一个堆满了知识和历史的死气沉沉的"城堡"。本文真正关注的是1990年代以后我们与那些被标识为反抗者和勇敢者的亡灵之间的关系，进入这一死

---

[1] 鲁迅：《这个与那个》，见《鲁迅全集》（第三卷），人民文学出版社1981年版，第143页。
[2] 鲁迅：《忆韦素园君》，见《鲁迅全集》（第六卷），人民文学出版社1981年版，第68页。

者名单的有海子、王小波、顾准、陈寅恪、王实味、储安平、林昭、切·格瓦拉……如果详细列举的话，这个名单很长很长，他们是1990年代我们的知识场域中重要的"死者"，他们和鲁迅一样是向往"自由"的反抗者、是"正义"的斗士，却无一例外地被生者剥夺了自由，成了他们试图建构的神圣体系的一尊佛像。生前他们饱受压制和羞辱，死后他们仍旧不得安宁。"当像莫扎特和贝多芬这样的人物如今已经被覆盖上传记性事物的全部博学的杂物，并被人用历史学批判的拷问体系逼迫来回答成千上万纠缠不休的问题时，他们感到愤怒，认为是一种不公正，对我们文化的最有生命力的事物犯了罪。"[1]但他们没有权利愤怒了，因为他们死了，他们被驱逐到了一个被更多的敌人"描述的"境地，对于这种不断繁衍和歧变的"描述"，他们没有力量予以反抗——如反抗那些专制者一样。"死亡"本应让他们更显沉重，但过量"描述"的历史化力量又最终让他们失重了，变得"有趣"了。"我们要觉悟着被描写，还要觉悟着被描写的光荣还要多起来，还要觉悟着将来会有人以有这样的事为有趣。"[2]鲁迅向来不惮以最坏的恶意来推测中国人深不可测的心理，那些"空头文学家"的口若悬河与奋笔疾书最让他生厌了，于是叮嘱自己的孩子万不可做空头文学家，但他岂能知道，他身后的"空头文学家"掘了他的坟墓。"空头文学家"是可耻的，但同时也是可怜的，他们不但要承受惊扰死者的罪名，还要面临来自那些死者的智慧的羞辱，但还好他们已经把这种羞辱转化成了"激励"，他们最擅长的工作就是虚拟剑拔弩张的战场，把自己打扮成堪比死者们的勇士。世界的敌人如此强大，人性的懦弱天性总是主流，因此不可能人人都成为英雄和斗士，但人人都有能力不去假扮英雄和斗士吧？不，"空头文学家"以此为乐，以此为"尊严"。"现在我已经死了。完结了。蜘蛛啊，你为何

---

[1] [德]尼采：《历史学对于生活的利与弊》，见《不合时宜的沉思》，李秋零译，华东师范大学出版社2007年版，第198页。

[2] 鲁迅：《未来的光荣》，见《鲁迅全集》（第五卷），人民文学出版社1981年版，第430页。

在我周围结网？要喝血吗？唉！唉！下露了，时辰到了——"[1]我们的"空头文学家"们就是这样的，他们在死者的周围编织历史和知识的网作为伪善的面具，而真正的目的是兽性的：喝血！

　　萨特曾经细致地揣摩和描绘了那些从死者身上劫掠"价值"的文学家们，这里不妨赘述如下："批评家活得不顺心，他的妻子不赏识他的才能，他的儿子们以怨报德，每到月底家里就缺钱。但是他总可以步入书房，从搁板上抽下一本书，打开它。从书中轻轻散逸出一股地窖味，于是一项奇特的操作就开始了，批评家决定名之曰阅读。从某一方面来看，这是一种占有：人们把自己的身躯借给死者，让他们夺舍还魂；从另一个方面来看，这是与另一个世界接触。书确实不是一个客体，也不是一个行为，甚至不是一个思想：它由一名死者写成，讲述死去的事情，在这块土地上没有它的位置，它谈论的事情无一与我们直接有关；没人理睬它的时候，书就收缩、倒塌，只剩下发霉的纸上的油墨渍，而当批评家使墨渍复活，当他把墨渍化为字母和词的时候，墨渍就对他谈论他并不怀有的激情，没有对象的怒火，以及死去的恐惧和希望。整整一个没有具体形式的世界环绕着他，在那个世界里，人的情感因为不再触及实际，便升格为模范情感，说白了便是取得价值的地位。"[2]于是乎，批评家和研究者就真的把这个没有具体形式的世界当作了演练"墨渍"的角斗场了，他们幸福地挥舞着疲惫的"激情"和"怒火"，却在事实上是与一切敌人针锋相对的真的战场的缺席者，毕竟他们的生活在妻子、儿子和每月到底是否缺钱这些问题那里。但这并不妨碍他们以"盗火者"自居，他们以阅读和传播勇士的言行为荣，勇士们的事迹给了他们无数个兴奋的夜晚，以保证他们白天能重新面对肮脏的生活，在那里他们又被还原为"空头文学家"。"经典著作已离开阴森的陵庙而获得了再

---

[1] [德]尼采：《查拉图斯特拉如是说》，钱春绮译，生活·读书·新知三联书店2007年版，第389页。

[2] [法]让-保罗·萨特：《什么是文学？》，见《萨特文学论文集》，施康强等译，安徽文艺出版社1998年版，第85—86页。

生，人民也因此获得了更多的教益。的确，它们作为经典著作获得了再生，但它们是改变了其本来面目才得以再生；它们被剥夺了曾是其真理向度的对抗性力量和疏远现实的特征。这些作品的含义和作用因而已被根本改变。如果说它们曾与现状相矛盾的话，矛盾现在也已平息。"[1]正因为无须事实上的对抗和"行动"，只需远离真实的生活、在虚拟的知识和历史的话语战场内"厮杀"，"经典著作"才得以"再生"，被"空头文学家"以纯粹知识的形式"说废话"。"既然是人总得与同类交往，他们选择了与死者交往。他们只为已经归档的事务、已经结束的争吵和人们已经知道结局的故事激动。他们绝不就不确定的结局打赌。由于历史已经代我们做出决定，由于曾经引起他们所读的书的作者们的恐怖或愤怒的对象已经消失，由于当初的浴血纷争在两个世纪以后显得纯属无谓，他们就可以陶醉于结构均衡的复合句，而且对他们来说，似乎每个新的散文作者都发明了一种新的说废话的方式。"[2]这就是我们选择死者们的本质原因，那些历史场景内确切的危险和敌意业已消失，刑罚、牢狱、压制乃至死亡都不是那种业已降临的毁灭性力量，它们已经被死者们承受了，我们只需承受语言带来的虚拟的"恐吓"。这些"恐吓"也已经死亡，只是一种虚妄的震慑，以唤醒我们内心的卑弱的"英雄主义"冲动和反抗性的话语姿态，而我们应当从死者那里继承的斗争意志和自由本能等价值却被淡化了，淡化为纯粹的语言上的"能指"的滑动。因为"空头文学家"明白，"恐怖或愤怒的对象"没有真正的死亡，这些不同于那些勇敢的死者的是，他们有着顽固的继承人，如果谁采取了真正的斗争行动，"当初的浴血纷争"必会立即显现，这不是那些"空头文学家"们敢于面对的。"在我们每日都生活其上的世界上，任何人要把过去作为自身的目的加以研究都要么是崇古派，从现实问题中逃向纯

---

[1] [美]赫伯特·马尔库塞：《单向度的人——发达工业社会意识形态研究》，刘继译，上海译文出版社2006年版，第59页。

[2] [法]让-保罗·萨特：《什么是文学？》，见《萨特文学论文集》，施康强等译，安徽文艺出版社1998年版，第87页。

粹个人的过去，要么是一种文化的嗜尸成癖者，即在死者或弥留者身上发现在生者身上永远找不到的价值之人。"[1]毋庸讳言，1990年代以来，我们就是这样对待我们的死者们的，我们就是那些"嗜尸成癖者"。因为判断起来非常简单，那些死者们靠斗争甚至血肉之躯力图彰显的价值并没有在浩如烟海的言说者那里实现，或者说，这些价值被包裹上不知所云的知识、理论和历史，然后被贩卖给了更多的庸众和新的"空头文学家"。

死亡，尚不能引起我们的敬畏，而越来越成为生者的庸碌的生活的某种点缀，这无论如何都是可悲的，而那些勇敢的死者的死亡叙事倘不能唤起生者的同样的勇敢，仅仅沦为谋求私利和标榜伪善的工具，那对他们的利用就不再是可悲的问题了，而是可耻。一个人不可能描述自己的死亡，也无法感受自己的死亡，那他者之死就成为我们窥探死亡的一个窗口。而这一行为必须伴随着恐惧，伴随着一种目睹痛楚的愧疚，如果人们把死者和死亡的呈现符号化为一种围观之物的话，就丢失了自己最终的归宿。加缪说："真正严肃的哲学问题只有一个：自杀。判断生活是否值得经历，这本身就是在回答哲学的根本问题。"[2]然而自杀问题何尝不是一种最为严肃、沉痛的"死亡"意识呢？海子他们以一种最为尖锐的方式叩击着我们这个时代的幽暗的大门，他们不期待回应，却等来了无休止的言说与阐释，当他们的死亡被历史化、神圣化为一个知识的网络时，死亡本身便毫无痛楚了。那在所有言说者那里升腾起的"死亡"的氤氲，不过是一种从死者那里盗取的恐惧、忧愤、挣扎、痛苦和绝望的弱化的情感，冲突已经平息，这种回忆只是没有勇气背对生活的最为懦弱的"赎罪"。而自杀也是一种"赎罪"方式，在纯粹的自由和美那里，所有的生者都布满了罪孽，因为他们逃避、沉溺；而自杀的诗人们以毁灭自己的

---

[1] [德]海登·怀特：《后现代历史叙事学》，陈永国、张万娟译，中国社会科学文献出版社2003年版，第51页。

[2] [法]加缪：《西西弗的神话》，杜小真译，广西师范大学出版社2002年版，第3页。

方式为生者"赎罪",以证明这个世上尚有真正的勇敢者,他们无力忍受丑恶,也无力承受失去幻想的黑暗时代。"一旦世界失去幻想与光明,人就会觉得自己是陌路人。他就成为无所依托的流放者,因为他被剥夺了对失去的家乡的记忆,而且丧失了对未来世界的希望。这种人与他的生活之间的分离,演员与舞台之间的分离,真正构成荒谬感。无须多加解释,人们就会理解到:在所有健在而又已经想过要自杀的人身上,都存在着这种荒谬感与对虚无的渴望直接连结起来的关系。"[1]但是他们选择自杀,选择死亡,却又选择了一个更为荒谬的境遇,他们没有因为死亡而获得"虚无"和原始的偶然性,而是重新回到了生者必然的逻辑营造的存在的拥挤之中。"人固然应该生存,但为的是进化;也不妨受苦,但为的是解除将来的一切苦;更应该战斗,但为的是改革。责别人的自杀者,一面责人,一面正也应该向驱人于自杀之途的环境挑战,进攻。倘使对于黑暗的主力,不置一词,不发一矢,而但向'弱者'唠叨不已,则纵使他如何义形于色,我也不能不说——我真也忍不住了——他其实乃是杀人者的帮凶而已。"[2]鲁迅事实上并非真的相信进化、改革,相信什么能解除将来一切的苦,但他道出了目睹自杀的生者最应采取的行动——战斗,"向驱人于自杀之途的环境挑战",凡是做不到这一点的人,都没有充足的理由言说自杀者、言说死者,因为他们是"帮凶"。每多一个为真理和诗性自杀的人,我们的脸上就会增加一个耻辱的印记,我们就应该多一分沉默。

"纪念式的历史学是化妆的衣裳,在这衣裳内他们把自己对于同时代的强者和伟大者的憎恨冒充是对过去时代的强者和伟大者的饱和了的钦佩,在这衣裳内他们瞒天过海把那种历史沉思种类的真正意义颠倒成相反的意义;不管他们是否清楚地知道,无论如何他们是在

---

[1] [法]加缪:《西西弗的神话》,杜小真译,广西师范大学出版社2002年版,第5-6页。
[2] 鲁迅:《论秦理斋夫人事》,《鲁迅全集》(第五卷),人民文学出版社1981年版,第494页。

这样做，就好像他们的格言是：让死人埋葬活人吧。"[1]1990年代以后，旧的死者从故纸堆里爬出来了，而新的死者又被我们埋到纸堆里，这是我们时代特有的纪念方式，那就是让他们无限历史化、知识化，被我们纪念的死者越多，他们就把我们隐藏得越深。我们在死者身上织就的历史的罗网，最终也会把我们埋葬，因为他们无论被怎样纪念，他们的敌人仍旧是我们的敌人，而我们也变成了他们的敌人，他们的勇敢还是他们的勇敢，仍旧与我们无关。1990年代以来我们淘洗出来的死者还不够多吗？如果我们不是承担价值实现的行动者，而只是些喋喋不休的"空头文学家"，那我们言必称鲁迅、言必称王小波不是可耻的吗？可我们做了些什么呢？"确实有一些时代，它们根本不能在纪念式的过去和神话的虚构之间做出区分：因为从这一个世界和从另一个世界一样能够获得完全同样的推动。"[2]从这个意义上讲，死者对我们来说所具有的意义非常有限，他们的创作、著述、言说、行动等完全可以被迅速简化为一些宝贵的价值，诸如自由、民主、创造、爱、正义、平等、勇敢、真诚等等，然后我们能做的就是让死者安息，然后我们向那些违背和扼杀这些价值的敌人们挑战。而1990年代以来的我们却不是这样的，我们用知识和理性把他们包裹成古代英雄的石像，那些在"这一个世界"清晰可见的价值被我们从"另一个世界"掠来，然后一场带有原始野蛮性质的消费主义的祭奠仪式就上演了，于是生者也宣告了死亡，于是一幅死者们狂欢的末世图景无限展开。于是，我又想起了鲁迅。"以现在和过去的铁铸一般的事实来测将来，洞若观火！"[3]多一个勇敢的死者就给那些"空头文学家"多一份"酬劳"，未来仍是如此。我想，鲁迅应该代表那些死者们从坟墓中爬出来，让那些剥夺他们自由的"法官"们看看鬼魂

---

[1] [德]尼采：《历史学对于生活的利与弊》，见《不合时宜的沉思》，李秋零译，华东师范大学出版社2007年版，第158页。

[2] 同上，第156页。

[3] 鲁迅：《〈守常全集〉题记》，见《鲁迅全集》（第四卷），人民文学出版社1981年版，第521页。

的可怕！看看滥用"死者"权利的人在地狱里是要受那些被啃噬者的私刑的，倘若这一切能实现，我愿叨陪末座，等着鲁迅向我的唾弃，到那时，只怕那些某某研究专家或言必称某某者们要作鸟兽散了吧！也许，那个时候，死者们方能得真正的解脱。

原载《粤海风》2008年第5期，有删节，全文刊载于《山花》2011年第3期

死亡的边界

在一个极普通不过的夜晚，收到张枣去世的短信，那一刻，恍惚中想起他在《哀歌》中的两句诗："另一封信打开后喊/死，是一件真事情。"2010年上半年，我已经三次收到诗人的死讯，一个与死亡相关的疑问再一次纠缠我：对于活着的人而言，死是否是一件"真事情"？1989年4月，诗人柏桦打开陈东东的来信，海子自杀的噩耗让他"大为震吓"，之后又有老木和西川的来信，告知的是同样的哀痛，想必那已经是海子去世一个月之后的事了。如今，在一个由网络、手机等媒介组织的高度信息化的时代，得知一个诗人的死讯显然要迅捷得多，而形成一个围悼的宏大场景也会"及时"得多。但正如维利里奥在《解放的速度》中得到的结论，速度的最直接的后果是人的真实感的更严酷的丧失。

面对海子的自杀，柏桦说："死亡是一件真事情，它使言说变得极为困难。我选择了沉默面对死者，我也期待着某一天（很久以后的某一天）我会对死者发出召唤，在我长久沉默之后，召唤死者重返人间。"[1]死，本质上让人陷入启齿的艰难，把人推向尘世的边界处。此时，沉默也许是最恰当的，柏桦一定想到了张枣的诗，他们心有灵犀地把死定义为"真事情"——也许是唯一的"真事情"，但"真"又谈何容易呢！2010年3月9日，柏桦从北岛的电话中听到张枣前一

---

[1] 柏桦：《左边：毛泽东时代的抒情诗人》，江苏文艺出版社2009年版，第198页。

天去世的消息，那一天及至后面的较长一段时间，他的生活都因此而更加忙乱，电话、短信、邮件……此时，已经不需要多日之后缓缓打开一封书写的纸质信笺了。同样，对于柏桦而言，更为忙乱的是他必须要极快地"对死者发出召唤"，包括各种方式的言说、书写，那种面对海子自杀的"长久的沉默"失效了。海子自杀时留有遗言：我的死与任何人无关；鲁迅留有遗言：不要做任何关于纪念的事情；卡夫卡留有遗言：焚烧我所有的著作。如同《变形记》的结尾所昭示的：死亡比起人们遗忘的本性而言要孱弱得多。但人们又怎么会轻易尊重死者的遗言呢？对于生者而言，"死者的自由"是一项空洞的权利。如今，对于海子的各种名目的"追悼"已经成为比他的自杀沉痛十倍的灾难；对于鲁迅的过量书写，已经极端挑战了鲁迅所昭示的精神价值的底线。"我们要觉悟着被描写，还要觉悟着被描写的光荣还要多起来，还要觉悟着将来会有人以有这样的事为有趣。"（鲁迅《未来的光荣》）[1]"有趣"在这里绝无恶意，我无意冒犯那些诚挚的悼词和真挚的怀念，但在死亡面前，我感觉到诗人之死作为一个事件，它的宏大已经逾越了应有的边界，尤其在当前的网络诗歌的喧闹语境之中。翟永明在她的博客中，以《在死亡面前一切都是可笑的》为题，简短地纪念了张枣，"可笑"显然比"有趣"要更准确，也同样没有恶意，但事实是，无论悼念采取何种方式、无论情感有多么真挚，在日常生活紧锣密鼓的"暴政"那里，在网络空间日新月异的生产热情那里，最终都逃不过"可笑"或"有趣"的命运。

在4月14日沈浩波的博客中有一首特殊的悼亡诗——《死亡赋》，这首诗粗糙但直率，"饿不死/还不允许自杀/所以今年//死的人死于肺癌/死的人胃出血/死的人死于脑梗"，"死的/三个/诗人//不是自杀/（你们是否觉得/不太过瘾）//杀妻/然后吊死/这是死亡的大片//卧轨/轧得粉碎/死后繁华如血//还有更振奋的/用菜刀/割喉"。诗人以嘲讽的口吻看待海子、顾城、余地、邵春光、梁健、张枣等诗

---

[1] 鲁迅：《鲁迅全集》（第五卷），人民文学出版社1981年版，第430页。

人去世之后那些宏大、喧闹的围悼，诗人之死历来就是一场被围观的事件，他们采取何种方式有时显得过于重要，因为在事件化、"有趣"的要求那里，甚至在那个诗歌应当被关注、诗人应该被关注的美好幻想那里，诗人如何离开这个世界维系着死亡作为一个事件的最后效应。当然，绝大部分悼念的动机都是善意的，但这仍然无法摆脱它进入公共空间（包括网络、报纸、手机等）之后所形成的种种"反讽"的效果。"但，在离散中，只留下死亡反讽的挠痕"[1]（《彼得·昆斯弹琴》）这些"挠痕"的反复出现，又反复被淡忘，本身不就具有明显的反讽色彩吗？在那些混杂着各种各样的琐屑文字、现实丑闻的网络空间中，一个诗人的死亡讣闻及其各种形式的悼念难道不也构成一种紧张、强烈的反讽关系吗？死亡，一个存在的黑洞，任何言说都是对它的绝对背离。在对张枣的"描述"之中，它被各种各样的历史化叙事缠绕起来，包括他的诗歌史、成长史、交际史……反复而稠密，然而，对于一个诗人而言，没有什么比活在不断描述的历史之中更悲哀的了。这同样包括张枣的诗歌，《镜中》等代表作被反复展示、解读，在不同主体的阐释中被重新关注，也许如柏桦在纪念张枣的时候引用的奥登的诗句："一个死者的文字/要在活人的肺腑间被润色"（《悼念叶芝》）"润色"意味着改变、修饰，或者变得不再真实，这些在网络空间之中密集出现的"润色"同样印证着奥登同一首诗里的判断："哀悼的文辞/把诗人的死同他的诗隔开。"或者，进一步看待这个问题，同样在《悼念叶芝》的诗里，奥登悲哀地认为："诗不能使任何事发生。"尤其不能改变公共空间的残酷现实，包括现实生活，更包括波谲云诡的网络空间。诗人死了，怀念他、重温他的诗作，死亡在特殊时刻赋予陈旧的词语以特殊的力量，这种靠生命殒灭激发的想象和心理结构永远是晦暗不明的，但在一个集体围悼的语境中这无疑属于诗歌的光辉、人性的光辉，在这一虚构的光辉及围

---

[1] [美]华莱士·史蒂文斯：《最高虚构笔记》，陈东东、张枣编，陈东飙、张枣译，华东师范大学出版社，2009年版。

悼的人群缓缓升起的神圣感中，人们得以从绝望、庸碌的现实生活中"华丽"地转身，然而，短暂的陶醉和自我慰藉仍旧不能改变随时转身离去的无奈或"渴望"。"死亡""悼念""沉痛""震惊"……一切一切与悼亡相关的词语都是华丽又软弱的，它们所能制造的悲悼、怀念的功能薄如蝉翼，穿过这层蝉翼的短暂，它们行使着与其他词语及其背后的"人群"同样的功能：围观。

网络空间善于、惯于制造各种形式的"围观"，因为它的庞大和反应的迅速、廉价。诚如朵渔在他的《"围观"考》（见《名作欣赏》2010年第1期）中所说的："没有'现场'就不成其'围观'"，而"诗人之死"或许是最佳现场了，"'围观'行为本身也就演化成了另一个更大的'现场'，以备再次'围观'"。先是诗人的濒死（绝症），然后是死亡的到来，围观的人们通过通讯（手机短信、电话等）、网络空间（论坛、博客、回帖等）、报纸等媒介，展现了形式各异的悼亡式书写，这一切迅速集结成一个庞大的"子网络"，把"诗人之死"作为一个独特的现场予以"围观"。邵春光、梁健、张枣、塞林格、萨拉马戈、奥尔洛夫斯基、策兰去世四十周年、玉树地震、汶川地震两周年……除了今年上半年这些死亡"现场"，还有那些诸如"海子之死"等永远挖掘不尽的死者以及各种书写当中的"死亡"话语，在这些围观、簇拥的混杂的氛围里，到处是死亡的蛊惑、死者虚假的片影，以及那些被拴在死亡界桩上的关于死亡、死者的词语。网络"灵堂"保留了祭拜死者的仪式中最可疑的部分，主体并无事实的在场，词语的在场迅速、集中，但退场同样的迅速。无论那些树立在各种论坛和网络空间中的祭奠仪式何时退场，都无法回避它们早已退场（或许从未事实地在场）的本质。或许这种抽象的分析是对生者和死者的双重冒犯，是一种不太确切同时缺乏依据的揣测，即便如此，即便对于诗人的离去产生的悲痛感是合法的，仍旧回避不了它毫无意义的绝对处境。卡夫卡的"箴言"中这样看待死者："这种生活看来是不可忍受的，而另一种又不可企及，人们不再为想死而羞愧……主人会偶尔穿过通道进来，看着这个囚徒，说：'这个人你们不要再关下去了，让他到我这儿来。'"[1]死亡并非是需要悲痛的，悲痛更多的时候是非理性的生理反应，或者如苏格拉底所认为的，死亡是一件好事，哲学不过是为死亡所做的准备，而诗歌、诗人不也同样是这样一种准备吗？况且，对于残酷的现实生活而言，死亡在一个扩大了的范畴中囊括了所有生者、死者的存在形态，在佩索阿看来，我们永远"活在死之中"，"我们在自己碌碌生活中视为重要的一切，都在参与着死亡，都是死亡。"[2]只是对于本质的死亡而言，活着的死亡是一种死亡边界处的濒死性。譬如网络空间，及其容纳的诗歌、诗人和制造的各种现场、围观，就处于这种濒死性之中。

诗人于坚在新近论述网络空间的文章之中，保持着他一贯清醒、辩证的判断："这是一个新世界。许多东西还不确定，已经露出端倪的方面就像现实一样丰富、复杂、令人欢欣鼓舞，但也暗藏着巨大的危险，而且是人类有史以来最可怕的危险。""空就是色，离开了网络，现实就不存在了。现实更像是一种虚拟，而虚拟就是现实。""虚拟与现实的界限被打破，人的现实被全面地虚拟出来，然后成为现实本身。这就是新世界。"[3]诗人、诗歌不过是这样一个网络新世界虚拟出来的一个异化的现实而已，而死亡，包括诗人之死以及更多的死亡话语，也不过是网络诗歌最后的仪式。如今，观看网络诗歌如观看网络世界、现实生活之中一切的浮世绘，犹如在看一场死亡面相的绝望展示。虚拟性并不能掩盖一切网络存在的濒死性，包括当下的网络诗歌，濒死性如今构成了诸多范畴的死亡边界，将死而未死，是死亡征兆的不断累积，是真的死亡无法到来的绝对悲剧。未来的网络世界，诗人们继续死，我们继续悼念，我们继续写诗，出

---

[1] [奥]卡夫卡：《卡夫卡集》，叶廷芳编选，上海远东出版社1998年版，第218页。
[2] [葡]费尔南多·佩索阿：《惶然录》，韩少功译，上海文艺出版社1999年版，第280页。
[3] 于坚：《色即是空——棕皮手记：关于网络世界》，《南方周末》2010年1月28日。

诗集，办诗歌节，开研讨会，发奖（领奖）……在死亡边界处的绝望展示构成网络诗歌独特的死亡喧嚣。此时，死亡非但不是"一件真事情"，而且"真的不是一件事情"，没有比死更平淡无奇的了（尼采语）。

在生者那里，死亡是一个奇异的幻觉，里面罗织着各种美学的、道德的、政治的荣耀或罪愆。平静地死去，也许在这样一个时代，对于死者而言，没有比此更有诗意的了；同样，对于生者而言，孤独中的沉寂的消逝，似乎揭开了一个隐秘的创痛，但"痛"注定是比死更为瞬间的时刻。如果被延长，那就是死者为生者搭建了一个最后的舞台。审判迟早发生，但已无关紧要。

原载《当代作家评论》2010年第5期

作为病症的经典化焦虑
——关于网络文学能否出现经典的看法

套用那个和卡佛有关的句式：当我们在谈论网络文学经典问题的时候，我们在谈论什么？或者，在谈论这一问题之前，也许我们需要解决的更主要的问题是：当我们在谈论经典的时候，我们在谈论什么？《红楼梦》应该算是经典了，可我在课堂上问过我的学生，遗憾的是他们其中百分之九十没有通读过哪怕一遍《红楼梦》；莫言在获得诺贝尔文学奖之后，其经典地位更加牢固了，但在中国真正读过莫言作品的普通读者恐怕寥寥无几，即便是一些中文系的学生，也往往只是简单翻看过《红高粱》。布鲁姆在研究"西方正典"的时候有一个"哀伤的结语"："也许阅读的年代，如贵族时代、民主时代和混乱时代，现在都已经到了尽头，再生的神权时代将会充斥着声像文化。"在一个强调碎片化、感官刺激、物质性、瞬间性和易逝性的"声像文化"时代，我们总是喋喋不休地、固执地讨论所谓的文学经典问题，实在是有些不合时宜了。

不合时宜，并不影响人们讨论这些问题的热情，与此相似的问题还有：文学死了吗？小说死了吗？诗歌边缘化了吗？余秀华的诗到底值不值得读？周啸天应不应该得鲁迅文学奖？……文坛之所以看起来总是很热闹，和我们在讨论不可能有结果的问题时的那种莫名的热情有关，每次讨论最后都是不了了之，没有结果，也不可能有结果。譬如经典的问题，且不说那个和宗教有关的经典概念，就是一般意义上的"文学经典"也只能算作一种想象的"共同体"或"共同感",一种与宏大叙事有关的叙事形态,在我们这样一个共识瓦解、宏大叙事解体的时代,谈论经典问题的结果只能是生产性的:生产话语、生产知识、生产事件……卡尔维诺在《为什么读经典》中为"文学经典"提出了大约十四个定义,诸如重读性、"宝贵的经验""特殊的影响""表现整个宇宙"等等,假如以此为标准衡量中国当代文学的经典,恐怕能进入个体或精英阅读视野的所谓的经典应该非常罕见,而进入更广泛的人群的经典则只能空缺。很显然,在一个越来越熟悉和依赖微阅读和快餐文化的时代,"经典"是一个不能承受之重的概念;在一个民意、共识以及公共领域已经撕裂的时代,"经典"往往只存在于海登·怀特意义上的叙事的梦幻中,而很难在"共同感"的意味上加以感受和描述,就像阿伦特所说的:"在当今时代,共同感的消失是时代危机的最确切标志。在每一场危机中,世界的一部分塌陷了,为我们所有人共有的某些东西毁灭了。"

再回到网络文学的问题上来。我应该不是一个讨论这一问题的合适的人选,原因在于我几乎很少关注所谓的网络文学(曾经受某刊物之邀,做过一段时间的网络诗歌的观察,但很快中断了),作为局外人,关于网络文学,我听到的主要是与财富和资本有关的话题,因此我可能无法避免在讨论网络文学的时候陷入一叶障目的偏执,甚至偏见。就我个人对网络空间的理解而言,经典这样一个强调时间性的概念是无法和网络、网络文学联系在一起的,其中的悖谬和那些印上"网络文学"的纸质选本、出版物一样,模棱两可、不伦不类。网络空间是列斐伏尔所谓的"可计算的空间",本质上是商品化的,服从于资本主义的商品逻辑,引发的是空间的"碎片化"和"同质化",而依托于网络空间的网络文学很自然要受制于这样一个彻底商品化的空间,很难与我们习惯使用的经典概念建立联系。况且按照列斐伏尔的观点,现代社会时间在消失,它被孤立在钟表和测量仪器上,而空间在急剧强化,形成对时间的绝对优势。因此,把经典这种时间维度上的概念强行嫁接在网络空间中是很荒诞的,也是毫无意义的。多年之后，我们如果坐在一起讨论哪些网络文学作品是经典作品，哪些网络作家是经典作家，将是一件很滑稽的事情。因为网络作家们并不关心或者也不奢望自己的作品能成为所谓的经典，而那些网络文学的读者们也不可能像对待曹雪芹、卡尔维诺那样对待唐家三少、南派三叔、我吃西红柿，网络文学的本质逻辑是商品、消费、商品、消费……如果强行把网络文学拉入经典化机制中考量，那就从本质上溢出了网络文学的边界，进入了一个以文学史为基本思维的学术化机制和文学制度中，然后网络文学就和其他文学形态一样，进入了包括教育、大学师资、文学批评、学术圈、核心刊物编辑、作家协会、重要文学奖等机构相关的制度的场域中，那网络文学经典化的问题也就等同于当代文学经典化的问题了。

"马尔萨斯式的过剩应该是经典焦虑的真正缘由。"（布鲁姆语）在一个显而易见的"去经典化"的时代，我们的经典化焦虑的确与一种文学生产的过剩有关，面对由海量的文学文本构成的历史的废墟景观，我们急于赋予这样一种生产以价值和意义，就不得不焦急地启动已经失效的经典化机制，从知识话语和学术生产的层面上制造经典。而网络文学所面对的"马尔萨斯式的过剩"尤其明显，那因此有着某种程度的经典化焦虑也是理所应当的。但这一焦虑和其他的经典化焦虑一样，不可能真正推动产生拥有共同感基础的经典，最多是类似特里·伊格尔顿所讽刺的结果：好消息是，批评家永远都不会失业；坏消息则是，我们永远无法确切知道我们在讨论什么，因为未来可能会产生出关于经典的一个新版本，它取消或者拒绝我们自己生产的那些版本。因此，经典化焦虑和相关的经典话语不过是这样一个一味强调生产和消费的时代的普通病症，它最终的结果就是前文所述的生产，借此滋生各种"厚描"式的文学话语，反过来继续服务于这种生产。最后仍然回到最初的问题：当我们在谈论网络文学经典问题的时候，我们在谈论什么？答曰：我们在谈论。

原载《长江文艺》2015年第7期

写在前面的废话
——《夏天盛极一时——南京青年诗人群展》序

此时此刻，我很焦虑，多年以来我始终认为写序这样的事情属于德艺双馨、年老色衰的人，如今这样的差事似乎责无旁贷地轮到了我，这太可怕了！

虽然衰老于我已经是一个像羸弱一样的"触目"的真相，但在没有干那些老年人约定俗成的勾当之前，我总还自欺欺人地认为自己是一个只不过稍微早衰一点的青年人。真相是残酷的，为此我到现在都对熊森林同志耿耿于怀，那个要写序的人为什么是我？你是不是认为我已经老到可以去写序了？

当然，这些集合在一起的南京青年诗人们的亮相，我多少起到了一点推波助澜的作用，似乎为此说几句话也是理所应当的，但我该说些什么才不至于让自己产生呕吐感呢？

"哦，青年们，属于你们的时代到来了！"类似令人恶心的格言、口号、谎话我是说不出口的，如果非要说，我也许会说，"哦，文艺青年们，你们的末日就在眼前！""让该死的诗歌真的去死吧！"可是，在别人孩子满月的时候说"这孩子将来是要死的"，势必得到"一顿大家合力的痛打"，但要说这孩子将来一定会升官发财，那也太扯了，也许我该借用鲁迅在梦中找到的那个"既不谎人也不遭打"的方法：这群写诗的孩子，你瞧，那么，哎呀，呵呵呵呵呵……

你们是不是很想打我？来，打死我吧，如果按照菲茨杰拉德的说法——没有人应该活过30岁，那过了30岁若干年的我是打不死的，因为反正已经"死"过了。

哀莫大于心死，这么矫情的一句话放在这里似乎还不是那么违和，在这样一个越来越发达的资本主义时代，你们非要去做抒情诗人，这才是真正的违和。不要相信那些40岁、50岁、60岁……100岁的诗人们所反复唠叨的鬼话，那些类似于博尔赫斯所说的"诗歌尊严高贵的喜悦"、那些无限高大上的关于艺术的乌托邦想象、那些神圣神秘的陈词滥调，都已经被人性的"照妖镜"映出了原形：伪善招摇过市，节操碎了一地一地的，诗人在某种意义上意味着一种特别的"耻辱"。

所以，我想说的是：

尽量避免成为一个诗人；不要相信诗人就他妈的与众不同；不要告诉你的家人你是一个诗人，或者即便告诉他们，也要怀着十二分的愧疚；少去参加诗歌朗诵会，一年不要超过一万次；一个封闭的空间中有两个以上的诗人是不对的，超过十个就是灾难了，超过二十个就可以请"黑寡妇"参加了；一个人一生中与别人严肃地谈论诗歌的时间不应该超过两天半；不要像中小学生写作文那样，老是把诗歌的大人物请出来唬人；如果一个人因为你是诗人而爱上你，那你要小心了；钱和粮食永远比诗歌重要，其实没人真把诗人当回事儿；如果有一天你觉得自己不该成为诗人，再也不写诗了，来找我，我请你吃饭……

废话，还有不合时宜的话，似乎说得已经太多了，不过写一篇恶作剧式的序的确有一些奇异的快感。总之，你们这群写诗的人，去领受自己光怪陆离、多姿多彩的命运吧，想写就写，不想写就不要写！

最后告诉你们一个秘密：这个册子里面很多的诗歌把南京那些40岁以上的诗人的百分之九十九的作品甩出一百个街区。

（注：前面所说的话没有一个字是真的，千万不要相信！如果熊森林告诉你这是何同彬写的，请立即将其送医！切记！）

《浮游的守夜人》后记

收到责编明全兄短信的前一刻,我正在校车上疲惫地淘洗一个上午授课后浓重的黯然,作为一个所谓"传道、授业、解惑"的人,我不知道从什么时候开始,越来越被一种无能和无力的感受缠绕着,以至于总是被不期而至的倦怠折磨得神情恍惚。每每站在讲台上,就觉得自己的声音像幽暗中悲哀的虫鸣,突然在教室的上空像焰火一样盛开,瞬间化为遁词、谎言、诅咒和哑语,滚落一地,不知所终。此时,我的可爱的学生们,有的在看风景,有的在做着永远做不完的功课和中国梦,有的在消耗着永远消耗不完的手机流量,有的睁着忽而纯净忽而混浊的眼睛呆呆地注视着我,以至于快要榨干我最后的一点羞耻……

手机短信的震动让我从这种渗入骨髓的黯然中逃离出来,而又有可能出版一本批评集的消息则如同一针迷幻剂,让我莫名地兴奋起来,让我那些卑微而又现实的欲望重又学会了笨拙的舞蹈。去年曾经受林贤治先生所邀,有幸为花城出版社编过一本批评集《招魂与驱鬼的仪式》,但因为种种缘由无奈搁置下来了,所以就顺手发给了明全兄。可就在他同意出版的前一天,林贤治先生也来信告知,该批评集很快就可能在花城出版社付梓,因此就写信告知明全兄,并问是否可以另编一本给他,在他的慨然允诺下,就有了这本《浮游的守夜人》。

与《招魂与驱鬼的仪式》中传达的"张牙舞爪"的批判热情不

同，这本新的集子充满了矛盾性、混杂性和游移性，里面收录了我从2003到2013十年间不同时期、不同风格的批评文字（有很多现在看来是多么幼稚、生涩），更全面地呈现了我的批评理念和批评方式的成长轨迹，以及这一模糊的轨迹中隐藏的复杂的动机和细密的裂痕。为批评集命名的时候，我曾经在《永恒的谶言》和《浮游的守夜人》之间犹豫过，最终鬼使神差地选择了后者。"浮游的守夜人"是我批评北岛散文的时候对他的一个不礼貌的评价，当时的理直气壮现在看起来不免有些唐突，毕竟标榜为时代"守夜"的绝大多数人都是"浮游的"：作为一个守夜人，他都已经离开了自己的位置，既非流浪，也非漂泊，而是在浮游，而这里的"浮游"不是那个共工的臣子，那个反叛失败后自杀的怨灵，这里的浮游没有任何不祥的征兆……如今，这种让人厌恶的"浮游"状态早已无情地指向时代、指向文坛、指向所谓的"80后"批评家——包括我自己，包括我那些与日俱增的"渗入骨髓的黯然"。

一篇被称为"后记"的文字该如何结束呢？在编前一本集子的时候我就思考过，翻看了很多人的"后记"，均是以各种各样的感谢告终。可我不愿重蹈这样的方式，并非自己"忘恩负义"，而是对这世俗的"恩义"中包藏的"祸心"始终耿耿于怀，于是曾经写下一段这样的话：

需要感谢的人很多，和需要仇恨的人一样多，正如我没有勇气对那些可恨的人表达应有的恨意，那些可有可无的谢意也就省去吧！

是为记。

2013年6月18日夜

我不是新人……
——紫金山文学奖"新人奖"获奖感言

各位领导,作家朋友们:

上午好!

就在来领奖的前几天,我的妻子语重心长地对我说:你应该去理个发,头发乱蓬蓬的,让你显得又老又丑。这句"危机四伏"的劝诫,让我想起获奖后朋友们不无揶揄的问候:恭喜,老同志拿了新人奖。尽管我很想说,在获奖的新人里我是最年轻的,但这种矫情的辩解因为如下的事实而变得多余,即与青年、新人相关的荣誉到来的时候,我的确已经足够老成持重,已经学会如何在大学课堂或其他公共场合用一种"德高望重""德艺双馨"的腔调说话了。

然而,这一直是我所反对和警惕的,就像我在《重建青年性》中强调的:没有"青年性"的文学和文化是没有活力和希望的,我们必须反对没有责任感和理想情怀的庸碌,反对基于谋求名利和安全性的过度"和善",反对"温柔"又"残酷"的世故习气……但这种信誓旦旦的"宣言",并没有保证我"永葆青春",相反,衰老与渗入骨髓的黯然,悄悄到来。

余华先生在去年领取华语文学传媒大奖的时候说:"我们确实是老了,到了我这样的年龄,说句实在话,我觉得生活比写作重要,写作比获奖重要,当然获奖比不获奖重要。"今天,在我领取新人奖的场合引用这样一段老气横秋的话,竟然从内心里毫无违和之感。

多年前，刚刚在南京成为一个文学青年的时候，我经常像"祥林嫂"一样反复絮叨洛扎诺夫在《落叶集》中的一句话："我扛着文学如我的棺椁；我扛着文学如我的哀伤；我扛着文学如我的厌恶"。如今，这句看起来颇有些矫揉造作的话唯余最后一句沦肌浃髓。

当然，于我而言，"生活比写作重要"或者"厌恶文学"这样的断言或情绪不是终点，也不是目的。相反，我的批评、我的写作以此为开端。简单地说，就是经由自己的批评实践让写作在自己的生活中再度重要起来，同时摒弃那些让人厌恶的文学形态，重建对文学的热爱。我近几年的批评文字常常引发别人诸如文化虚无、泛政治化或反文学的误解，其实"虚无"和"反对"不过是为了迎接我所喜爱的文学和我所敬重的文学人而做的准备，由此而形成的某些反抗、抵御、批判的姿态，也与所谓清高、勇敢没有关系，不过是怠惰、怯懦和羞耻感奇妙混杂后的无奈选择。

前几天，许子东先生还忧心忡忡地批判中国的文学批评："一百年来，中国的文学批评从来没有像今天这么软弱，像今天这么没用，没人看，非常弱。"这样的论调就如同批评"中国当代文学是垃圾"一样，我们无力辩解也无须辩解。以时代（如1980年代、新世纪）、代际主体（"70后""80后"、青年等）为区隔、差异的那些看似洞明的高见，我们听得太多了，这样消极的论断还有什么意义呢？也许对我们而言，更重要的不是得意洋洋的断言或否弃，而是思忖如何在文学共识瓦解的情况下面对我们生命深处这共同的沮丧、共同的责任！

就像我站在这里，面对着我的师长和朋友们，此刻我不是一个新人，因为我在走向衰老，而我也不是一个旧人，因为我也和文学一样，也还可以很年轻……

最后，感谢给予我这一奖项的所有机构和个人，当我的银行卡上跃动出一串美妙的数字时，我得以在我的妻子面前短暂地挺起腰杆，这样的时刻值得回味！

谢谢诸位！祝各位身体健康，不要老熬夜。

"谁有权利做文学的医生？"
——对话"80后"批评家何同彬

若不是我偏爱误读，那么同彬兄一定是我接触过的"80后"批评家中，最犀利、最诚实的一位。看他的文章，忽然让我联想到同为江苏籍的著名评论家王干，王干认为好的批评家是一条鱼，王干是一条遨游在文学海洋的鱼，同彬亦是；只是，同彬可不是一般的鱼，他是一条鲨鱼，凶猛、随时准备把他认为是"极其庸俗"的"坏东西"咬碎。但同时，同彬是很真诚的，他既不将自己从事批评包装成是自小的夙愿，也不神圣批评本身，他坦言，从事批评，只是文学教育的惯性而已……当下批评界，最缺乏的就是像同彬兄一样的批评家。我想，同彬是孤独的，但鲨鱼，就应该是孤独的，只有弱小者才把帮结派。

在这个炎热得让人憋闷的夏天，我和同彬兄谈起他的批评之路以及对当下文学、文学批评的一些看法，忽然间让我觉得，所谓的炎热，只是外部环境使然，心静自然凉。

一　没有人能拒绝功利

周明全： 2012年5月，你在南京理工大学题为"那些年我们一起追过的文学"的讲座中，你引用洛扎诺夫《落叶集》中的句子："我扛着文学如我的棺椁；我扛着文学如我的哀伤；我扛着文学如我的厌恶"来表达追求文学之路的艰辛、痛苦。请同彬兄谈谈你的文学之路吧，你是先诗歌创作还是先搞文学批评的，是不是也充满艰辛和痛苦？

何同彬： 洛扎诺夫这句话至今仍然能打动我，只不过现在看来有些"矫情"了，里面的某些情绪跟我目前的处境并不完全契合，"棺椁""哀伤"被一种浪漫主义情怀夸大了，唯有"厌恶"之情愈演愈烈。我的文学之路没有什么真正意义上的艰辛，文学、文学批评，只不过是我顺从教育制度前提下的一种职业选择，绝大多数的所谓痛苦都与文学没有关系。而诗歌也是误打误撞的"邂逅"，和我硕士阶段的一位诗人同学及南京的一些诗人朋友们的影响有关，在那之前我的诗歌经验几乎全部来自语文教育和大学阶段的文学史。所以，我从来没有自称过"诗人"，几年前我就开始明确拒绝别人"强加"在我身上的诗人身份，因为我的诗歌写作已经基本停顿下来了。

周明全： 在急功近利的主流之下，追求内心的宁静、行使自由的艺术者都会被边缘化，因为追求利益的主流思维会认为这样的艺术行为是错误的。既然如此艰辛且和主流价值格格不入，为何不选择放弃，现在的大学做教师，收入不错，而且也受尊重，不搞创作，依然能得名得利的。

何同彬： 实际上没有人能拒绝功利，文学场中的所有人都被这种绝对化的处境限制着，包括我自己，因此任何美学的、道德的理想主义者都是极其可疑的，所以我不会觉得自己真的与"主流思维"格格不入——尽管这让我"厌恶"自己。但内心的确无法舍弃"追求内心的宁静、行使自由"的夙愿，因此就处于一种理想、现实此消彼长的中间地带，一会儿是理想的引诱，一会儿是现实的训诫，借用佩索阿的话，"我无法拒绝，是因为无论我可以怎样做梦，梦醒之后我还是确切无误留在我之所在"，至于这个所在是"大学"还是别的什么地方，没有区别。我愿意这样活着，愿意冒险"抵御"，和我是否勇敢、清高没有关系，这是一种怠惰、怯懦和羞耻感奇妙混杂后的无奈。

周明全："80后"这帮批评家，几乎都是名校名师的高徒，你的导师丁帆老师在批评界可谓是大佬了，在你的文学研究与批判之路上，丁帆老师一定给予过你不少指导吧？

何同彬：在我求学期间，丁老师给予我的指导都是通过"言传身教"完成的，他从来不强迫学生做哪一方面、领域的研究（当然有时会有所指导和建议），只是经由交流、碰撞去引导。丁老师的课堂是需要每个人发言讨论的，我第一次引起他的注意就是在某一堂关于"乡土小说"的讨论课上，他喜欢有独立思考能力和批判意识的学生，而我这方面的倾向也和丁老师的引导和激励有关。另外，丁老师毫不避讳地推崇普世价值，有较为明显的倾向性立场，这方面他对学生是有一定"强制性"要求的，还好我在这方面不需要"强制"。

周明全：除了丁帆老师的"言传身教"外，在你的文学批评之路上，还受到了哪些前辈或同时代的人的影响？

何同彬：活着的就不说了，只说一下过世的吧！鲁迅、尼采、佩索阿、阿伦特、桑塔格……也许还有别的，一时也就想起这些，说出来就会滋生几分愧疚，毕竟自己做得还远远不够。

二 诗人们的批评往往更可信

周明全：在"80后"批评家中，只有你和庆祥两人既是诗人又是文学批评家，诗人充满激情，想象力超群，而文学批评却需要理性，我看程光炜评价庆祥时曾说，当初对庆祥这个诗人来搞文学批评是心存疑虑的，但庆祥却没让程光炜失望，还成了程门最得意的弟子。你觉得诗人和文学批评家两者融于一身，有矛盾吗？我看你评论的风格和语言，就很鲜活，不像其他批评家一眼一板一拍的，语言了无生气。写诗的经历对你评论的语言或其他方面的影响一定很大吧？

何同彬：首先澄清一个前提，即既是诗人又是批评家的大有人在，只是他们还需要时间被人们关注和了解，不过这其中目前已经不包括我了，我好几年不写诗，写的时候也没写好，怎么好意思自称诗人？当然我也许还会回来，因为诗人与批评者两个身份之间本来就没有任何矛盾，而且诗人们的批评往往更可信、更耐读。比如诗歌批评我最喜欢的还是诗人们写的，而不是专业批评家，其实小说批评也是如此。因为创作经验会帮助批评文字剔除太多对知识的依赖，以及过度的规范性思维对艺术思维的限制，尤其那些令人作呕的论文体批评中的蹩脚、臃肿的理论缠绕和知识堆砌在很多诗人、小说家的批评中是少见的。我目前做得还不好，希望以后能形成自己适合和喜欢的批评文体、批评语言。

周明全：此前常和一些朋友聊天，他们均认为，当下的诗歌创作很繁荣，不仅数量惊人，质量也相当不错，但理论界却对对当下的诗歌研究不足，阐释不到位，尤其是对论坛、民间大量的诗歌的研究更显得滞后，你常年关注诗歌，你觉得当下的诗歌处于什么样的状态，理论界的阐释是不是真的没跟上？

何同彬：这个问题我有些不同意见。首先，当下是一个缺乏共识却又话语泛滥的时代，因此什么是"阐释到位"，或者什么是合格的批评根本没有定论，包括什么是"好诗歌"，什么是"优秀诗人"，也是众声喧哗，聚讼不已。诗人和诗歌批评者之间要么互相指责，要么"党同伐异"，这在圈子化、江湖气十足的诗坛已经是一个常识，谈不上谁超前、谁滞后。其次，诗人群体"罹患"自恋之疾久矣，对他们来说好的批评首先要是以"赞美"为主，真正一针见血的批判他们是很难接受的，所以就会出现很多批评文本，晦涩、高深地把一首平庸的诗打扮成杰作，而实际上这首诗只需要四个字批评：平庸之极。但这种"粗暴简单"的批评方式肯定属于"没跟上"的坏批评。所以共识瓦解之后的诗坛目前就只剩下"活动"和"事件"了：朗诵会、诗歌节、研讨会、沙龙、颁奖会……诗人、批评家不厌其烦地穿梭在各种各样浮华的诗歌空间中，阐释话语不过是应景的装饰品、作料而已，没有多少人真正去思考和穷究。

周明全：同彬兄真实一针见血啊，不过，从我的观察来看，我极为赞叹同彬兄的判断。现在，不少早年的诗人开始转向散文创作，比如你研究过的北岛，包括云南的诗人于坚等，而且散文创作似乎盖过了其诗名，好评如潮，你是如何看待诗人们的这个转向的？

何同彬： 我在批评北岛散文的文章中已经表达了基本的观点，诗人可以写散文，甚至他们从事散文创作经常会比所谓的专业的散文家要写得更好，但对诗人而言这是一种衰老、衰退的体现，间接证明着他们诗歌创造力的衰减。因为对于诗人而言，把诗歌写好的难度要远远高于把散文写好，写太多的所谓成功的散文一定会影响诗人的写作，因为两者的"速度"是相悖的，散文相对诗歌而言属于一种快速的文体：直接发表意见，直接抒发情感，快速介入等，再慢的散文也比诗歌"快"。而好的诗歌都是"慢"的，借用布鲁姆的说法：诗本质上是比喻性的语言，集中凝练，兼具表现力和启示性。当然我并不反对诗人们偶尔写点散文，相反很喜欢阅读诗人们的散文，但希望他们不要忘记自己是一个诗人。

周明全： 你参与了诗歌民刊《南京评论》的编辑工作，并且还参与了"文汇·天庭文学奖"、柔刚诗歌奖的评选工作，可谓深度介入当下诗坛，你选稿或主推的诗歌的标准是什么？

何同彬： 不要相信中国的诗歌奖，或者说文学奖，因为其中裹挟的复杂动机和功利性渴求太多，以至于文学标准最后都只能是笑谈，况且文学真的是有标准的吗？得到的也没什么值得炫耀的，得不到的也不要愤愤不平，这和发表机制、编辑行为是一致的。我参与的那些文学活动（编辑、评奖等）都不是哪个个人可以决定和控制的，他们是多种文学主张、艺术趣味通过所谓的民主化的形式完成的，不可能代表个人意见，也不可能绝对客观、"正确"。

周明全： 你觉得当下最优秀的诗人是哪些？

何同彬： 优秀诗人很多，但最优秀我就不敢讲了，中国诗人很多都认为自己属于最优秀的行列，只不过形成共识就困难了。

三 "我是反'文学史'的"

周明全：我看你准备出版的《招魂与驱鬼的仪式》一书，有很对文学史的研究文章，比如《"重返八十年代的诗歌精神"：必要性与可能性》《"公共性"与启蒙文学的困局——重返1980年代文学的启蒙语境》等，我最近着手做"80后"批评家的研究，很奇怪地发现，身居学院的"80后"批评家们，大都对文学史的研究很感兴趣，这是上学阶段跟导师的研究惯性还是自觉的选择？对文学史的研究，对批判当下的文学创作有哪些帮助？

何同彬：我是反"文学史"的，这个明全兄可以参考拙文《"历史是精神的蒙难"——对当下文学史思维的思考》，但文学史又是不可反、不能反的，因为文学教育、文学的学院生产所依赖的就是文学史，或者我们似乎在谈论文学，实际上我们谈论的是文学史，这一观点我主要是受到了尼采的影响。文学史形成的过度历史化使得文学的总体外观不是艺术性的，而是史学性的，以至于从很多学术论文、文学专著那里我们会得到这样一个尴尬的论断：文学是历史学的一个分支。但这一尴尬局面是无法破解的，文学只有在"历史"的庇护中才能存在，没有文学史就不会有中文系（文学院），不会有那么多的硕士、博士、教授、博导；同样，没有文学史也不会有文学创作的合法性，一方面那些围绕创作的阐释性话语得益于文学史思维提供的经验范畴，另一方面文学创作的创新性渴求是有边界的，其中绝大多数甚至全部都是处于一种历史性的重复之中。

周明全：在学院工作，你的文学史研究和积极介入当下的文学现场有冲突吗？很多学院派批评家总是抱怨说，学院只重视文学史的研究，无论在经费还是其他方面，多倾向于文学研究，而对积极介入当下文学的研究却总是矮看三分，这是现实吗？这会影响批评家积极介入当下文学的研究吗？

何同彬：多少是有一点冲突的，学院评价体系中的项目、论文等都是"宏大叙事"的，主要倾向于文学史的宏观的研究，那些针对作家、作品的跟踪研究或点评式、印象式批评几乎没有任何价值。所以，那些学院的博导、教授们的主业基本上都是文学史层面上的，没有人可以凭专写作家作品论而获评教授的，他们一般很少关心新人、新作，这些工作，媒体、网站或者学生们做得更多一点。

周明全： 无论从数量上说，还是从取得的成绩看，当下批判家无论从数量还是质量上，都无法和作家相比，而各所高校每年招收大批的现当代文学专业的硕士、博士，这些人却很少走上文学批评之路，学院能培养出真正的批评家吗？

何同彬： 什么是真正的批评家？这个理想化身份的标准很难界定。大学培养文学硕士、博士和蓝翔技校培养厨师、理发师是一样的，它是职业化的、功利性的。一个人可以对文学毫无兴趣而通过考试获得文学硕士学位，然后毕业了去做公务员，甚至读取博士留在大学教授以文学史经验为基础的所谓"中文"。职业化思维与艺术性思维是难以相提并论的，指望学院培养理想的批评家或者作家是不现实，也是强人所难的。

周明全： 我注意到你一篇文章《大学与文学的"神圣化"》，你借用福柯的话："在此我们接触到某种真相：文学是通过选择、神圣化和制度的合法化的交互作用来发挥功能的，大学在此过程中既是操作者，又是接受者。"你在文章中认为，随着大学文学教育和相应的文学学术话语的繁衍，现代以来的文学想象基本上被大学的文学话语把持着，他们越来越具有为整个时代的文学塑形的"能力"。在多元化的时代，大学真具有这种为时代文学的文学塑形的"能力"吗？我看你也是持怀疑态度的。你认为谁才能为这个时代的文学塑形？

何同彬： 没有学院的文学教育，没有那些以此为职业的学者、专家、批评家、评论家，你觉得中国文学能够独立运转吗？不可能的。极端地讲，没有大学中文系（文学院）就不可能存在"文学"这个场域。因为文学经验、文字经验、文化经验的传播、赓续离不开大学教育，而后者是一种特殊而强大的权力，它反过来宰执了所谓"文学",因为它生产文学、解释文学、传播文学。当然大学只是为文学塑形的权力之一,或者它也是政治权力、经济权力的某种形式的延伸。总之,可以干涉、主导文学塑形的权力类别很多,大学在其中占有很重要的位置,而所谓的美学乌托邦和理想化的文学想象只是被宰制的对象,不要奢求塑造所谓纯粹的、自主的文学形象。

周明全：在《学院文学教育及其历史修养》一文中,你说,现在是把学院文学教育从学术规范、注释,从图书馆、资料室、核心期刊、CNKI和CSSCI等中解救出来的时候了,解除这些故纸堆的历史重压,年轻人方能有希望为文学创造一个崭新的未来。我极为赞同你的观点,但我想,仅仅在形式上"解放",恐怕还是无法为年轻人提供更多的介入文学的机会。你觉得呢？

何同彬：这一观点只不过是我那些不切实际的空想中的一种,形式上的解放都是幻想、幻觉,就更不要提实质性的解放。我在前面也说过了,精英式的纯文学思维虽然无可厚非,但其存在的主客体根基都已经解体了,把学院文学教育从僵死的规范中"解救"出来之后呢？它难道就自由了、解放了、纯粹了？既然没有纯粹的、无功利的人,就别指望有纯粹的、无功利的艺术。

四 只有"不健康"的文学才是有希望的

周明全：你如何看待当下的文学批评,或者说,你认为当下的批评存在什么问题？你心目中好的文学批评应该是什么样的？

何同彬：最近我一直在思考,谁有权利做文学的医生？那些专家、学者、批评家们动辄做出一副老中医的样子,望闻问切,轻易地指出病症,随意地开处方,结果病情没有减轻,反而愈来愈严重。所以,我也就不敢随便假扮医生了,况且关于文学、文学批评的问题我们都已经谈得太多了,可是我们希冀的那种理想的文学批评在哪儿呢？或许已经有了,或许永远不会有。

周明全：十大后,从主流意识形态都提重建文艺批评的引领作用，你认为这是否会让文学批评由此走上一条健康发展的道路？若说重建，那你觉得应该如何重建？

何同彬： 只有"不健康"的文学才是有希望的，如果文学、文学批评被主流意识形态"重建"后走上"健康发展的道路"，那文学真正的末日就又重现了。重建的问题主要在于建成什么样才是"健康"的，而这个问题似乎是无解的，比如说哪个时代的文学是健康的？哪一种文学批评可以作为健康的标准？这些问题解释不清的话，我们就无法确立"重建"的依据。

周明全： 你个人倡导的批评观是要充满"敌意"的，我看了你对格非、莫言，甚至你们南京的苏童，都进行了尖锐的批评，年轻人刚步入文坛，应该更平和，但你却锋芒毕露，这样是否会招致你批评的作家对你的"敌意"而影响你的发展？你批评过这些人，回击过你吗？这样做，会不会让自己变得更加孤独？

何同彬： 为自己树敌经常是假想，找一个真正意义上的敌人是困难的，因为我在我批评的作家眼里只是一个微末小人，根本不需要回应，何况回应兴许会抬举我，他们可没有这么天真。当然，据我了解，所有的作家都不喜欢被别人批评，尤其是那些言辞激烈的批评，而那些溢美之词、赞誉之声，也许他们不会特别喜欢，但也不会过分反感、厌恶，所以很简单的结论：挖心刺骨地批判别人肯定是要得罪人的，而赞美或者云山雾罩、言不及义是相对安全的。但我有时候控制不住自己的情绪和冲动，我讨厌阿谀奉承的市侩样的惺惺作态，看到那样的嘴脸和文字我就感到恶心、悲哀。至于我的冲动和批判是否会影响自己的发展，就顾不了那么多了，况且我也不是无所顾忌地批判，那些必然影响甚至控制我的生存的强大的个体或者机构无论多么丑陋，我都懦弱地不敢发声，因此自身存在的这种"有选择的勇敢"和无处不在的胆怯经常让我倍感耻辱。

周明全： 黄梵在《批评杀手——何同彬印象》中说，你在课堂上无情的剖析弄得你的学生都快发疯了，他们一方面觉得你说的极有道理，另一方面也盼望你给他们出路，但你就是打死也不给，是无法给，还是不愿给？为什么不给你的学生一些对文学或者社会的希望？

何同彬： 呵呵，黄梵兄夸张了，不会有学生因为我那些愤青式的言论而疯掉的，他们可以因为失恋发疯、失业发疯、缺钱发疯、房价太高发疯，绝不会为看不到文学的出路而发疯。事实上，我没有资格论断文学是否有出路，出路在哪儿，所以他们非要我指出出路的愿望肯定落空，既不愿给，也无法给。我向学生灌输虚无主义观念的目的是为了让他们去追求真正的"实在""实存"，让他们摆脱虚假的蛊惑和各种类型的骗术，去探求"爱是什么？创造是什么？渴望是什么？星是什么？"（《查拉图斯特拉如是说》）

周明全： 你对当下文学的基本判断是什么？

何同彬： 表象恶俗且混乱，本质在哪儿？找不到了。

周明全： 现在的批评杂志，也饱受指责，很多不是收费发稿就是专发名家的稿子，对新人缺乏关注的热诚，你兼任《扬子江评论》的编辑部主任以及在《青春》杂志主持"青春热评"栏目，你自己的选稿标准是什么？在培养新人上，有何举措？

何同彬： 一个刊物的选稿和总体风格的决定权在主编那儿，我只不过是一个权力有限的协助者，如果在我有限的权力内谈论标准的话，我喜欢那些谈真问题、发真声音的青年风格的作品，但编刊的人都知道，好稿子往往可遇不可求。至于培养新人，我现在只是偶尔利用自己有限的资源和权力帮助他们"亮相"，或者通过交流起到一点解惑的作用，这些都谈不上"培养"。

周明全： 你自己的第一篇文学批评文章是发在哪儿的？你认为，目前这些刊物包括出版，对推出新人上是否真正起到了应有的效果？比如《南方文坛》的"今日批评家"栏目，云南人民出版社策划推出的《"80"后批评家文丛》等。

何同彬： 我的第一篇评论文章发在《山花》上，所以我跟这个刊物始终维系着一种特殊的感情，每年都会投稿过去，而且他们对我的支持也是"无原则"的,这让我很感动。刊物、出版社作为文学传播的重要平台,对于文学新人的发展而言肯定会起到很突出的推动作用,比如《山花》《当代作家评论》《南方文坛》于我,云南人民出版社于我。但在一个仍旧由"50后""60后"的作家、批评家占主导的文坛,文学新人的出场肯定要经由一个相对曲折、复杂的过程,依赖多种媒介、平台的共同合作、努力。

五 艺术片越来越让人缺乏耐心

周明全:黄梵在《批评杀手——何同彬印象》中说,你有一个嗜好,就是收藏原版古典音乐CD,你拥有上千张原版CD,同时一期不落地购买三联的《爱乐》,听音乐培养了你的艺术感受力,这对你写评论有帮助吧?

何同彬:没有明显的帮助,而且我也不想两者之间形成某种互动关系,因为听音乐对我而言纯粹是爱好,不想沾染职业和功利的色彩。不过多方面的艺术感受力的培养能够活跃和丰富艺术思维,比如古典音乐的经验对我理解复调,理解语言的音乐性,理解米兰·昆德拉的文学批评,理解特朗斯特罗姆或欧阳江河的诗歌,都是有一定帮助的。

周明全:除了读书,听音乐,还有其他什么爱好?

何同彬:看那些不需要动脑的电影,比如黑帮片、警匪片、动画片,或者肥皂剧,相反,以前热衷的艺术片越来越缺乏耐心。

周明全:问你一个八卦的问题,你老婆支持你搞文学批评吗?

何同彬:她有时会劝我不要骂别人,和气生财,总之她并不关心我写什么,只关心它们能兑换成多少稿费。她有时也会看我写的东西,结论是文人气很足,有时太像愤青。

六 文学奖是中国文学的灾难

周明全:我看你也关注过同代中的王彦山、张怡薇、韩寒等人的创作，写过不少研究同代作家的文章，你是如何看待同代人的创作的？

何同彬： 我关注和研究的同代人的作品还远远不够，所以不敢宏观地判断他们的创作，不过我同意陈晓明先生在近期的一个会议上的观点，即他们处于一个文学的"晚生代"（与文学史原有的概念不同）——文学整体处于一个愈发边缘的衰落期，无论写什么和怎么写都将遭遇一种难以言说的困境。

周明全： 金理说，作家和批评家应抱团取暖，但也有一种观点认为，应该和同代作家保持一定的距离，你觉得你会像金理所说，抱团取暖还是如后者，和同代作家保持距离？

何同彬： 我选择保持距离，主要怕抱团之后就陷入圈子化的桎梏，当然我也在某一个圈子之中，不过尽量保持合适的距离感，比如不太主动去评价圈子中朋友的作品。

周明全： 同代批评家的文章你平时看吗？你觉得，同代批评家，哪些比较优秀？他们的研究，对你有启示没？

何同彬： 看，但是主动看得不多，因为我兼职做《扬子江评论》的编辑，有时不得不看，看多了已经生厌。你也知道，学院的论文写作是有套路的，经常过于模式化，有的一看题目就不想看了，或者随便扫两眼而已。当然，有一些优秀的研究文本还是让我很受启发的，有时甚至自惭形秽，感觉自己的才能真是入错了行。

周明全： 你觉得批评家的职责是什么？你在践行这样的责任吗？

何同彬： 批评家最基本的职责是真实、真诚地表达自己的看法，我希望我有限的批评文字能更多地践行这样的原则。

周明全： 最近"鲁奖"又开始在申报了，你如何看待"鲁奖"，文学奖能拯救中国文学嘛？

何同彬： 文学奖是中国文学的灾难，围绕着奖项的那些权力、荣誉、财富、名望已经把文学场彻底锻造成了名利场，中国竟然有那么多的大大小小的文学奖、颁奖会，有那么多的作家、批评家热衷于去追逐这些毫无意义的玩意儿……好，就算我这是酸葡萄心理吧！不要管我说什么，快看，"鲁奖"又来了！（可怜的鲁迅，我由衷地同情你。）

周明全： 同彬兄对文学奖的看法，我甚为赞同。最近，"鲁奖"开始申报，据说我们省只分配到五个名额，为了争夺这五个名额，不少作家、批评家可谓是使出浑身解事。我在出版社工作，一些在作协没抢到名额的作家，就反复来找我，请我协调从出版社给他们报送，什么怪招都使出来，看看这些作家，也怪可怜的。就如兄所说，很多作家之所以抢名额，是因为一旦获奖，是有巨大的经济利益和其他的好处在里面的。我听说，在我们省，一旦获"鲁奖"，除了国家奖励的，省里还奖励10万，作家所在的州市再追加10万，可是不少啊。文学奖变成了股票市场。真是悲哀。

最后，想请教一下，你觉得一个好的批评家，应该具备什么样的素质？

何同彬： 素质不好说，但基本前提我认为就是不要以批评家作为职业，不要靠文学批评谋生，否则批评就会被扭曲为颂歌、八股文、甲骨文、新闻报道、广告、流行歌曲……

周明全： 谢谢同彬兄，耽误你这么长时间。希望我们还有更多的机会，深入地聊聊文学。

原载《都市》2014年第7期

后记

我与文学或文学批评的关系"无所从来、亦无所去",一个遍寻族谱都只见农、工、商的家族,产生我这样一个所谓的文学批评者本身就是个"误会"。但我感谢这种误会,它让我一直保持着与这个文化系统所津津乐道的那个"文学"的适当的距离;让我过早地培育了一种虚无主义和怀疑主义的心态,始终带着几分敌意冷冷地打量所谓的"文学""文人"和"文坛"。在此期间,佩索阿的《惶然录》和尼采的《历史学对于我们生活的利与弊》起到了"推波助澜"的作用,前者告诉我真正的"艺术在另一间房里",在时代的"弱者"那里;后者告诉我"这个房间里"的"艺术"只不过是"陈词滥调",是可耻的"表演",而那些趾高气扬、神态自若的"文学权贵"们也不过是文学最顽固也最卑微的"敌人"。如果硬要找一个起点或所谓的精神事件,那可能要追溯到2003年我写的一篇从未发表的文章《大学文学教育:自由精神的迷失》,从对"文学教育"的质疑开始,我就以散兵游勇、零敲碎打的方式逐步把质疑扩展到文学观念中很多其他的关键问题,比如文学史、知识分子、文化研究、八十年代、历史化等等。

除了尼采和佩索阿,鲁迅、阿伦特、加缪、福柯、桑塔格等作家、学者和批评家都对我粗鲁的批评方式产生过重要的影响。诗人梁雪波认为他们构成了我精神的两翼:"前者为操持文学批评提供重估的勇气、价值立场和方法论,后者以与光明对称的诗意烛照内心,平衡着现实世界的凶险、幽暗与凡庸。"他的概括既是准确的,也是模糊的。前者是因为这种"两翼说"准确地概括了我的批评方式的"痕迹",而后者,也即"模糊性"是我自己造成的,在时代的潜隐的挤压和自身的懦弱、怠惰的双重作用下,我既没能在重估的道路上走得更远、更决绝,也没能在退守的过程中实现你所谓的"平衡"。为此我深感愧疚。我从未把我喜欢或乐于借用其话语的这些哲人、艺术家当作偶像,也不愿把他们的言辞当作福音或匕首,他们是我请来的廉价的"宾客",在他们蜡像般的簇拥和围观下,我有了些许挑战时代的、同样廉价的"勇气",而这勇气之脆弱只有我偷偷淌下来的眼泪和尿溺才能揭穿它的"虚伪"。我需要他们,以最卑微的方式,而我努力的方向则是在这种方式之上涂些高贵的油彩。

现有的大学体制、学院文学教育和相应的学术生产(包括学术批评)一直是我批判的主要对象,原因很简单,因为我深陷其中,深知这个生产冗余知识和历史废墟的"象牙塔"有多么虚伪。而我所提出的"青年性""批评的敌意""反世故"等批评观念,针对的也是以腐败的学院体制为核心营构、周连的这样一个复杂而"繁荣"的"文学"场域。在我看来,这一边缘场域的腐败不过是政治体制及其腐败的一种延续,后者的最基本的品质就是"老年人的""世故的"——功利、贪婪、伪善、和气、懦弱,而这种"老于世故"的习性对于艺术和青年人的腐蚀是有目共睹的。不过,由于"世故"滋生世俗法则及其相应的利益,所以即便人们(包括青年批评者)清楚地知道这一习性的危险,也没有勇气去抗拒,因此我提倡"青年性",即你所说的敢于自由表达的勇气、独立的精神立场,它和生理年龄没有关系,是一种反抗性的、批判性的精神品质。当然,在根深蒂固的老年人文化对"青年性"的战争中,我对于后者的胜利没有任何信心,所以残存的梦想也不过是成为一只鲁迅所说的捣乱的"苍蝇"而已。

在这一系列没有章法的"捣乱"的过程中,我的批评文字流露出越来越浓厚的虚无主义倾向,为此也引起了一些朋友善意的提醒或者说质疑:"这种对文学自身的怀疑是否合理?文学只是一种自我指涉的语言,是以对社会话语的疏离来确立自身的。如果以泛政治化的眼光审视文学,容易忽视了文学话语的特性,如此批评所依据的标准是否一个'反文学'的立场?即,将对社会现实的不满和对其他话语的无力或不作为转移到了对文学的越位期待上。"(梁雪波语)面对这样的"逼问",我曾经迟疑、彷徨过很久，一度也对自己的立场进行过反思，甚至也想过放弃，后来还是阿伦特"解救"了我。阿伦特认为艺术的私人性，即你所说的所谓的"自我指涉的语言""对社会话语的疏离"等，不过是一种"悲哀的不透明性"，或者按照我自己的看法，那也不过是一种卑弱的自我神秘化，它只是把主体"抛回到……轻飘飘的、无关紧要的个人事务当中，再次脱离'现实世界'"。当然，每一个热爱文学、热爱艺术的人都有权利耽溺于这种私人性中，毕竟按照阿伦特的解释，这些"无关紧要的东西具有一种异乎寻常的、感染人的魔力"，其中的"关爱和温情甚至可能代表着世界的最后一个富于人情味的角落"，"因此整个民族都可以将它作为自己的生活方式来加以接受"，但这并不会也不应该"改变它那基本的私人性质"，所以它需要一种"非私人性、非个人化"的变形，以获得"公共表现的相状"——这也是大多数文学话语孜孜以求的。而问题的关节就在这里，一方面，这种"非私人性、非个人化"的变形在中国是失败的，即齐格蒙特·鲍曼所说的私人生活与公共生活之间的纽带从来就没有建构起来，因此按照他的看法，我们必须"寻找政治"；另一方面，这一变形的失败形成的文学生态在中国是绝对政治化的，很难容纳真正艺术的私人性，整个文学场域中各种话语的操练和各种权力的交错都是"反文学"的，所以我并不"反文学"，我反对和批判的恰是公共领域中的"反文学"——带着一副伪善而虚荣的"文学"面孔。同时，我也不回避自己文学批评中的"泛政治化"的倾向，借用伊格尔顿为"政治的批评"的辩护："'纯'文学理论是一种学术神话"，"文学理论不应该因为是政治的而受到谴责，而应该因为在整体上不明确或意识不到它是政治的而受到谴责。"对于中国的语境而已，"泛政治化"不是选择的结果，而是不得不面对的顽固的现状。

面对这样的顽固现状，批评家的首要任务就是齐格蒙特·鲍曼所说的："寻找政治"，我们不能在操弄"纯文学"的"障眼法"了，这个留给纯粹的私人领域吧，因为在中国，几乎所有的文学话语都是公共性的（尽管这并不是我希望的），公共性就是政治。因此，一个优秀的批评家目前首要应该具备的不再是什么知识的积累、历史的修养，而是求真的意志和勇气，是从历史的灾祸中拯救出"正义与真理"。如今，政治都已经把我们的生活摧折到何种境地了？但凡有一点良知和常识的人都无不意识到，文学创作、文学批评仅仅沦为所谓的"空洞的能指游戏"将是多么可耻的惰性啊！

当然，没人真正有权利做文学的"医生"，中国文坛有太多"莆田"系风格的批评家喜好乱开处方、药方，殊不知，当我们趾高气扬、颐指气使地坐诊的时候，忘了自己已经"病入膏肓"。作为一个所谓的青年写作者（批评家），我对自己及我的文学的"同时代人"没有任何信心，几乎可以肯定地说，这是唯唯诺诺、碌碌无为的一代。原因或者说"最大的困境"在于我们既无能力也无勇气动摇庞大的文学体制，只能或无奈或蒙昧地顺应着体制、顺从着那些"志得意满""趾高气扬"的"老人"们制定的游戏规则。在这种重重包围的困境中，我常常想起尼采对"青年之国"的呼唤，他希望青年们肩负起"第一代武士和屠龙者的使命"："他们的使命……是去动摇那个当代关于'健康'和'教养'所拥有的概念，去生产对如此杂交的概念怪物的嘲讽和憎恨；他们自己的更强壮的健康的保障标记恰恰就应当是这，即他们，亦即这些青年，自己不能使用出自当代流行的语词和概念造币厂的概念、党派标语来表述他们自己的本质，而是仅仅确信一种在他们心中活动的、战斗的、挑剔的、分解的强势，确信在每一个美好的时刻都总是被提升的生活情感。……他们用不着去伪装拥有完全的教养，去捍卫这种教养，他们享受着青年的一切慰藉和特权，特别是勇敢的、直率的正直的特权和令人振奋的希望慰藉。"如果说突围，如果说一些与希望和信念有关的宣言，那尼采这段话就权且作为一个实现突围幻觉的"宣言"吧！

（本文由与诗人梁雪波的对话改写而成）